新
大漢
二十八皇朝
徐哲身 著
一
楚漢風雲

前言

《新大漢二十八皇朝》以大開大闔的筆調，抒寫從劉邦開國到獻帝遜位，涵蓋整個前、後漢的歷史，並深入刻畫了歷代皇帝與後宮名媛的悲歡愛欲，全書情節如天風海雨，迫人而來，允為通俗講史演義之傑構。

一

從漢高祖削平群雄、統一天下，繼而即位稱尊、制訂朝儀之後，中國歷代王朝的興盛與危機，便開始有了相當固定的模式可循。史學家關心的是這個典型王朝的政治制度、法律形態、社會結構、經濟基礎，乃至學術思想，然而，文學家卻往往對這個盛極一時的王朝之中，許多精英人物的行為趨向與心理特徵，感到更大的興趣。

至少，在民俗文學的質樸天地裏，像「鳥盡弓藏，兔死狗烹」之類的涼薄心態，總是

人文情操所難以坦率承受的事理，所以，漢高祖殘殺功臣所表現的雄猜心理，便常成為諷刺的對象。而遭到不公平的悲慘命運，如淮陰侯韓信這樣的人物，便成為民俗文學中普遍同情與揄揚的偶像。或許，這也反映了在專制高壓之下，命運悲苦的平民大眾，在「潛意識」中對當權人物的反感，以及對與自己一樣遭際坎坷的受難人物的認同。在現實上，這種微弱的反感與認同，發生不了任何作用，可是在文學上，卻形成了中國處理歷史題材的作品傳統裏，一股強韌有力的主流。

漢初三傑之中，韓信功高受戮，張良潔身遠逸，蕭何謹慎全身，大致可以代表知識分子在中國專制王朝時代，三種典型的遭際或出路。但三傑的貢獻，卻為大漢帝國奠下了深固的基礎，所以高祖逝世後，雖有諸呂之禍，凶悍的呂后甚至將高祖的愛妾戚夫人斬手剜目，慘為「人彘」，其狠戾殘酷的毒行，可謂曠古所無，但也只是帝王宮室中的慘劇，無礙於專制王朝的壯大。經過善用黃老權術的文景之治，進入漢武帝時代，大漢帝國的聲威，達到了空前的高峰。

「輕騎今朝絕大漠，樓船明日下牂牁」，武帝北擊匈奴、南征百越的開疆拓土之功，固然震爍古今；更重要的是，漢武帝時代，中國在政治、軍事、外交、財經、文學等各方面的人才之盛，也屬冠絕一時。然而，也正是在漢朝聲威趨於鼎盛的年代裏，卻因小人弄權，而致「飛將軍」李廣自剄於絕域，其子李陵陷身於漠北，父子英雄，或死或叛，連帶使大史學家司馬遷慘遭腐刑的悲劇。後代詩人與文學家對李氏父子的同情，對史遷噩運的悲慨，其實，也可視為對武帝「盛德」或帝國「聲威」的一種間接批判。

武帝晚年濫誅大臣，迷信巫蠱，已預示了漢朝盛極而衰的前兆。若不是霍光、金日磾等卓特之士臨危受命，匡扶幼主，漢室江山幾乎傾覆。而自漢宣帝以降，雖然憑恃王室既有的基礎，猶能一再紓解內外的危機，然而，大漢帝國畢竟逐漸走向沒落。漢元帝在強敵入寇的壓力下，被迫將王昭君遣嫁於匈奴單于呼韓邪，「一去紫臺連朔漠，獨留青塚向黃昏」，詩聖杜甫的名句，其實正是一種敏銳的文學洞察，反照了漢室與匈奴今昔異勢的局面。等到王莽篡位、太后投璽的權力轉移場面出現時，中國第一個巍然聳峙的統一帝國，也就走完了它命定的歷史途程。這種興亡過程，軌跡瞭然，或許，正如《詩品》的句子所言：「水理漩伏，鵬鳥翱翔，道不自器，與之圓方。」

二

王莽潛移漢鼎，劉秀規復祖業，是中國歷史上第一次出現王朝已告滅亡後，卻又能迅速重建的事例，所以特別受到後代史學家的重視。

光武中興，所憑恃的主要是知識分子與貴族豪俊的結合力量。由於劉秀本人豁達磊

落，崇尚氣節，不但能與部下諸將共甘苦，甚且也與有功諸臣共富貴，著名的「雲臺二十八將」，「凌煙閣三十二功臣」，幾乎個個能得善終。於是，自古以來，知識分子對光武帝一生事蹟的評價極高，連通常鄙視帝王權力的民俗文學家們，也都對他深具好感。事實上，他是古時帝王之中，極少數受到後代文人普遍肯定的一位。

光武出身於國子監太學生，尚未登龍之前，畢生最大的志願不過是：「做官當做執金吾，娶妻當娶陰麗華」，而執金吾其實只是戍衛京都的中級將領。陰麗華也只是一位明朗活潑的鄰家少女而已，可見他不但頗具浪漫情懷，連政治野心也不強烈。正因為光武這種平易近人的性格，所以當王莽亂政，天下沸騰，各地反莽勢力蜂擁而起之時，他原來雖只是綠林軍中的一支偏師，卻能夠吸引真正的豪傑之士，望風來歸。

反莽勢力中的綠林、赤眉、銅馬三個集團，均有逐鹿中原的資格與實力，但劉秀指揮的昆陽之戰，竟以不足一萬的雜湊人馬，擊敗王莽主力四十餘萬正規部隊，徹底瓦解了新莽王朝的軍事部署，卻是古今戰史上的一大奇蹟。而這個奇蹟，主要是由劉秀的摯友，罕見的智者嚴光所策畫和締造的，可見嚴光對劉秀一生事業的幫助之大。

然而，當光武逐漸於群雄並峙中脫穎而出，創立帝業已是指顧問事的時候，嚴光卻飄然而去，不受封賞，終光武之世，垂釣於富春江上，以平民身分與皇帝朋友相友，而光武也一直以畏友視之。縱看中國的歷史，智者與權者的結合，以這兩人的事蹟最為完美。

光武中興之後，漢室氣象一新，對內有振興農業，修明政風的「明章之治」，對外則班超揚威於西域，竇憲勒石於燕然，文治武功，均駸駸然有直薄西漢武帝極盛時期之勢。然而，承平日久，專制王朝所不可避免的天然缺陷，便一一浮現，始則宮闈穢亂，帝權旁落；繼而宦官弄權，外戚干政；接連兩次「黨錮」事件，更將光武遺澤與儒學傳統所培養出來的氣節之士，摧毀殆盡。等到災疫流行，黃巾起事，已經被長期政爭蛀蝕一空的朝廷，頓時陷入風雨飄搖的窘境。當黃巾敗亡之際，權奸董卓已提兵入關，東漢王朝也就走到了它的終結點。

與西漢相比之下，光武帝所締建的東漢，對於知識分子較為尊重，對於平民大眾也較有恩義，所以，在民間傳說之中，東漢的形象也就較為溫柔和親切。而這溫柔和親切，追源溯本，頗得力於高士嚴光對皇帝劉秀的潛在影響。所以，嚴光是東漢最值得懷念的人物，其人其事，正是：

「落落欲往，矯矯不群，縱山之鶴，華頂之雲。」

目錄

目錄

第一回　天授龍種

史筆惟將國賊誅，宮中事蹟半含糊，
雖然為惡牝雞唱，因噎真成廢食乎。
男女平權已一途，坤儀糾正屬吾徒，
閒來戲弄疏狂筆，寫出漢宮人物圖。

這兩首詩便是不佞作這部《漢宮》的宗旨。史家只載軍國政治，對於宮幃事蹟無暇詳記，一概從略。這書既用《漢宮》標題，只寫宮幃事蹟，對於軍國政治無暇兼述，也就一概從略。雖說是僅供文人消遣，無關正經的小說，猶恐以辭害意，誤了一知半解的青年。所以立意宜正，考據宜詳，不敢向壁虛造，致蹈「齊東野語」之嫌。讀者諸子，都是詞壇健將，學館名流，翻閱這書便知人生處世，無論是什麼元凶巨惡，也只能遮瞞於一時，莫能逃過於後世，即如本書的那位王莽而論，當時何嘗不謙恭下士，世人一時為其所

蒙，幾以伊周目之。不久假面揭破，虛偽畢露，依然白費心機。古之人「蓋棺論定」那句說話，確有至理！至於歷朝宮幃中的事蹟，可以流芳千古的，不過十之二三；遺臭萬年的，倒有十之七八。

從前的人，往往狃於重男輕女的習慣，都存著夫為妻綱的心理，以為一切重大責任，自然要男子負著，未免原諒她們幾分，因此釀成她們種種的罪惡，尾大不掉，莫可收拾。她們呢，反認為堂堂正史，都未詳細宣布她們的罪狀，縱有什麼惡行，必可邀准摘釋。哪兒防到數千百年以後，竟有不佞這個多管閒事之人，握著一枝禿筆，一件件地寫了出來。她們死而有知，定在那兒嬌聲浪氣地咒罵不佞要下拔舌地獄。但是此例一開，安知數千百年以後，沒有第二位像不佞這樣的人物，又將現代女界中的行為，宛如拍照一般，盡情描寫出來的呢？前車可鑑，知有警惕，因此一變而為淑眷賢媛，留名萬世。照不佞揣度，未必無人。這樣一來，才不負不佞做此書的一番苦心。話既表明，現在先從那位漢高祖劉邦誕生之初，漢未成漢，宮未成宮，他的一座草野家庭之中敘起。

秦始皇造萬里長城，想做他世世代代的皇帝，豈知那時江南沛縣豐鄉陽里村的地方，早已應運而生，無端地出了一位真命天子，這位天子，自然就是劉邦。他的父親，名叫執嘉。母親王氏，名叫含始。執嘉生性長厚，里人就尊稱他一聲太公。又看太公面上，也稱王氏一聲劉媼。她因不肯辜負太公白養活著她，巴巴結結的就替太公養下兩孩子，長男名伯，次男名仲。養下之後，還不敢認為已盡責任，每日的仍去田間工作。

有一天，她帶領兩子來到田間，那時正是隆冬天氣，因已三月未雨，田裡所種的菜蔬必須灌溉。她因兩子年稚，只得親勞玉手，一連挑了幾桶溝水，便覺身子有些疲乏，一面命兩子且去放牛，自己先行回家休息。路經一處大澤，水聲淙淙，水色溶溶，一見之下，懶神頓時降臨，更覺滿身發酸，寸步難行起來。鄉村婦女原沒什麼規矩，她就在堤邊一株大樹底下坐著打個盹兒，一時入夢。

正在朦朧之間，陡見從空降下一位金甲神祇，滿面春風地向她言道：「本神因你們劉氏世代積德，又與你三生石上有緣，頗想授你一個龍種。」言罷，似有親愛之意。

劉媼見這位神祇出言費解，舉止無度，自然嚇得手足無措。正想逃跑的當口，不料那位神祇早又搖身一變，已經化為一條既長且粗的赤龍，同時又聽得一個青天霹靂，立時雲雨交作起來。可笑劉媼，就在這場雲雨之中昏昏沉沉地不知人事。

此時太公在家，見他兩子一同牽牛回來，未見乃母偕至，忙問：「你們的娘呢？」

兩子答稱：「母親先已獨自回來。」

太公聽了，不甚放心，拔腳就走，沿路迎了上去。走近堤邊，早見他的妻子一個人斜倚樹根，緊閉雙眼，卻在那酣眠。急走近他妻子的身旁，將她喚醒轉來道：「你怎的在此地睡著？離家不遠，何不到家再睡也不為遲！」

只見他妻子先伸了一個懶腰，方始睜開惺忪睡眼，朝她自己身上的地上看了一看，跟著就現出萬分驚疑的臉色問他道：「方才大雷大雨，我的衣裳和地上怎麼乾得這般快法？」

太公聽了，竟被她引得好笑起來，道：「怎麼你青天白日的還在講夢話？今年一冬沒有點滴雨水，果有大雷大雨，這是要謝天謝地的了！」

劉媼一聽並未下過雨，始知自己做了一場怪夢，連稱奇怪不止。

太公問她何故稱奇道怪？劉媼見問，回憶夢境，歷歷在目，不禁把她的雙頰臊得緋紅起來，道：「這夢真是奇突，此處過路人多，回去對你講罷。」

太公聽了，便同劉媼回到家裡。兩子一視他娘回來，歡喜得兼縱帶跳的，來至他娘面前，一個拉著袖子，一個拖著衣襟，一齊問娘往何處閒遊，為何不帶他們同去？劉媼不便將做夢的事情告知兩子，只得哄開他們，方將夢中之事悄悄地告知太公。

講完之後，還問太公，這夢主何吉凶？太公聽了道：「幻夢無憑，何必根究！我們務農人家，只要上不欠皇糧，下不缺私債，吉也吉不到哪裡去，凶也凶不到哪裡去。今天的這個怪夢，無非是因你疲倦而起。這幾天你可在家休息，田裡的生活，讓我一個人去做便了。」

等得晚飯吃畢，劉媼先把兩子照料睡下，又與太公談起夢事道：「夢中那位金甲神祇，他說授我龍種，我曾經聽見老輩講過，只要真是龍種，將來就是真命天子，難道我們劉氏門中，真會出個皇帝子孫不成？」

說著，她的臉上又露出一種似樂非樂，說不出的神情。

太公聽了，嚇得慌忙去止住她道：「快莫亂說，此話若被外人聽去，就有滅族之禍。我和你兩個，只望平平安安的，把兩子管教成人，娶媳抱孫，已是天大的福氣。」

劉媼聽了，雖然不敢再提夢事，但是就在那天晚上，所謂的龍種，真個懷在她的腹中去了。次年果然養下一個男胎，卻與頭兩胎大不相同。此子一下地來，聲音宏亮，已像三五歲的啼聲；又生得長頸高鼻，左股有七十二粒黑痣，太公偶然記起龍種之語，知是英物，取名為邦。他這個命名的意義，有無別的奢望且不管他。單講他又因這個兒子，排行最小，就以季字為號。不過劉媼對於此子，更比伯仲二子還更加憐愛，或者她的夢中尚有什麼真憑實據，不肯告人，也未可知。好在她未宣布，不佞反可省些筆墨。

劉家既是世代業農，承前啟後，無非是春耕夏耘，秋收冬藏那些事情。伯仲二人隨父種作倒也安逸。獨有這位劉邦年漸長大，不事耕稼，專愛鬥雞走狗，狂嫖濫賭，以及代人打抱不平等事，太公屢戒勿悛，只好聽之。

後來伯仲兩個娶了妻子，伯妻素性慳吝，因見她這位三叔，身長七尺八寸，食量如牛，每餐斗米甕酒，尚難果腹，如此坐耗家產，漸有煩言。太公劉媼既有所聞，索性分析產業，命伯仲二人挈眷異居。邦尚未娶，仍隨兩老度日。

光陰易過，劉邦已是弱冠年華，他卻不改舊性，終日遊蕩。自己一個人已經花費很大，還要呼朋引類，以小孟嘗自居。他娘雖是盡力供給，無奈私蓄有限，貼個精光。太公起初念他是個龍種，未免勢利一點，另眼看待也是有之。後來見他年長無成，並沒巴望，自然只得大生厭惡起來了。

有一天，劉邦被他父親訓斥幾句，不願回家，便到他兩個老兄家中棲身。長嫂雖然瞧他不起，困為丈夫相待小叔甚厚，未便過於嘰咕。誰知沒有幾時，長兄一病歸天，這位長嫂，更恨他入門不利，忙去說動二孀，聯盟驅逐小叔。

劉邦見沒靠山，方始發出傲氣，一怒而去，不得已又鑽到近鄰兩家酒肆之中，強作逆旅。這兩家酒肆的主人，都是寡婦，一名王媼，一叫武負，二婦雖屬女流，倒還慷慨。一則因劉邦是她們毗鄰少年，要看太公的面上；二則因他在此居住，他的朋友前來和他賭博，多添酒客，比較平時反而熱鬧。以此之故，每日除供給酒飯外，還送些零錢給他去用。他本是一個隨處為家的人物，有了這般的一個極妙地方，自然不肯驚遷的了。

一天晚上，他的朋友又來尋他賭博，聽說他喝得爛醉，蒙被而臥，將被一揭，並無劉邦其人，只見一條金龍，似乎睡熟在那兒，嚇得倒退幾步，再將床上仔細一看，那條金龍忽又不見，仍是劉邦一個人，鼻息齁齁然地躺在床上。這位朋友此時已知劉邦大有來頭，哪裡還敢去驚動他老人家，趕忙退了出去，把這事告知大眾，就由這位朋友為首，私下湊集一筆銀子，替劉邦運動了一個泗水亭長的職務。劉邦知道此事是大眾抬舉他的，謝過眾人，便去上任。

古代亭長之職，比較現在的地保，大得有限。不過那時劉邦寄食酒肆，究屬不雅，一旦有了此職，真比得了什麼還要高興。每天辦幾件里人小小的訟案，大的公事，自然詳報縣裡，因便認得幾個吃衙門飯的人員：一個是沛縣功曹蕭何，一個是捕役樊噲，一個是書吏曹參，一個是劊子手夏侯嬰，其餘的無名小卒也不細述。不過這四個人與劉邦年齡相若，性情相同，不久即成肺腑之交。每過泗上，必與劉邦開懷痛飲，脫略形跡。

有一次，劉邦奉了縣委，西赴咸陽公幹。一班莫逆朋友，因他出差，各送賮儀，都是當百錢三枚，惟有蕭何，獨饋五枚。劉邦暗喜，他說數雖不多，足證交情有別，因此更與蕭何知己。

及入咸陽辦畢公事，一個人來至宮外閒逛。是時始皇尚未逝世，這天正帶了無數的後宮嬪妃，在御園之中，九霄樓上，飲酒取樂。一時宮樂奏起，樂聲飄飄的隨風吹到劉邦的耳內。他忙跟著樂聲抬頭一望，方知這派樂聲就從此樓而出，心知必是始皇在此取樂。同時又見那座御樓高聳雲際，內中粉白黛綠的塞滿了一樓，他見了萬分妒羨，因思大丈夫原當如是，當下胡思亂想了一會兒，只得意興索然地回縣銷差，仍去做他的泗上亭長。

這般的一混又是好幾年了，他因手頭已經不似往日的窘迫，只是尚無妻室，皇帝倒沒

有想得到手，孤家寡人的味兒卻已受得難熬，於是四處地物色女子，東一個，西一個的，被他也勾搭了不少。

這天正是中秋佳節，他便在一個姓曹的女子房中喝酒，忽見蕭何連夜來訪，相見之下，一面添座同飲，一面問他有無公事。

蕭何道：「前幾天，單父縣裡來了一呂公，單名一個父字，號叔平，與我們縣尊有舊，據說避仇來縣，帶了妻房子女一大群人物，要托縣尊隨時照應。縣尊顧全交誼，令在城中居住，凡為縣吏，都該出資往賀。」

劉邦聽畢，初則若有所思，繼而又點首微笑。

蕭何不知其意，復問他道：「我是好意通知，你去不去也該覆我一聲！」

劉邦方連連答道：「去，去，去！他既有寶眷同來，我要瞻仰瞻仰，如何可以不去？」

蕭何聽了，也不在意，吃了幾杯，辭別而去。

次日劉邦踐約到縣，訪得呂公寓所，昂然徑入。其時他的一班熟友，全在廳上幫同呂家收受賀禮。見他到來，便戲弄他道：「同人公議，賀禮不滿千錢者，須坐廊下。」

劉邦聽了，並不答話，就取出名刺，寫上「賀儀萬錢」四字因即遞進。呂公見他賀儀獨豐，驚喜出迎，延之上坐，寒喧幾句，又將他端詳了好一會兒，擺出酒筵，竟請他坐了第一位。

酒過三巡，眾人各呈賀禮，他此時身無分文，依然面不改色地大嚼特嚼，喝得醺醺大醉，方對呂公言道：「萬錢不便隨身攜帶，明日當飭僕送上。」呂公笑謝。

席罷客散，呂公獨邀他至內室，對他笑道：「老夫略知相術，見君是位大貴之相，將來自知。長女雉，小字娥姁，生時有異兆，願奉箕帚，幸勿推卻！」

劉邦聽了樂得心花怒放，慌忙行過子婿之禮，呂公含笑扶起。送走之後，笑對呂媼道：「我們女兒得配劉郎，真好福命也！」

呂媼自然大喜。沒有幾時，已是花燭之期，交拜天地，送入洞房。

劉邦見呂雉千般嬌豔，萬種風騷，非常合他胃口。太公劉媼見了新人，不過平平而已。過了兩年，呂雉生下一女，便是將來的魯元公主。又過數年，復育一子，就是將來的惠帝盈。劉邦生性好色，在未娶呂雉以前，已與曹姓女子生下一子；娶了呂雉之後，始將曹女列為外室，此事不瞞朋輩，僅瞞呂雉一人罷了。

劉邦此時雖已成家有子，不過福運未至，一時無法發跡。閒居沒事，便自製了一頂竹皮冠，高七寸，廣三寸，上平如板，式樣奇異，自稱為劉氏冠。後來得了天下，垂為定制，必爵登公乘，方准戴得此冠，後人稱為「鵲尾冠」。有人說劉邦早有帝志，此冠便是證據，此言不為無因。

這年秦廷頒詔，令各郡縣遣派犯人西至驪山，幫築始皇陵墓，沛縣各犯便命劉邦押

解。誰知他沿途因酒誤事，所有犯人逃脫大半。劉邦一想，既已闖禍，索性統統放走，完全做個好人。等得放走各犯之後，他當時就想逃至深山避禍。後來一想，我的父母可以丟了不顧，我的妻妾哪好不管，她們二人，一般的花容月貌，我妻的性情尤其不甘獨宿，我劉邦事事肯為，惟烏龜頭銜不願承受。我何不連夜回至家中，將我妻妾挈同而逃。

他想罷，即向陽里村而來。及至行近那條大澤，忽聽得前面嘩聲大作，又見有十幾個村人奔逃而至。劉邦問他們何故如此，那班人答道：「澤邊有一條大白蛇傷人，你也不可前去！」

劉邦此時酒尚未醒，膽子不免大了起來，越過村人，幾個箭步奔至澤邊，果見一條數丈長的白蛇橫架澤中，儼如一座橋樑。他便冒了一個大險，只想僥倖，拔出佩劍，竄至那蛇身旁，攔腰一劍，幸將蛇身剁作兩截，他方呵呵大笑。

不料酒氣上湧，一跤跌倒在地，竟會睡熟。及聽有人喚他，醒來一看，認得是位同村人氏。那人道：「劉亭長，你的膽子真大，你放走犯人，一個人還敢回來，縣官已把你的尊夫人捉去，現出賞格派人捉你呢！」

劉邦一聽他的妻子已經被捉，此時自己要保性命，話也不答，拔腳便想逃走。那人一把將他拖住，劉邦更加著急道：「你將我捉住，難道想領那個賞格不成！」

那人搖首道：「我何至於如此不義，你莫嚇，此刻深夜無人，我和你談談再走未遲。」

劉邦沒法，只得與他席地談天。

那人道：「澤邊一條大蛇不知被何人所斬，已是奇事，我方才走過那兒，又見一位老嫗抱蛇大哭。問她何故，她說她是那蛇之母，那蛇又是什麼白帝子，被一位什麼赤帝子所斬。我還想問她，忽然失其所在，你道此事奇也不奇？」

劉邦聽了，心裡甚是暗喜，嘴上卻不與他明言。談了一刻，天已微明。劉邦別了那人，便向原路而去，一壁走，一壁暗忖道：我是龍種，我娘曾和我提過。我那位賭友，他又見我床上有過金龍。此嫗所言，雖覺荒誕，既會忽爾不見，必非無因。縣裡既是出了賞格拿我，我且逃出這個龍潭虎穴。我索性一不做，二不休，慢慢地召集天下英雄做番大舉，有何不可？

想畢，一看已經離鄉甚遠，他就一個人來到芒、碭二山之間。正想覓個安身之處，不防身後一陣腥風，跳出一隻猛虎。說時遲，那時快，他的身子已被那虎銜住。

第二回　秦帝第二

劉邦一被那隻猛虎銜住身體，這一嚇，還當了得！他雖然明知山中沒有人跡，但是要想活命，自然只好破口大喊救命。誰知真命天子果有百神護衛，忽然半空之中，橫的飛下一個垂髫女子，奔至虎前，用手急向虎頭之上拍了一下道：「你這逆畜，一眼不見你就出來闖禍，還不速將貴人放下！」

那虎聽了，彷彿懂得人事的模樣，就輕輕地將劉邦身體由口內吐了出來，逕自上山去了。此時劉邦的苦膽幾乎嚇破，早已昏昏沉沉的暈在地下，後經那個女子將他救醒，他忙一面坐了起來，一面便向那個女子口稱恩人，倒身便拜，又說：「恩人怎有這般武藝？真個令人欽佩！」

只見那個女子，一邊將他扶起，一邊嫣然微笑著對他說道：「將軍既具大志，我以為必有非常氣概，誰料也與常人無甚區別，未免使人失望。」

劉邦聽了不解道：「小姑娘所說之話，究是指的什麼而言？」

那個女子又含笑道：「大丈夫膝下有黃金，異常名貴，今將軍見人亂拜，似失身分！」

劉邦聽了，方始明白她的意思。此時且不答話，先把自己衣服上的灰塵拍去之後，方對那個女子辯說道：「大丈夫自應恩怨分明，我劉邦受了小姑娘救命之恩，怎好龐然自大，不向小姑娘拜謝？」

那個女子聽了道：「那麼譬如現在的秦帝，他偶然出宮行獵，一時不慎，被虎所銜，當時由他的衛士，也將他從虎口之中奪了下來，難道秦帝也要向那個衛士下跪，謝他救命之恩不成？」

劉邦聽了道：「這是不必的，賜金封爵已足補報的了。」

那個女子道：「既然如此，將軍的大志，無非想做秦帝第二罷了？目下雖是避難此山，尚未發跡，但是一個人的骨子總在那兒的。」

劉邦這人，本是一位尖刻之徒，平時與人交涉，不問有理無理，一定爭得自己不錯，此時的向人謝恩，毫無錯處，反被一個小女子駁了又駁，真從哪裡說起？因思她是救命恩人，何必與她多辯，便笑著認錯，那個女子方始不提此事。

劉邦又問那個女子道：「小姑娘的滿身武藝究是何人傳授？小小年齡，何故住在此山，又何以知我具有大志，可能見告否？」

那個女子聽了，便指著一座最高的山峰道：「寒舍就在那兒，將軍且同小女子到了寒舍，自當細細奉告。」

劉邦聽了，便跟了她來至最高峰頂，果見那裡有數椽茅屋，籬邊野菊，牆下寒花，門前一溪流水，屋上半角斜陽，一派幽景，陡覺胸襟為之一爽。

劉邦正在邊走邊看景致的當口，忽見起先的那隻猛虎偏偏蹲在路旁，只將他嚇得閃在那個女子的身邊道：「小姑娘，此虎莫非是尊府所養的麼？」

那個女子微笑答道：「是的，此虎乃是家母的坐騎。家母今春仙去，我便留牠在舍伴個熱鬧。」

說著，恐怕劉邦害怕，不敢走過那虎面前，便對那虎喝道：「逆畜不准無禮，貴客在此！」那虎聽了，真有靈性，就慢慢地站了起來，踱近劉邦的身邊，用鼻子盡著嗅他的衣襟，表示親暱的樣子。劉邦此時因有女子在側，並不懼怕。

一起進了茅門，那個女子一腳就將他導入自己臥室。劉邦一看室內，布衾紗帷，竹椅板桌，甚是雅靜，心裡以為一個女子雖有武藝，不必至於孤身居此荒山，且等她說明之後，自然知曉。

那個女子，一邊請劉邦隨意坐下，一邊舀了一杯涼水遞與了他，方始坐下說道：「小女子原籍冀州，姓袁，小字姣姵。先君子在日，曾任御史大夫之職，只因秦帝無道，屢諫不納，後見他喜汙大臣的妻女，已屬氣憤難平。豈知有一日，秦帝大宴群臣，兼

及命婦，是日先君子攜了家母上殿，男席設在偏殿，女席設在後宮，家母自然隨著大眾入內。先君子正待宴罷之後，趁著秦帝高興的時候，預備再諫，望他變為一位有道明君長保江山，誰料酒過三巡，秦帝入內更衣，良久不出，先君子尚以為或有各路諸侯的奏報，秦帝必須親自批札，並不疑慮。及至席散，猶未見秦帝出來。等得歸家之後，始見家母業已先回。問明原因，才知家母正在後宮觥觴交錯的當口，忽見秦帝攜了一位美貌妃子來至席間，向眾位夫人說道：『朕本懷與民同樂之志，眾位夫人今天一齊入宮，也是亙古未有的創舉，朕擬各敬一杯！』

「秦帝此言一出，竟將眾位夫人大嚇一跳，累得一個個的慌忙離席辭謝，不敢謹領聖恩。秦帝別懷深意，他的敬酒，便想藉此調戲眾位夫人，後見眾位夫人不敢領情，方命妃子代敬。妃子敬過之後，托故入內而去，那時秦帝宛同穿花蝴蝶一般，東邊席上談談，西邊席上說說。那些夫人都是他的臣下，個個弄得十分靦腆，局促不安。但又不敢和他去講說話，只是腑首正襟危坐。那場酒筵，何嘗有點滴入口。

「過了一會兒，秦帝偏偏看上家母，笑著走過來對家母說道：『袁夫人，朕聞你深嫻劍術，朕擬勞夫人當朕面前，施展奇術一番，毋卻朕命。』

「家母因是君命，未敢有違，只得脫去外衣，口吐煉就的那柄神劍，飛在空中，上下盤旋，左右翔舞，復將一柄神劍倏忽化為十柄，由十柄變為百柄、千柄、萬柄，後來滿宮全是神劍，萬道光芒，不可逼視，竟至人與劍合而為一。良久，始將神劍吸回口內，面不改色，髮未飛蓬，秦帝見了，萬分誇奬。等得席散，忽奉聖旨，著袁夫人暫緩出宮，尚有問話。家母聽了，未便違旨，只得等候後命。又過一會兒，就有一個小內監來將家母引至一座秘宮，那時秦帝已經先在那兒。豈知秦帝真是一個禽獸，殺無可赦，竟來調戲家母，並說如不依從，便有滅族之禍。說完，將要來解家母衣襟的樣兒。

「那時家母羞雲滿面，忍無可忍，一想若要傷那秦帝性命，原是不費吹灰之力，不過後世未免難逃一個殺字。想到此地，便借更衣為名，悄悄地飛身上屋，逃至家中。

「家母既將此事告知先君子，先君子聽了，恨不得立時奔進宮去，手刃那個無道昏君。還是家母勸住，她說：『人君譬諸父母，雖有錯事，斷不可以傷他的性命，好在妾身尚未失身於他，何不掛冠隱避，免得兩有不便。』先君子甚以為是，正想收拾行李，連夜離開咸陽的時候，忽接聖旨，命先君子到邊郡親去催糧。先君子既已為內監所見，自然不好不奉君命，一時沒法，只得悄悄地令家母俟他走後，速即攜同小女子來到此山隱避，先君子一俟催糧公畢，不去面君，趁人不防，溜到此間來會我們。不料家母與小女子在此山一候三月，未見先君子前來，後由家母親去探聽。」

姣姵講至此地，忽然嗚咽起來道：「先君子已被那個昏君暗殺了！」

劉邦聽了忙接口道：「可惡可恨，此仇不可不報！」

姣姵聽了點首道：「小女子也是此意。後來家母不談世事，只練她的劍術。到得今年春上，家母術成仙去。臨行的時候，叮囑我道：『秋末冬初，必有一位貴人名叫劉邦的來此避禍。此人具有大志，你的亡父之仇，他能代報。汝是紅塵中人，沒有仙緣，隨他做個小星。』」

姣姵講到這句，頓時紅霞罩靨，萬分忸怩，便低了她的頭，用手拈弄衣帶，默默含情的一句無言。

劉邦原屬色中餓鬼，今見姣姵如此嬌羞，益形嫵媚，又知她身懷絕技，大可助他一臂之力，一時喜得心癢難搔，忙裝出多情樣兒，對姣姵笑道：「令堂之命，我劉邦怎敢不遵，無奈已娶呂氏，今將小姑娘屈作小星，未免說不過去。但望異日果能發跡，總要使小姑娘享受人間富貴，於心方安。」

姣姵聽了，始漸漸地抬起頭來答道：「富貴二字，倒還不在小女子的心上，惟有父仇未報，未免耿耿於心耳。」

劉邦道：「目今朝廷無道，兵戈四起，我本擬召集天下英雄乘機起事，否則我也不敢將那些人犯放走了。」

姣姵又問他的家事，劉邦倒也不瞞，全行告知了他這位新寵。姣姵聽畢道：「如此說來，劉郎只好在此屈居幾時，慢慢地見勢行事。」

劉邦道：「我本是來此避禍，自然權且安身。今有小姑娘伴我寂寞，倒是意料之外的事情，惟此山高凌霄漢，居處雖有，酒食又從何地沽買呢？」

姣姵道：「此處離開東山僅有數里，那裡有個小小村落，都是打獵謀生的人家，尋常食物，那裡都有，郎的飲食起居，我會經理。」

劉邦聽了，更是高興。

及至天黑，劉邦要與姣姵共枕，姣姵道：「我與郎同床各被如何？」

劉邦聽了，甚不以為然道：「我與娘子既遵岳母的留言，已有名義，你又何必這般拘謹呢？」

姣姵聽了，便紅了臉道：「我現在方練劍術，將要功成圓滿的時期，況且年未及笄，不知人事，燕爾之好請俟異日，我郎幸勿見逼！」

劉邦哪裡肯聽，便自恃尚有幾斤蠻力，悄悄地趁姣姵一個不防，忽地撲上前去抱她。誰知只被姣姵用手輕微地一推，早已跌至床下，幸有被褥相襯，不致受傷。

此時姣姵忙又趕去將他扶起，含笑道：「我的薄技，去到深宮報仇雪恨似尚不足，與郎為戲，卻是有餘，奉勸我郎暫忍一時，且待我將劍術練成之後，那時身已長成，正式抱衾，奉侍我郎便了。」

劉邦知非其敵，只得依她。

過了幾時，有一日，姣姵已往後山打鳥，備作劉邦下酒之肴。劉邦一個人正在家中閒著無事，忽見門外匆匆地走進一位嬌滴滴的少婦，身邊還攜著兩個孩子，定睛看時，不覺大驚。

諸君，你們且猜一猜此婦是誰？原來正是異日身為漢室第一代后妃的呂娥姁便是。

此時劉邦一見他妻攜子女二人尋來，嚇得變色問她道：「賢妻單身怎麼能夠尋到此山來的？快快與我言知，使我放心。」

娥姁聽了，先命子女見過父親，方始坐近劉邦的身邊說道：「妾雖無能，已經代君身入囹圄，受盡刑法。但是君身躲於何處，我只要按圖索驥，一望便知。」

劉邦聽了，似信不信地道：「賢妻莫非能知過去未來的算術不成？」

娥姁聽了搖首道：「算術雖然不會，我幼時曾習望氣之術，凡是天子氣，結於空中，現出氤氳五顏之色，其下必有天子居在那裡，所以無論君在何地，我自會一尋便著。」

劉邦欣然道：「有這等事來麼！我聞始皇常言東南有天子氣，所以連番出巡，意欲厭勝。難道始皇已死，王氣猶存，我劉邦獨能當此麼？」

娥姁道：「天下乃天下之天下，有德者居之。君生有異相，安知必無此事的呢？不過為今尚是苦未盡，甘未來的時候，君闖下大禍，反而安居此地，妾身的苦頭真是吃得夠了。」

劉邦道：「你的那位蕭何叔叔，他在縣裡難道就袖手旁觀，讓你吃苦麼？」

娥姁道：「蕭叔叔起先赴咸陽公幹，今始回來，此次我能夠出來尋你，正是他的力量。」

劉邦道：「罪不及拿，今古一例。況且你是替夫代押，又非本身犯了奸案，縣裡怎好不分皂白地動刑起來？」

娥姁聽了，陡然一陣傷心，一邊淌著淚，一邊將她所受之苦，從頭至尾，詳詳細細說了出來。

「我那天正在家中幫同婆婆料理中饋，那時並未知道你已放走人犯，忽見來了一班差役，穿房入戶地口稱前來拿你。我也以為一身做事一身當，故而並未躲避，那班差役一見你不在家中，不能銷差，便把我捉去。」

劉邦聽到此地，插嘴道：「我知闖了大禍，深恐累及於你，我就馬上回來接你同逃。後遇一個村人，他對我說，你們都已避往他處，所以我只得逃到此間。」

娥姁不信道：「你這話便是敷衍我的說話，我們何嘗避開，真的避開，又何至於被捉？你果回來，無論誰人說什麼話，你也得回家看看真實的情形呀！我還在次，家中還有你的二老呢。」

劉邦道：「你不信，我也不申辯，日後自知。你可知那條大白蛇，又是誰把牠剁成兩

斷的呢？」

娥姁失驚道：「我在獄中的時候，倒是聽人說過此事。我那時想想，一則你既沒有回來過，這種必是謠傳；二則你的武藝有限，怎會斬了這條大蛇？照這樣說來，真的回來過了。」

劉邦聽了，便將他所做的事情反先講與娥姁聽了。娥姁聽到白帝子、赤帝子的說話，倒也歡喜，及聽到她的丈夫已納此間這個姣姵姑娘作妾，不禁又起醋意，於是一把眼淚，一把鼻涕的，怨恨他的丈夫無情。

劉邦忙又將自己與姣姵雖有名義，並未成婚的說話，細細地告知了她。她聽得姣姵既能全貞，又有武藝，始將醋氣稍平。忽又想起她自己獄中所做之事，未免有些對她丈夫不起，良心一現，始對劉邦道：「此女既不當夕，尚知大體，我又看她是位孝女，只好姑且承認她了。」

劉邦道：「我的事情已經全部告知你了，現你既然承認了她，且等她打鳥回來，我便命她與你行禮，你此刻快先把見官的事情告訴我聽。」

娥姁聽了，忽又將她的嫩臉一紅道：「我呂娥姁做了你的妻子，真是冤枉。我那時一到衙門，一則以為有蕭家叔叔照應，二則無非將我這人作押罷了，豈知那個瘟官不講情理，一見將我拿到，逼著要我供出你的藏身之所，我當時真的不知你在何處，自然沒有口供。那個瘟官便喝令差役，褪去我的下裳，將我赤身露體的揿在地下就笞。我這人雖非出自名門，倒也嬌生慣養，真正是顆掌珠，怎能受得住那種無情的竹板，當時的淒慘情狀，也只有流紅有血，挨痛無聲二語可以包括。笞畢之後，押入女監。」

劉邦聽到此地，只氣得雙足亂跺地道：「糟了糟了！我劉邦也是一位現任亭長，你總算是位夫人，竟被那個狗官當堂裸責，試問我劉邦將來拿什麼臉去見人？」

娥姁一見劉邦對她如此重視，想起獄中失身之事，若為丈夫知道，必傷夫妻的感情，忙在腹中編排一番說話，方又接下去說道：「我入了女監之後，身上刑傷痛楚，惟有伏枕呻吟，那時身邊又沒銀錢鋪排監中的費用，萬般虐待，一言難盡。過了幾天，忽有一個男監役串通女役，私來調戲於我。」

劉邦不待她說完，急攔著她的話頭問她道：「那個男役怎麼調戲於你？難道你你你……」

娥姁也不待劉邦問完，忙說道：「你放心！我又不是那班無恥的婦女，那時自然破口將他們大罵一頓。我既已存著拼死無大難的決心，他們雖狡，卻也無法奈何於我。不料世上也有好人，又來一個書吏，叫做什麼吳其仁的，憐我刑傷厲害，替我延醫醫治。醫癒之後，此人絕跡不來。」

劉邦道：「這姓吳的是誰呢？我似乎知道縣裡沒有這人。」

娥姁道：「此人是我恩人，我將來必要報答他的。你真的想不起此人麼？」

劉邦復仔細地想了半天，依然想不出此人。

說也好笑，此人真是並無其人，乃是娥姁胡謅出來騙劉邦的。其實呢，娥姁入監之後，便有那些男役前來調戲她，她當時真也不從，後因種種虐待威迫，吃苦不過，只得失身。失身以後，那班情人愛她多情美貌，真的替她延醫醫治。傷癒之後，自然不再吃苦。她的初意，原想老實告知劉邦，嗣見劉邦對於她的受笞，已說沒臉見人，逼姦之舉，那還了得，所以謅出胡言。

劉邦從前不是說過烏龜頭銜，不敢承擔那句話的麼？他居然也像孔老夫子說的，夫人不言，言必有中起來。皇帝的口風，如此毒法，倒也奇事。

再說劉邦一時想不起那人，只得罷休，又因他妻子說得如此貞節，自然相信。就在這時，忽見姣姵笑瞇瞇地一個人空手回來。劉邦此時也來不及問她何以空手而回，所笑又為何事，只叫她快快參見嫡妻。姣姵奉了母命，本願作妾，所以也就極恭順的以妾禮拜見娥姁。此時娥姁見她年未及笄，又很識理，倒也甚是投機，並將自己種種的事情全行告知姣姵。姣姵聽畢之後，方才對他們夫妻笑著說出一件極奇突的事情來。

第三回　天意興劉

雙峰對峙，上有小小一片平地，林木幽鬱，香味撲人。林外亂石橫疊，如人如獸，位置井然。其間有一塊巨石上，流泉滴滴，年月久遠，水漬經過之處，已成微微的凹形。距此處約二三十步，有一小溪，約深數尺，水色清澄，光可鑑髮，終年不涸。每當夕陽西下之時，映水成赤，溪邊雜樹環繞，設有人坐樹下持竿垂釣，洵是一幅天然圖畫。

這是什麼地方？就是姣姵常至那裡打鳥的後山。當時尚無一定名稱，後人因此處為劉邦作過居處，便稱作皇藏峪。

這天清晨，姣姵因為劉邦有酒無肴，便與劉邦說明，背了一支鳥銃，一個人來到林中打鳥。誰知此時那些雀兒均已飛至別處啄食，林中寂靜，既沒鳥影，亦無鳥聲，她等了半天，並無隻鳥飛回。她等得不耐煩起來，便走到溪邊，倚樹小坐，混過時光。

又過了一會兒，覺得有些疲倦，她便閉目養神。剛剛閉住眼睛，忽然聽得溪水澎湃之聲，似乎像向岸上沖來的樣子，慌忙睜開眼睛一看。不看猶可，這一看，真也把她大大的

嚇了一跳！那麼她究屬看見的是什麼東西呢？

原來那條溪中，陡有一條數丈長的白蟒，掀天翻地的在那兒水裡洗澡。她不怕所養的那隻猛虎，因為那本是她娘的坐騎，幼小看見慣的。此時的一條大蟒蛇，真是眼似銅鈴，口似血盆，那種張牙舞爪的神氣，似乎一口可把幾個人吞下。她自出娘胎以來，兩隻尊眼之中，像這般的巨蛇，真是頭一次看見，她的害怕自在情理之內。她既嚇得手足無措，幸而已有練就的功夫，忙將她那個既便捷而又玲瓏的小身材，疾如飛鳥一般，早已幾個箭步躥至那座林內。還不放心，又爬到其中最大最高的那株古樹頂上。看看離地下已有七八丈遠，那條巨蛇只要不像龍般的會飛，便可不怕牠。

她身居樹頂之上，向溪中的那蛇一望，因為她所處的地方很高，看見那條蛇身只不過三五尺長，看去既已不大，害怕的心理當然減去十之七八。她的武功雖已不錯，但她的劍術尚未至登峰造極、隨意收放的程度，幸有手中的那支鳥銃，本已裝好，她又再裝上那些毒藥，用銃瞄準那條大蛇的眼珠，砰砰地一連兩銃，居然也有穿楊之箭的絕技，竟把那蛇一對像燈籠般的眼球早已打瞎。當下只見那條大蛇受了毒藥，似乎痛得無法可施的樣子。頃刻之間，天崩地裂一聲，死在溪內。

她又等得那蛇不會動彈有好半天了，知道牠準已死定，方才爬下樹來。走至溪邊，定眼一看，忽又稱起奇來。你道為何？原來那條死蛇，不知怎的一來，忽又變為銀的。還有一件更奇怪的事情，看去分明是一條像銀子打成的大蛇，及至仔細一看，卻是一隻一隻元寶鑲合而成的。此時的姣姵，便知天意真是興劉，此銀就是助他們起事的軍餉。她這一喜，非同小可，鳥也顧不得再去打了，趕忙奔回家中，想報喜信。

她笑瞇瞇地正要向劉邦開口，劉邦自然不知此事，一見她來，就叫她拜見娥姁。娥姁接著又將自己此番吃苦的事情，告知了她。她一時沒有工夫可說此事，等得娥姁說完，她始將白蟒化銀的奇事告知他們夫妻兩個。

劉邦聽畢，先第一個開口對姣姵說道：「我前回在我們那個陽里村前，那條大澤之上所斬的白蛇，當時有一人聽見有個老嫗說過，那蛇是白帝子。我此刻想起前事，他既是白帝子，難免沒靈性。我此刻倒防牠前來，以利誘我，或者要想報仇，也未可知。」

姣姵道：「此話近於因果，似難決斷。但是我親眼見牠已化為無數的元寶。照你對我所說的種種祥兆揣測起來，我以為有吉無凶。」

說著，又問著娥姁道：「夫人又為我言如何？」

娥姁這人，端莊不足，機警有餘，便毅然決然地對劉邦道：「袁妹之言，甚有見解。你本是一個龍種，現在無端的得了一注銀子，安知不是老天要亡秦室，助我們起義的餉糈呢？」

劉邦被她們二人你一句，我一句的，說得相信起來，便對她們二人笑道：「你們二

位，意見相同，三人占，則從二人之言，我們且去看了情形再說。」

說完，他們三個便向後山而來。

及至走到那條溪邊，只見雪白的元寶，真的堆滿了一溪。

連姣姵起先所見的蛇形，也化為烏有了。他們夫妻三人，當然高興得已達極點。

劉邦忽然又想起一事，忙問姣姵道：「你住在此山已久，這個後山，可有樵夫前來砍柴？」

姣姵聽了，連連地搖首道：「此處本已人跡罕到，加之自從我們母女二人來此以後，家母養著那隻老虎，哪個還敢到這裡來呀。」

劉邦道：「既沒人來，我便放心了。」

娥姁道：「始皇雖死，二世也是我們袁妹的仇人，我們沛縣的那個瘟官，又是我們的冤家。袁妹既知劍術，我們何不就此前去攻打城池。文的有蕭何、曹參等人，武的有樊噲、夏侯嬰等人，現在既有餉銀，招兵買馬，還愁何事不成？」

劉邦道：「我因逃走押送的犯人，故將未逃的那一班人也統統放走，其中本有深意。放走的那班人之中，果有十餘名壯士情願隨我身邊，以備驅策。他們所有的地址，我已記下。現在既擬大動干戈，讓我寫信叫他們來此聚會就是。」

他們三人商量已妥，便回到家裡，劉邦寫書去招那班壯士。

姣姵年齡雖小，人極玲瓏，她見娥姁貌雖美麗，暗具蕩態，對於床笫之事，必定注意，自己雖是奉了母命，願入劉氏門中為姬，乃是以報父仇為宗旨，閨房情好，本來不在她的心上，便將自己的意思向娥姁徹底澄清地表明。娥姁聽了，因此便不嫉她，一心只想做她的皇后，專候那班壯士到來，便好起事。

那時天下已經大亂，陳勝起兵蘄州，傳檄四方，東南各郡縣紛紛戕官據地響應。沛縣與蘄州相近，縣令恐怕不逞之徒乘機作亂，於己不利，便思獻城歸附陳勝，以保爵祿。蕭何、曹參獻議道：「君為秦廷官吏，奈何附賊？且恐因此激變人心，禍在眼前，不若招集逋亡，以為己用，如此一辦，自可安如泰山了。」

縣令甚以為然，蕭何就保舉劉邦，請縣官赦罪錄用。縣官本知劉邦平時結交天下英雄，只要他肯真心助己，真是一個干城之選，一口應允，便命樊噲去召劉邦回縣。此時樊噲已娶呂公的次女呂嬃為妻，與劉邦乃是聯襟親戚關係，果然知道劉邦的所在，來至芒碭山中，與劉邦說明來意。劉邦忙將此事取決於他妻妾。

姣姵道：「縣官既以笞刑加諸夫人之身，那好去事仇人？這不是個人的私仇，我郎既有大志，今去屈於一縣令之下，試問還有發跡的日子麼？我有一計，須與樊某串通，令他回報縣官，假說我們已經答應助他，一俟召集人員齊全，隨後即到，先行羈住縣官，不使他起疑心，再請樊某和蕭何、曹參、夏侯嬰諸人預為內應，等得我們一到，出那縣官不

意，當場將他殺死，據了城池，然後向外發展。從前文王以百里，湯以七十里，後來都有天下，我郎相貌既已奇異，又有種種徵兆，我看斷秦而起的，捨你莫屬。」

娥姁也忙接口道：「樊噲是我妹婿，我們大事若成，他便是開國元勳，我看他一定贊成此計。」

劉邦便對娥姁道：「此事我不便與樊噲直說，還是你去和他說知，他若應允，自然大妙，他若不允，你們女流的說話，無非等於放屁。」

娥姁聽了，且不答話，只向劉邦傻笑。

劉邦問她何故發笑，娥姁方始指著劉邦的鼻子說道：「你這人，真是一個壞蛋，如此大事，你叫我去對樊噲說，成則你做皇帝，敗則我去砍頭，你不是太便宜了麼？」

劉邦也笑著央求她道：「你就是不看將來在皇帝面上，也須看將來的皇后面上。你可知道皇后是天下之母，本來不是容易做的。你若坐享其成，你不是也太便宜了麼？」

娥姁聽了，始笑著去與樊噲商酌去了。

劉邦等得娥姁去後，又對姣姵說道：「大事如成，你的父仇既報，你便是一位皇妃。不過目下尚在未定之天，倘然失敗，就有滅族之禍。你的武藝，我已略知大概，你須盡力助我，我後來決不忘記你就是。」

姣姵聽了答道：「你是我的夫主，哪有不盡心之理？不過，天下的英雄豪傑甚多，我的劍術尚未成就，螳臂擋車，何濟於事？除我以外，你須趕緊留心人材，尤其是度量要大，行為要正才好。」

他們二人尚未講畢，娥姁早已滿面春風地走進來。

劉邦一見娥姁那個得意的樣兒，便知樊噲定已同意，不禁大喜，忙問娥姁所說如何，娥姁道：「照計行事，樊噲回縣去了，叫我轉告於你。」

劉邦道：「那麼壯士一到，我們立即舉事便了。」

過了幾天，非但那班壯士都已到齊，而且還跟來不少的遊民，於是劉邦自己做了主將，姣姵做了軍師，一班壯士各有名目；一班遊民，編作隊伍。因為娥姁未嫻武事，不必同去，一面放走那虎，一面叫她帶領子女，在山管理餉銀，且俟佔據城池之後，再來接她。佈置已妥，便浩浩蕩蕩地直向沛縣進發。

那時蕭何等人已由樊噲與之說明，大家極願扶助劉邦成事，已在縣署兩旁設備妥當，專等劉邦到來，聽候行事。

誰知內中有了一個奸細，乃是縣令的私人，早將他們的秘密報知縣官。縣官聽了，自然大怒。便不動聲色，也假說商量公事，把蕭何等人召至衙內，不費吹灰之力，竟把這班想害他的人物一個個地刑訊之後，押入監內，連毫不知情的那位劉太公也被捉到，那位縣官又知本縣兵力不夠，便一面詳報請兵，一面關閉四城，以備不虞。

這天劉邦的頭站先抵城下，一見城門四閉，便知縣中有備，慌忙奔回原路，迎了上去，稟知劉邦。劉邦聽了，便一邊下令圍城，一邊繕就無數的文告縛在箭上，紛紛地向城內射進。

城內的老百姓拾起一看，只見上面寫的是：「天下苦秦久矣！今沛縣父老雖為沛令守城，然諸侯並起，必且屠沛。為諸父老計，不若共誅沛令，議擇子弟可立者以應諸侯，則家室可完。不然，父子俱屠，無益也！」

那班百姓將這文告看畢，個個都說此言有理，縣令又非好官，我們大家何必為他一人效忠，誤了自己的身家性命，便將此計商諸大眾。大眾都知劉邦是位英雄，不致欺騙他們，頓時聚集數千人眾，攻入縣署，立把縣官殺斃，然後大開城門，外接劉邦入城。劉邦進城之後，先將監中的太公送回家去，始把其餘人犯統統釋放，又請蕭何等人出監，商議大事。

蕭何等人本與劉邦有約，自然宣告大眾，公推劉邦暫任沛令，背秦自立，大眾自然贊成。劉邦偏對大眾辭讓道：「現今天下大亂，群雄四起，沛令一席，自應選擇全縣有聲望之人，令其負此重任。我非自惜羽毛，實因德薄能鮮，誤己事小，倘然誤了全縣父老，那就百死莫贖，還是快快另舉賢能，以圖大事。」

大眾一見劉邦出言謙遜，更加悅服，於是眾口紛紜地求著劉邦擔任沛令。劉邦仍是再三推讓不就，蕭何等苦勸亦不從。

但眾人因劉季生有異相，久為眾人所知。今既謙辭，我們只有將全縣有聲望之人，擇出九人，連同劉季共合十人，把各人的姓名書於圖中，謹告天地，拈出何人，何人便作沛令，由天作主，不得推辭。

蕭何聽了，眉頭一皺，計上心來，忙對大眾道：「諸位各個辦法，取決於天最是公道，這點微勞，須讓不才來盡。」

大眾聽了都道：「蕭功曹在縣內辦事多年，作事精細，這件事情，理該請你辦理。」

蕭何聽了，忙去照辦。頃刻辦妥，設了香案，將這十個紙鬮放在一隻盤內，又對大眾說道：「劉季最為父老信仰，拈鬮之事，須要請他擔任，以昭鄭重。」

大眾都然其說，劉邦只得對天行禮之後，拈出一鬮，當眾展開一看，內的姓名，正是他自己。正想推辭，再去拈過，蕭何忙走上去，一把將其餘的紙鬮搶在手內，嚼在口中，高聲對大眾道：「天意所歸，還有何說？」

大眾聽了，一時歡聲雷動，高叫劉縣主、劉縣主不絕於口。劉邦沒法，只得承認下來。後來知道蕭何所定的十個紙鬮都是他的名姓，自然一拈就是他的名字。

既知蕭何弄的玄虛，私心感激，毋須明言，劉邦便一面做起沛令，一面派人到芒碭後山搬取銀子，又將娥姁連同子女接來，仍令安居故鄉，侍奉公婆。此時劉邦有的是錢，家

中自然需人照料。

他有一位小朋友，名字喚做審食其的，人既清秀，又有肆應之才，便把此人派在家中，照應門戶。娥姁一見審食其這人，也是他們前世有緣，一時相見恨晚，便把家中之事全盤交其經理。

其時，太公因為坐了幾天牢獄，更加怕事，只在房裡靜守，劉媼又因連次受驚，臥病在床，所有家事全付娥姁，這樣一來，劉氏的家庭之中，只剩這一對青年男女。

有一天，審食其因與娥姁閒談，問起她前時在縣裡受刑之事。娥姁此時早已心存不良，大有挑逗審食其的意思，當時一聽審食其提到此事，不禁將她的那一張粉臉微微地紅了起來，道：「此事不必提起，那個瘟官如此無禮，如今雖是死於非命，我還恨不得生食其肉。」

審食其道：「嫂嫂這般嬌嫩身子，怎能受得如此非刑？那天縣官坐堂問案的時候，我也在那裡看審，實因愛莫能助，真是沒法。後來聽說嫂嫂押在女監裡面，又被人家欺侮，這等事情未知季兄知道否？」

娥姁道：「此事我也略略告知你們季兄，誰知他一聽見我被那個瘟官如此凌辱，他已羞愧得無地自容，其餘之事，我反不便盡情宣布了。」

審食其聽了，微微笑道：「其餘尚有何事，何以不便告知我們季兄？嫂嫂雖然不說，我已略知一二。」

娥姁聽他話內有因，正中下懷，頓時裝出萬種嬌羞的態度，眼淚汪汪地說道：「身為女子，處處吃虧，那時刑傷甚劇，生死難卜，他們無端相逼，我那時也是不得已耳。」

娥姁自從這天和審食其談過監中吃苦之事以後，更覺審食其是一位憐香惜玉，多情多義的人物，因此每天對於審食其的起居飲食，無不體貼入微。就是劉邦和她做了這幾年的夫婦，倒還沒有嘗著那樣溫柔鄉的風味，因為劉邦雖然好色，人極魯莽，閨房之內，無非一宿三餐，並無他事，怎能及得上審食其對娘兒們，知道溫存體貼。娥姁此時，自知已非貞婦，做一次賊，與做一百次賊，同是一樣的賊名，又料到劉邦現在正在戎馬倥傯的時候，哪有閒工夫闖回家來，於是每晚上孤衾獨宿，情緒無聊起來。

有一日，適至審食其的房裡，擬取浣洗的衣服。一進房門，只見審食其不在房內，忽有一位婦人，握了她又黑又亮，數丈長的青絲，正在那兒對鏡梳妝。娥姁從門外進去，只見她的後影，不能看見她的正面，心裡忙暗忖道：「這位美婦是誰？我們村中似乎沒有這般苗條身材的人物。」

想罷之後，便悄悄地走至那位美婦的身後。忽見鏡子裡面，現出一個粉裝玉琢的臉蛋，不是她心心掛念的那位審食其叔叔是誰呢？她一時情不自禁起來，便輕輕地讚了一聲道：「好一位美男子！真個壓倒裙釵了。」

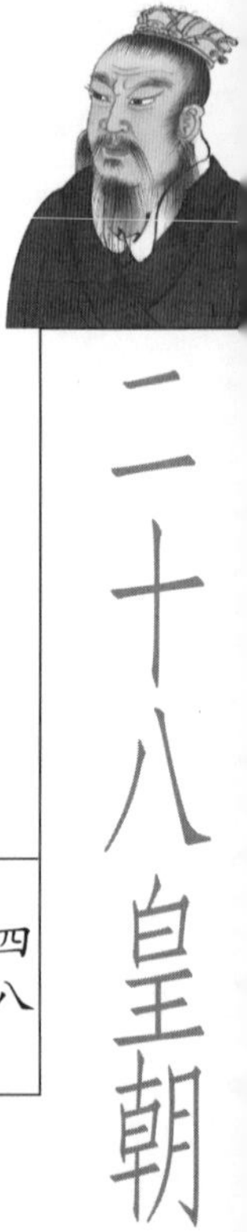

那時審食其正在對鏡理髮，冷不防聽得背後有人說話，因為手裡握了極長的頭髮，一時不易轉過身子，就向鏡子裡面看去。只見映出一個眉鎖春山，眼含秋水的美貌佳人，並且是含情脈脈，面帶笑容，他就索性不回轉頭去，便朝鏡子還她一笑。

第四回　勢如破竹

娥姁那時正站在審食其的背後，一見審食其在鏡子裡朝她微笑，那還了得，一時意馬心猿，無法自制。當時她與審食其調情的舉動，不佞也不願意細寫。不久，她便與審食其兩個，如魚得水，似漆如膠，露水姻緣，情同伉儷。

審食其雖然有負劉邦，但是出於被動，尚非主動，責他不能守身如玉，竟受娥姁引誘，自然罪不可赦。不過看他日後受封辟陽侯之後，尚怕物議，不敢常進宮去，後經呂后再三宣召，臨之以威，他因錯在從前，亦難拒絕於後。每當進宮，也不敢助紂為虐，就是對於外邊臣子，又知排難解紛，所以一有危險，就遇救星，倘竟早死數年，或可倖免那位淮南王的一椎之苦。當時那班薄負虛名的人，也去與他交遊，他若真是元惡巨凶，諸呂被殺的時候，早也一網打在其內的了。不佞本是一個嫉惡如仇的人物，何至袒護這位淫棍？因其確是被動，不佞故不苟刻責人。

一個人讀史，當用自己的眼光，不必以為那部《史記》，便是信史，所以這部《漢

宮》雖說是小說體裁，與正史有別，然而書中所有的材料，倒非杜撰。閱者若因正史所無，就認為空中樓閣，那就未免腹儉了。

現在再說娥姁自從與審食其有了曖昧以後，他們二人真是形影不離，寢食難分，只不過避去太公、劉媼的兩雙眼睛。

太公到底是她的公公，自然不會監督到她的私房之內去的，獨有她的婆婆，有病在床的時候，毋須說起，有時病癒，自然要到媳婦房中走走。虧得審食其這人，年紀雖輕，世情極熟，他與娥姁有情以後，平時一舉一動，無不十分留心，不要說他們二人此時的姦情決不會被劉媼察破，就是將來入了楚營，身為抵押之品，依然同寢共食，也未稍露破綻。觀他細心，倒是一位偷香的妙手。

誰知劉媼為人，真是一位好人，她恐怕她的那位好媳婦，因為有她在世，終究礙手礙腳，未免有些不甚方便，情願犧牲自己皇太后的位分，一病長逝，躲到陰曹地府裡邊去了。娥姁一見她的婆婆歸天，面子上不得不披麻戴孝，心裡呢，少了一個管頭，真是萬分愜意。

這時候，劉邦內有姣姵替他運籌帷幄，外有樊噲、夏侯嬰等人替他陷陣衝鋒，一時聲威大震，已與項羽齊名。這天正攻下胡陵、方與兩邑，方待乘勝向外發展的時候，忽得劉媼逝世的凶信。算他尚知孝道，便令樊噲、夏侯嬰二人分守胡陵、方與兩城，自己帶了姣姵回家治喪。

此時娥姁一見姣姵回來，心裡不大高興，她不是在芒碭山中曾經表示過不妒嫉姣姵的嘛，此刻何以忽又中變起來呢？

她這人，雖是一位女流，卻是歷代皇后中的佼佼人物，不要小覷了她。她因姣姵這人十分伶俐，她與審食其的私事，恐怕被她看破。若去告知劉邦，她與審食其二人便有性命之憂，她於是想出一條毒計，悄悄地去問審食其道：「你看袁姣姵的臉兒生得如何？」

審食其便據以對道：「非常美麗。」

娥姁道：「比我如何？」

審食其道：「尹、刑難分，她是嬌中含有英武之氣，你是美中帶著溫柔之風。我們這位季兄，真是豔福無雙也。」

娥姁聽了，便微微地笑著，咬了他的耳朵道：「你莫豔羨你們季兄，我想不准你們季兄獨樂，他所享受的豔福，統統分半給你如何？」

審食其聽了一嚇道：「使不得，使不得！嫂嫂為人何等精明，我方敢冒險而為，你卻不可動氣，你就是一位才足以濟奸的人物。那位姣姵嫂嫂呢，我看她英武雖然有餘，精細未免不足，日後洩露機關，我們便是劉季刀下之鬼，這還是她情情願願入夥的說話，已有如此危險；她若不肯入夥，那時我們的秘事盡為所知，一經聲曉，其禍立至。嫂嫂呀！我

審食其是從此替你守貞的了，這種盛情，委實不敢領受！」

世間婦女的心理，對於姦夫，自然更比自己的丈夫捻酸吃醋，還要加二厲害。姦夫若是瞞了姦婦另有情人，這位姦婦寧可犧牲一切，必定願與姦夫拼死，若是偶因別種關係，她要將其他的一個婦女介紹姦夫，要他破壞此人的貞節，好與自己同流合污，以防她的正式夫婿。姦夫若是推讓，她必定以為姦夫愛她，不肯二色，心中一個感激，對於醋心便淡了下去，對於憐愛姦夫的心理反而濃厚。姦夫偏是不要，她卻偏要給他。這是普通的習慣。此時娥姁一聽見審食其聲明替她守貞，她自然把他愛得胡帝胡天起來，她當時便報了他很滿意的一個笑眼，自去行事。

一天晚上，姣姵方與娥姵閒談，娥姁談到後來，忽然對姣姵笑道：「妹妹此番在外，聽說很替他建了幾件功勞，依據酬庸之典，我想擇日叫他將你收房，不然，妹妹還要疑心我在暗中作梗呢！」

姣姵聽了，只羞得臉暈紅潮地答道：「夫人這番恩惠，姣姵心感不盡。不過我已聲明在前，只因練習劍術的關係，萬難破身，況且夫主既有孝服，又與項羽等輩逐鹿中原，似乎不可將兒女私事去分其心，只要得了天下，那時再辦我的事情也不為遲。」

娥姁聽了又笑道：「你的說話，本也有理。我正因為你出身官家，懂得道理，不肯辜負你的賢淑。」說著，忙朝外面看了一看，見沒人來，她又對姣姵說道：「我有一句心腹之話，想對你講，又恐為好成仇，大不值得。」

姣姵道：「夫人有話，只管請講。我既是劉郎的妾媵，心裡自然只尊重夫人一個人。若有歹意，天實鑒之！」

娥姁見她如此真心對待自己，便去和她咬了幾句耳朵。姣姵聽畢，便不似先前和順了，就把雙眉一豎，說道：「夫人此言差矣，婦人以名節為重，性命為輕。審食其這人，本要稱他一聲叔叔，此等獸行，夫人究視我為何等樣人？」

娥姁見她變臉，也嚇得遍身打顫起來，只得央求他道：「我是好心，你既不願，你卻不要聲張，害我性命。」

姣姵道：「姣姵可以替夫人守秘，夫人也須顧及劉氏門中的顏面。天下的事情，若要人不知，除非己莫為的呢！」

娥姁道：「我不過剛有此想，其實我與審食其叔嫂稱呼，本來乾乾淨淨，你卻不可多疑。」

姣姵道：「夫人放心，彼此莫提此事便了！」

這天晚上，姣姵回到自己房內，左思右想，沒有善全的法子。就是劉郎將來打得天下，宮中有了這位皇后，在她手下，怎樣弄得清白？況且她的短處已為人知，她也不肯甘休，我還是快快遁入空門，練習我的劍術，倘能成就，便好去找我的親娘，好在秦家江山

總不能保全的了，父仇既已可報，塵世之上，便沒有我的事情。

她籌劃了一宵，趁天未明，倏忽不知去向。後來劉邦得了天下，有人謂至峨嵋山上遇見一位中年尼僧，問及劉邦，便託那人帶了一個口信給劉邦，叫他對於天下大事倒可以放心，惟有宮中之事，千萬力宜整頓。那人哪敢將此事奏知漢帝？直等呂后終世，此話方始漸漸地傳了出來。

有人疑心此尼就是袁姣姵，當時事無考證，不敢判斷。及至唐時，有無名氏作了一部《俠女傳》，袁姣姵之名，也在其中。

不佞既作這部《漢宮》，不敢遺漏此人，又服姣姵有先見之明，毅然潔身以去，否則人彘第二，戚夫人便有人奉陪了。

此處敘過，後不再提。

單講當時劉家忽然不見了姣姵，劉邦百思不得其故。起初的時候，一旦失去這位女軍師，心裡自然不捨，後經娥姁萬般譬解，也就漸漸地將她忘了。

又過了幾時，蕭何、曹參、樊噲、夏侯嬰諸人，催劉邦墨絰從戎的書信，宛如雪片飛來。又說若不親來主持軍事，人心一散，大事即去。劉邦回家葬親，本來是假仁假義，做給人看，何嘗願意回家守孝？今見蕭何等人催他出去，便將家事重託審食其照應，別了太公與娥姁二人，忙向沛縣而來。

蕭何等人見他到了，一個個異口同聲地對他說道：「將軍在家守制，原屬孝思。但是事有緩急輕重，我們內部之事，已是蛇無頭兒不行。外面呢，項家叔侄二人，聲勢非常浩大，現在天下英雄四起，誰不想繼秦而有天下。此時正是千鈞一髮之際，稍縱即逝。一旦真的被捷足者先得，我們豈非白費心思！況且眾弟兄拚命沙場，也無非是巴望將軍得了天下，大家博個分封裂土，況且項梁將攻此地，將軍如何辦理呢？」

劉邦聽至此處，忙問：「項家叔侄現在究竟握有幾許兵力，你們快快告訴我聽，我好籌劃對付。」

曹參道：「項梁本下相縣人，即楚將項燕子，燕為秦將王翦所圍，兵敗自刎，楚亦隨亡。梁既遭國難，復念父仇，每思起兵報復，只懼秦方強盛，自恨手無寸鐵，不能如願。有侄名籍，表字羽，少年喪父，依梁為生。梁令籍讀書，年久無成，改令學劍，仍復無成，梁怒其不肯用功，呵叱交加。籍答道：『讀書有何大用？僅不過為人傭書而已，學劍雖足保身，也只能敵得一人。一人敵何如萬人敵，我願學萬人敵。』籍大喜，願受教。「學了幾時，僅知兵法大意，不肯窮極底蘊，梁只得聽之。及梁為仇家所誣，株連成獄，被繫櫟陽縣中，幸與蘄縣獄掾曹咎相識，作書求救，始得出獄，後將仇家殺死，帶了項籍，避居吳中。又見四方英雄並起，正待起事，適逢會稽郡守殷通，前來召他叔侄，欣然應命。誰知殷通也想乘機起事，請他們叔侄相助，項梁頓時心懷異志，便命項籍將殷

通殺害，自為將軍，兼會稽郡守，籍為偏將，又把本地一班豪士任作校尉，或為侯司馬等職，聲勢頓壯，旋又率領部眾，殺奔彭城。泰嘉非其敵手，非但兵敗身亡，連所立的那位楚王景駒，孤立無援，出奔梁地，一死了事。聽說項梁現想發兵來奪我們這個胡陵，如何是好？」

劉邦聽了道：「可惜我的女軍師姣姵不知何往，她若在此，何愁沒有妙策！」

蕭何道：「我們兵力不及他們的三分之一，不如將此地讓與他們，我們以此處沛地作根本之所，另圖別舉。」

劉邦聽了，尚在遲疑，忽據探報說道：「秦泗川監來攻豐鄉，事已危急。」

劉邦調兵與戰，得破秦兵，泗川監遁走，劉邦便命里人雍齒居守豐鄉，自己分兵往攻泗川。

泗川監平，及泗川守北，出戰敗績，逃往薛地，復被劉邦追擊，轉走戚縣。劉邦部下左司馬曹無傷，從後趕去，殺死泗川守，泗川監落荒逃去，不知下落。劉邦既得報怨，乃駐軍亢父。不意魏相周市，遣人密至豐鄉，招誘雍齒，給以封侯。雍齒本與劉邦不協，於是背了劉邦，舉豐降魏。劉邦聞報，急引兵去攻雍齒。雍齒築壘堅守，屢攻不下。劉邦一想頓兵非計，只有去借大兵，再圖決戰，便撤兵北向。

道出下邳，巧與張良相遇。劉邦見他面如冠玉，應對如流，大為嘆賞，乃向蕭何等人說道：「我失一袁姬，今得一子房，兩相比較是以羊易虎也。」言已大笑，立時授張良為殿將。

張良獻計道：「項梁既然欲得胡陵，將軍何不舉以贈之，何可向其借兵五千，還攻豐鄉，似是上策。」

劉邦大喜，即造項梁營門，說明來意，梁允其請。

劉邦便急回豐鄉，再攻雍齒。雍齒保守不住，出投魏國去了。

劉邦既復故里，乃改豐鄉為邑。又知家中平安，曹女無恙，心中甚喜，心向項梁處告捷申謝。梁覆書道賀，並約劉邦前去，商議另立楚王之事。劉邦欣然應命。及至，適值項羽戰勝班師，因得相會，一見如故，聯成為萍水之交。

次日，項梁升帳，顧大眾道：「我聞陳王確已身死，楚國不可無主，應立何人為是？」眾將竟請項梁自為楚王，項梁方擬承認，忽報居鄛人范增求見。梁令請見，卻是一位老者，梁命旁坐，便以欲立楚王相詢。

范增答道：「老朽本為此事而來。陳勝本非望族，又乏大才，驟欲據地稱王，談何容易！此次敗亡，原不足惜。自從暴秦併吞六國，楚最無罪，懷王入秦不返，楚人哀思至今。僕聞楚隱士南公，通曉術數，曾謂楚雖三戶，亡秦者必楚，據此看來，三戶尚足亡秦。陳勝首先起事，不思求立楚後，妄欲自尊，焉得不敗！焉得不亡！將軍起自江東，

渡江前來，故楚豪傑爭相趨附，無非因將軍世為楚將，必立楚後，所以竭誠求救，同復楚國。將軍若能扶植楚裔，天下聞風慕義，投集麾下，關中何難一舉而得？」

項梁心知陳勝是他前輩，便打斷自立之意，忙笑答道：「尊論甚是，我當從之。」言已，並留范增在營，任作參謀，遂派人四出，訪求楚裔。

不久，就有人報稱：「民間有一牧童，查知此人確是楚懷王孫，單名叫作心。」

項梁聽了，便遣人往迎，誰知相見之下，小小一個牧童，極知禮節，卻也可怪。接到之後，擁心高坐，就號為楚懷王，自率眾將謁賀，並指定盱眙為國都。命陳嬰為上柱國，奉著懷王，同往盱眙，梁自稱武信君。又因英布有功，封他為當陽軍。張良趁此機會，請復韓國，梁允之，乃命張良為韓司徒，奉了韓公子成，西略韓地去作韓王。劉邦暫任沛公，有功再封。

此時山東六國並皆規復，暴秦號令，已不能夠出國門一步了。

後來楚懷王又遷都彭城，此時項梁已死。劉邦、項羽同心夾輔，氣象一新。懷王因思滅秦，便問眾將誰人敢當此任？眾將瞠目結舌，無一應命。懷王復朗聲道：「無論何人，首先入關，便當立為秦王。」

言未已，即有一人應道：「末將願往！」

此人的姓字剛剛吐出，復有一人厲聲道：「我亦願往，須要讓我先去！」

懷王瞧著，第一個應聲的沛公；第二個應聲的就是項羽。兩人都要爭著西行，反弄得懷王左右為難，俯首沉吟。

茂羽又進說道：「叔父梁戰死定陶，仇尚未報，末將誼關叔侄，怎肯罷休！即使劉季要往，末將也須同行。」

懷王聽了，方徐聲道：「兩位將軍同心滅秦，尚有何說！且去各人部署人馬，擇日起程。」

沛公先發。懷王復命項羽，先攻了章邯，再行會師關中，便令宋義為上將，項羽為次，范增又次之，率兵數萬，前往救趙。

此事從略，單說沛公，向西進發，攻城得地，勢如破竹。

一日，攻入武關，便寫書給趙高，叫他出降，趙高無法，忙命閻樂弒了二世。可憐二世，只做了三年的皇帝，亡時年僅二十有三，便在他的手內亡秦。

趙高既弒二世，立即奔入宮中，搶得玉璽，初想自立，繼恐人心不服，且將公子嬰抬舉出來，想舉楚軍議和之後，再作後圖。後來沛公用了張良之計，攻入城中。

其時趙高已死，子嬰不得不捧了玉璽向沛公屈膝請降。沛公接過玉璽，命子嬰一同偕入咸陽，眾將請殺子嬰，免滋後患。

沛公道：「懷王遣我進關，原因我寬容大度，現在人已降我，何必殺他，況他為王僅

有四十六日，也沒什麼歹政。」

沛公言已，便把子嬰飭人看管，自己走入宮內，先將金銀珍寶封鎖起來。眾將乘亂飽掠，沛公也無法禁止，獨知蕭何自往丞相府中，只將秦朝圖籍一併收藏，以備日後檢查，笑謂左右道：「此人是異才，也不枉我提拔他一場！」

此時沛公閒暇無事，因為妻妾不在身邊，一時心動，忙暗忖道：「秦宮佳麗天下聞名，我久思一睹。現在我已入關，懷王本有先入關者為王之命，數年軍旅，筋骨疲勞，何不前去樂它一樂？」

想罷之後，一個人便向後宮而來，跨進宮門，可巧就見一位嬌滴滴的美人，正向一口井中在跳。

他因愛她萬分美貌，一時不忍，趕忙一個箭步躥至那位美人身邊，一把將她抱住。

第五回　才女獻媚

沛公當時可巧見有一位美人，正在投井，急忙奔上前去，一把將她的身子搶著抱住，順便摟入懷內，就向井欄上一坐，邊溫存著，邊問她道：「你這位美人，何故輕生？你看看，這般的花容月貌，一跳下井去，豈不是頃刻就玉殞香消了麼？」

這位美人被他摟住，雖然未敢掙扎，只是不肯開口，用袖掩著面，嚶嚶地哭泣不已。沛公見她不響，又笑著問她道：「你怎的盡哭？你莫嚇，我有權力保護你。」

那位美人聽他這樣一說，方想下地叩謝活命之恩，沛公忙止住她道：「不必！不必！你是何人？可將姓氏告知我聽。」

那位美人便一邊以她的翠袖拭乾眼淚，一邊低聲答道：「奴是亡帝秦二世的妃子，名叫趙吹鸞的便是。亡帝被弒之後，那個奸賊趙高，只知另立新主，哪裡顧得打發我們。奴今晨忽然得著沛公已經入城的消息，恐怕他來清宮，與其做他刀下之鬼，何如清流畢命，到地下隨侍亡帝。今被將軍相救，自然感恩非淺，不過沛公若要處治我等的時候，還要求

將軍，引那罪不及孥之例，赦宥我等。」

沛公聽了，便大笑起來道：「你這位美人，怎的這般懼怕沛公，你可猜猜，我到底是何人呢？」

那位美人聞說，慌忙朝他臉上仔細地看了一看，頓時現出失驚的樣子道：「陛下莫非就是沛公不成？如此說來，奴已冒瀆聖顏，罪該萬死！」說完，急思掙下身去。

沛公仍舊緊緊地將她摟住，正要說話的當口，忽覺自己的手偶觸所抱這位趙吹鸞的肌膚柔軟如綿，滑膩似酥，不禁心內一蕩，跟著他的鼻孔之中又聞著她鬢上所插的殘花之香，一時不能忍耐，便命她站了起來，一同來至後宮。

誰知重門疊戶，不知往哪裡進去為是。

這位趙吹鸞妃子，真是不愧為秦宮人物，已知其意，便朝他嫣然一笑道：「陛下，還是讓奴來引路罷。」說著，便把沛公導入一座寢宮裡面，先請沛公坐在一張金鑲玉嵌的臥椅之上，她始花枝招展，深深地拜了下去。

沛公忙將她扶起，趙吹鸞一邊起來，一邊奏道：「陛下且請寬坐一刻，容奴出去召集全宮的妃嬪，前來朝見陛下。」

沛公剛要止住，只見趙吹鸞早已輕移蓮步，嬝嬝婷婷地走出去了。

沛公俟她走後，方把這座寢宮打量一番，甫經抬頭，便累他大大的稱奇起來。

你道為何？原來這座寢宮，正是秦二世生時行樂之所，二世荒淫無道，更甚其父，行樂之時，必設種種的玩具，以助興致。單是四面的宮牆之上，都繪著春風蝴蝶圖，圖中形容畢肖，栩栩如生，嬌情蕩態不可逼視。

沛公本是一位貧寒起家的人物，從前雖也惹草拈花，可是都是那些民間的俗物，一旦身入萬分奢麗的秦宮，真是聞所未聞，見所未見。他的初意，見了這般非常奇突的裝飾，也怪二世無道，不應如此，誰知一經觸目，早把怪二世的心理束諸高閣，忙一個人望著四壁，細細地領略起來。

正在賞鑑未已的時候，忽聽得一群鶯聲燕語，早由那個趙吹鸞為首，率領無數的美人兒進來朝見，於是粉白黛綠的塞滿了一屋子。

他從前不是曾經因公來過咸陽，偶見始皇在九霄樓上飲酒取樂，那一種旖旎風光的盛舉，他當時十分癆饞，不是說過：「大丈夫應當如是」那句話麼？有志者事竟成，真個也是他的福分，當下他一面吩咐免禮，一面將諸妃輪眼一看，只見有的是蛾眉半蹙，平添西子之愁；有的是蝤蠐低垂，不掩神女之美；有的是粉靨微紅，容光奪目；有的是雲鬟彈翠，香氣撩人；有的是帶雨梨花，盈盈墮多情之淚；有的是迎風楊柳，嫋嫋舞有意之腰。真是各有各的神情，各有各的態度。此時的這位沛公，也會學他的那個末代子孫，樂不思蜀起來。

他正在暗想，此時有了名花，必須美酒前來助興。他的念頭尚未轉完，早見一班宮娥彩女頓時擺上一桌盛筵。他這一喜，便心花怒放，走去自向上首一坐，那班妃嬪就蜂擁著前來輪流把盞，擠不上來的呢，爭來圍著他的身後，宛如一座肉屏風一般，繞得水洩不通。

他也知道此刻尚難馬上就做皇帝，自然不好提那正事。只得揀那些無關緊要的話說，先問那位趙吹鸞道：「你們在一聞城破的當口，究是什麼心理？何妨一一照直說與我聽。」

當下趙吹鸞首先答道：「那時奴婢的思想，尚未知陛下是何等樣人，若是照直說了出來，恐攖聖怒，其罪非輕。」

沛公道：「我不見罪你們，放心大膽地說出就是。」

趙吹鸞聽了，方才微笑奏道：「奴當城破之時，尚臥在床，心裡默念，亡帝荒淫無道，又有那個姓趙的奸臣，只知助紂為虐，逢君之惡，對於天下諸侯自然十分苛待，因此惹起干戈。一旦亡國，那班殺人不眨眼的將士走入宮來，奴等必死亂刀之下。如此慘苦，豈不可怕！當時心理，未免怪著亡帝，早能行些仁政，便可長保江山，那時我們也好長在宮中伴駕，朝朝寒食，夜夜元宵，方不辜負天生麗質，得享富貴榮華，哪料陛下如此仁厚，如此多情。在此刻是只望陛下大事定後，奴等得以長侍宮幃，便無他望的了。」

沛公聽了，便以手中之箸擊著桌子微笑道：「婦人心理，大都如是。恨二世不能長保江山，恨得有理。此是老實說話，我卻相信。」

說完，便把面前酒杯，遞到她的口內道：「賜君一杯，獎君直道。」

趙吹鸞此時以為這位皇帝既已垂憐，將來妃子一席必定有分，心中一喜，忙將那杯酒接著，跪在地下，向她口中咕咕咕地咽了下去。喝完之後，又站身起來，忙用翠袖把那杯子揩拭乾淨，新斟上滿滿的一杯，走至沛公面前，重又跪下，高高地擎在手內，對沛公說道：「陛下請飲一杯，萬年基業已兆於此矣。」

沛公就在她的手內俯身一飲而盡，命她起來，坐在身旁。再去問一個著絳色宮裝的美人道：「你呢？何妨也說說看。」

只見那位美人，慌忙起立，話未開口，見將她的粉頰微微地紅了一紅。沛公一見這般媚態，真是平生未曾經過，不禁樂得手舞足蹈，忙自己乾了一杯，復把他的眼睛望著那位美人的一張媚臉，靜聽她的言語。

又見她卻與趙吹鸞不同，換了一副態度，朗聲說道：

「陛下乃是有道明君，不然，哪會攻破咸陽，身入此宮來的呢？奴當時一聞城破，必以為定受亡帝的帶累。陛下一進宮來，一定把奴婢殺的殺，剮的剮，可憐奴尚在青年，雖然身居此宮，享了幾年的豔福，大凡一個人在享福的當口，只嫌日子過得太短，在受苦的當口，只嫌日子過得太長，這是普通心理。奴蒙亡帝不棄，倒也十分寵幸，當日何嘗防到

秦室的天下亡得這般快法。

「天下本無主，有德者居之，此事毋庸說它。不過古代的天子，亡國的時候，都把一切壞事盡去推在她們一班后妃身上，以為這班女子，個個都是妖精鬼怪，將帝皇迷惑得不顧國事，因此亡國殺身。其實國家大事，卻與女流何干？女流就算最是不好，也不過在深宮承歡一樁事情罷了。那班聖帝明君，宮中何嘗沒有女眷？大舜皇帝而且一娶便是兩個，娥皇、女英究竟有何德能，輔助大舜，以安天下。那班妲己、妹喜之流，無非在於後宮奢華一點，浪費半些而已。奴的意思，最是不服女色能夠亡國的那句言語，所以一聞城破國亡，真是又急又懼，怨恨萬分，本想自縊而亡，也不用著再惜此身。後來一想，得天下的必是仁君，或能赦宥我們這班無知女流，打發出宮。不圖聖上一派慈祥盛德，不嫌奴等是敗柳殘花，准其承恩在側，奴婢有生之年，皆陛下所賜。」

說著，靨上忽然紅噴噴起來，眼中忽然水汪汪起來，一派含情脈脈的春意，早向沛公面上遞送過來。

此刻沛公聽她的一番議論，並非強詞奪理的說話，已經喜她腹有經綸，非但是個美人，而且是個才女，又見她盡把萬種風流的態度直向自己送來，他本是一個馬上將軍，何曾享過這般豔福！於是也不問是青天白日，便命諸人暫且回避，只將這個絳衣妃子暨趙吹鸞二人留下，又對她們二人微微示意，他們三個不久便學壁間所繪的春風蝴蝶一樣，聯翩的飛入那張御榻之中去了。

直至日斜，方始一同出幃，仍命諸妃入內，略談一會，一時燈燭輝煌起來，耀同白日。那班宮娥只知道他是新主，自然也來拚命奉承，頃刻之間，酒筵又復擺上。沛公邊喝邊聽她們繼續再說各人的心理，聽了之後，無非一派獻媚之辭，便已有些生厭，忙命諸人停住。這一席，直吃到月上花梢，方才罷宴。

沛公雖惡文人，對於才女倒也喜歡，這夜便令絳衣妃子一人侍寢。上床之後，這位絳衣妃子要賣弄她的才學，想固異日之寵，盡把她的腹中所有，隨便講與這位新主去聽，復又吟詩一首道：

宮門黯黯月初斜，枕畔慈雲覆落霞。
自問殘枝無雨露，不圖春色到梅花。

沛公本不知詩是何物，隨便誇讚幾句，就顧其他，一進入夢。忽見始皇與二世二人，惡狠狠地各仗一劍，奔至榻前，對他喝道：「這廝無禮，竟敢眠我御床，汙我妃子，公仇可赦，私恨難饒。」邊罵邊把手上的寶劍，向他頭上砍來。

他此時手無寸鐵，自知不能抵敵，深悔不應大事未定，就進宮來做此非禮之事。正在

拼死的當口，忽見天上一輪紅日不偏不斜地卻向他的頭上壓來。他這一急，不禁大喊道：「我命休矣！」

那時那位絳衣妃子只想巴結這位新主，不敢睡熟。一聽這位新主在夢中大喊，趕忙去叫醒他道：「陛下勿驚！莫非夢魘了麼？」

沛公被她喚醒，方知是夢，及至醒轉還嚇出一身冷汗。

但也怕這個絳衣妃子笑他膽小，便對她說道：「我平生膽子最大，獨有夢寐之中常要驚醒，這是我的慣常，無關緊要。」

這位絳衣妃子防他腹餓，早已備了食物，此刻見他醒來，慌忙一樣一樣地遞到他的口內。或遇生冷東西，還用她那張櫻桃小口，把東西含熱之後，方從她的嘴內哺了過去。

沛公邊在吃，邊又暗忖道：「我妻娥姁，對於我的飲食起居不甚留意。那個曹女，她伺候我的地方，已是勝過我妻，我往常因她能夠盡心服伺，因此更加憐愛。豈知在芒碭山中，無端地遇著袁氏姣姵，她的年齡雖小，對於我的身上，可謂無微不至，我原想大事一定，總要使她享受幾年福氣，也不枉她隨我一場。誰料她不別而行，臨走的時候，又不給我片紙隻字。現在我已發跡，雖然尚有懷王、項羽活在世上，是我對頭，也不過再動幾場干戈，便可如我之願，即以現時地位而論，懷王本說先入關者，當王關中，就是皇帝不做成，我的王位總到手的了，姣姵此時若在我的身邊，王妃位置捨她其誰？如此說來，一個人的福分是生成的，若沒福氣，斷難勉強。現在這人，伺候我更是體貼入微。像這樣舉世難求，又溫柔，又美麗的姬妾，哪好不弄幾個在我身邊。我若能就此不用出宮，那就不必說她，若是因有別種關係，必須出宮，這幾個妃嬪，我是一定要帶走的。」

他一邊在吃東西，一邊肚內這般在想。及至吃畢，又見這位絳衣妃子忙將她那隻雪白如藕的玉臂送將過來，代作枕頭。沛公樂得享受，便把他的腦袋枕在她的臂上，問她道：「你叫什麼名字？」

她趕忙答道：「奴姓冷，小字梅枝。既蒙陛下垂問，要求陛下將奴名字記於胸中，因為這宮中人多，陛下將來哪裡記得清楚。」

沛公聽了道：「你放心，就算他人會忘記，你總不致於忘記的了。」

梅枝聽了此言，真是喜得心花怒放，便對沛公笑道：「陛下左股有這許多黑痣，究竟幾粒，陛下可曾知道其數？」

沛公道：「七十二粒。」

梅枝道：「七十二的數目，適成地煞之數，陛下生有異相，難怪要得天下，未知陛下何日即位？皇后、妃子、太子等人，是否隨同前來？奴今夕既蒙幸過，明日當去叩見娘娘。」

沛公道：「你既問及此事，我也本來想對你講了。我此次奉了楚懷王的號令，前來滅

秦，同時又有一位將官，名叫項羽的，他也要同來。懷王便說先入關者為王，我雖是已得為王，尚非皇帝，能否長住宮中，還沒一定，至於眷屬，自然還在家中。」

梅枝道：「陛下此言，奴不甚解。陛下既是先入關中，自然為王。既是為王，自然便可長住此宮。」

沛公不待她說畢，又對她道：「項羽這人，頗有威名，懷王本是他叔項梁所立，哪裡在他眼中。懷王的號令他既不服，當然要與我見過高下，亦未可知。」

梅枝忙答道：「陛下既已入宮，萬萬不能再讓那個姓項的，依奴愚見，等他來時，陛下可以酒席筵前不動聲色取他首級，易如反掌，這般一來，連那位懷王也不必睬他，因為懷王乃是項氏私人所立，陛下本可毋須承認，那時陛下一面即天子位，一面曉諭天下，真是得來全不費力。若不採擇奴之計策，將來或致後悔，伏望陛下三思。」

沛公聽了，雖然見她有才，因是女流之言，並不放在心上。其實此計，正與鴻門宴的一計暗相符合，沛公那時若聽她言，倒也省去幾許戰爭。

幸而項羽也不在鴻門宴上害了沛公，否則了不聽梅枝之計，反去自投羅網，豈不冤枉。

第二天，日已過午，沛公還擁抱著梅枝尚在做他的好夢，累得其餘的一班妃嬪只在簾外候著。

趙吹鸞一時等得不耐煩起來，因為自恃業已親承雨露，此時又無后妃之分，早上候至此刻，倒是仰體沛公連日疲勞，不敢早來驚動他的意思。

此刻時已過午，喚醒他們二人，也不算早了，她便悄悄地走至他們床前，揭起帳幕一看，只見沛公的腦袋枕在梅枝的那隻玉臂之上，他的一條大腿也壓在梅枝的腰間，正在那兒好睡。再看梅枝呢，雖然有條羅衾覆在她的身上，一隻玉臂已為沛公做了枕頭，還有一隻玉臂正勾住沛公的項頸，兩隻衣袖不知怎的，都已褪到肩胛之上，胸前衣鈕也未扣齊，頭上青絲全散在枕上。這些樣兒倒還罷了，最羞人答答的事情，是她的那條繡裳褲腰已露出腳下的被外。想起這夜風雨，落花自然滿地的散亂了。

吹鸞看罷，也羞得一臉緋紅起來，於是先將沛公喚醒，然後再叫梅枝。二人下床梳洗，自有宮娥服伺。一時午飯擺上，沛公只命冷、趙二人同食。梅枝又將夜間的一首詩背給吹鸞聽了，吹鸞也絕口稱讚，又說她頌揚得體。

飯罷，沛公便令她們輪流歌舞。他在上面，且飲且聽，聽到出色的地方，親賜三杯，作為獎賞。

內中還有一位王美人，擅長舞劍。舞到妙極的時候，人與寶劍已合為一，除了劍影釵光之處，宛似一個白球。及至舞畢，沛公將她細細一看，面不改色，聲不喘氣，他也不免叫聲慚愧道：「我劉邦哪有這個劍法。」

歌舞了一會兒，沛公又問道：「此地到九霄樓，如何走法？」

諸妃嬪道：「由御花園的腰門進去，也不甚遠，陛下可要前去遊玩？」

沛公便點點頭，大家於是簇擁著他，向那座御花園而去。

第六回　約法三章

斜陽淡淡，紅分上苑之花，流水潺潺，綠映御園之柳。風光明媚，鳥弄清音，天氣晴和，人添逸興。那座九霄樓中，靜悄悄的毫無聲息。湘簾寂寂，錦幕沉沉。一派金碧輝煌之色，不愧高樓，十分繁華雄健之形，允稱上選。

沛公率了諸妃上得樓來，便向那張寶座一坐，問諸妃道：「現在那班樂工已逃散否？」

諸妃答道：「他們頗為膽小，嚇得紛紛躲避，陛下若需娛樂，何妨召集來此呢？」

沛公道：「如此，速去召來！」

當下自有宮娥奉命前去召集，頃刻之間，酒筵又已陳上。沒有多時，那班樂工已在樓邊奏了起來。一時仙樂飄飄，非常悅耳。

沛公回想當時，一望而不可得，今日是凡秦宮所有的，已經親自享受，我劉邦究竟不是凡侶，得有此日。他一個人愈想愈樂。那班美人一見新主這般喜悅，誰不上來爭妍獻媚。

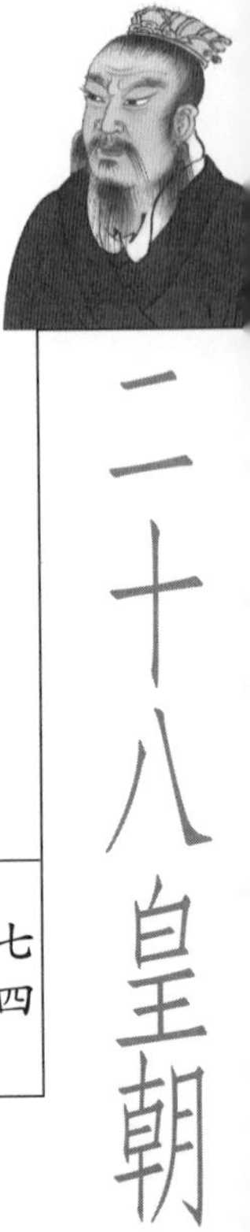

沛公正在樂不可支的時候，忽然聽得樓梯上有很急促的腳步聲響，便吩咐宮娥前去看來。話尚未完，只見一個雄赳赳，氣昂昂的將士趨至他的席前，厲聲道：「沛公欲有天下呢？還是做個富家翁便算滿志了？」

沛公一見是樊噲，默然不答，但呆呆地坐著。

樊噲又進說道：「沛公一入秦宮，難道就受了迷惑不成？我想秦宮既是如此奢麗，秦帝何以不在此地享受，又往哪兒去了呢？沛公當知此物不是祥兆，請速還軍霸上，毋留宮中！」

沛公聽了，仍然不動，只徐徐答道：「我連日精疲骨痛，很覺有些困憊，擬在此再宿數宵。」

樊噲聽了，早已怒髮衝冠起來，但又恐出言唐突，使他惱羞成怒，也是不妙，只得拔腳下樓，去尋幫手。你道他的幫手，又是何人？乃是那位智多星張良。

可巧，張良也來尋找沛公。樊噲一見了他，只氣得講不上話來。

張良微笑道：「將軍勿急，你找沛公，我已知道其事，你同我去見他去。」說著，便同樊噲兩個來至九霄樓上。

張良對沛公說道：「秦為無道，我公故得至此，公為天下除殘去暴而來，首宜反秦敝政。今甫入秦都，便想居此為樂，恐昨日秦亡，明日公亡，何苦為了貪一時安逸，自將功敗垂成。古人有『良藥苦口利於病，忠言逆耳利於行』的教訓，果能長此安居此中，倒也未為不可，只怕虎視眈眈者已躡公後，不可不防。若不幡然自悟，悔之不及。願公快聽我們樊將軍之言，勿自取禍。他日事成，公要如何，便如何可耳，目下乃是生死關頭，尚祈明察。」

沛公聽了張良之言，知道他是一位智士，必有遠見，居然一時醒悟，硬著心腸，跟了張良，就此下樓。

可憐那班妃嬪，弄得丈八金身，摸不著頭腦。趙、冷二妃白白陪了他一宵尤其怨命，然又無可如何，只當一場高興付諸流水罷了。

沛公趨出之後，當下就有一班將士來把府庫嚴封，宮室全閉，又將那一班粉白黛綠的妖精，統統驅散，不去姦污她們，不去殺害她們，已經算是一件幸事。

沛公來至霸上，召集父老豪傑，殷勤語之道：「父老苦秦苛法，不為不久，偶語須棄市，誹謗受族誅，使諸父老飲痛至今，如何可居民上？今我奉懷王命令，伐暴救民。懷王曾有約語，先入秦關，便為秦王。今我已入關中，自然應為秦王。現與諸父老約法三章，殺人處死，傷人及盜抵罪外，凡有亡秦苛法，一概廢除。一班官民均可安枕，不必驚慌。我還軍霸上，無非等候別軍到來，共定約束，餘無別意。」

那班父老豪傑聽畢，自然悅服，拜謝而去。

沛公又聽張良之言，下令三軍不准騷擾民間，違令立斬，復派親信之人，會同秦吏安撫郡縣。於是秦民感戴沛公，紛紛私議，惟恐他不為秦王。沛公因見已得民心，便安心駐軍霸上，靜候項羽消息。

項羽自從沛公出發之後，便把章邯收服。由東入西，行至新安，忽聞降兵有內變的消息，又惹起了他的一片殺機。

原來秦朝盛時，各處吏卒徵調入都，往往為秦兵所虐待，因此聯絡項羽。戰勝得志，那班秦兵反做降虜，難免不受凌辱，秦兵遂私相告語道：「章將軍無端投楚，叫我們一同歸降。我等受他哄騙，自入羅網，充作異軍的奴隸。如楚軍乘勝入關，我等猶得一見骨肉，死也甘心。楚軍若敗，各處吏卒將我等擄掠東歸，秦帝那面，必命殺戮我等父母妻子，以洩其憤。如此一來，怎麼得了！大家有無安身之計，快快想來。」

這種議論漸漸傳到各軍耳中，各軍將領便去告知項羽。項羽為人最不細心，就向各軍將領獰笑一聲道：「我自有計，諸君靜候可也。」

項羽說罷，即召英布、蒲將軍入帳，秘密吩咐道：「降兵人數極眾，聞他們已在私相議論，甚不可靠。倘我軍到了秦關，降兵一時不能號令起來，猝然生變，作為內應，我軍那時業已深入重地，經此一變，尚想生還麼？只有先行下手為強，趁夜圍擊，把他們一併送命，只留章邯、司馬欣、董翳三人一同入秦方保無虞。」

英布、蒲將軍受了命令，自去準備。

待至夜半，已是月色無光的時候，引兵出營，去襲降兵。降兵那時都在新安城南，靠山立寨，沉沉夜睡，好夢正濃，英布指揮部眾，將他們三面圍住，單留後面山路，故意縱他們逃走。又分兵與蒲將軍，令他上山埋伏，一待降兵入山，即用矢石齊下，不准生留一人。蒲將軍分頭自去。英布與兵士等休息片時，大約計算蒲將軍之兵已經上山，乃驅動他的兵士一聲吆喝，破營直入。

此時那班降兵，冷不防的陡聽一片殺聲，只疑敵兵驟至，一時慌亂，哪裡還能抵敵。可憐連那位司馬欣等，也不知這條秘計，只得大家迷糊著各人的睡眼，一齊奔出營來，兜頭遇見英布。

英布急對他們說道：「君等為全軍統將，所司何事？君營業已嘩變，虧得我軍偵破他們詭謀，前來剿殺。君等快快可到項上將營中，自去請罪，免得連坐。」

司馬欣等，中了英布之計，當下各躍上一馬，飛鞭徑去。

英布放走司馬欣等之後，頓時將營門堵住，降兵逃出一個殺一個，逃出一雙殺一雙。那時其餘的降兵知道前面有人截殺，紛紛的都向後面逃生。後面都是山谷，七高八低。就是日間行走也防失足，夜間天色又黑，心中又急，哪裡還顧別的，只向後山逃命。

說時遲，那時快，蒲將軍之兵候在山上，一見亂兵蜂擁著向山下逃過，立時矢石齊

下，不到半刻，那二十萬降卒早已一個不存地都赴鬼門關去了。

英布、蒲將軍坑盡降兵，來報項羽。其時項羽早已接見司馬欣等，好言安慰，留置本營，及見二將覆命，心中暗暗歡喜道：「此計雖毒，箭在弦上，不得不發，現在可以高枕無憂了。」

豈知他自以為高枕無憂，何嘗可以高枕呢？因此反而便宜了那位沛公。兩相一比，就顯出沛公來得仁厚。無論軍民人等，誰不願仁厚的人物做他們的主人？此是劉項得失的一個大大關鍵。

項羽既坑降卒，拔營西指，中途已沒秦壘，真是入了無人之境，一口氣便跑至函谷關前。一見關門緊閉，關上守卒皆是楚軍，一片隨風蕩漾的旗幟，上面都寫著一個極大的劉字。

項羽在路上，似已聞沛公入了秦關的消息，至此見著劉字旗幟，心裡不禁著慌，忙仰呼關上守卒道：「爾等是替何人守關？」

守卒答道：「是奉沛公命令，在此守關。」

項羽又問道：「沛公已入咸陽否？」

守卒又答道：「沛公早破咸陽，現在駐軍霸上。」

項羽急說道：「我奉懷王命令，統率大兵來此。爾等快快開關，讓我去與沛公相會。」

守卒道：「沛公有令，無論何軍，不准放入。我等不見沛公命令，未敢開關。」

項羽聽了大怒道：「劉季無禮，竟敢拒我，是何用意？」便令英布上前攻關，自回後面監軍，退者立斬。英布本是一員猛將，關上守卒不過數千，一時不能抵禦，沒有半日，已被英布首先躍登關上，殺散守卒，開門迎下項羽，一直進至戲地。時已天暮，就在戲地西首，鴻門地方紮下營盤。

項羽此時很露驕氣，便在營中設宴，大饗士卒，且與將佐商議對付沛公之策。當下也有主張馬上決裂，下手為強的；也有主張暫且從緩，以觀風色的。眾口紛紜，莫衷一是，弄得項羽沒有主意。

正在狐疑莫決的時候，忽由小卒報進，營門外面來了一位使者，說是奉沛公帳下左司馬曹無傷命，有機密事前來面陳，項羽便命傳入。

使者跪在帳前稟道：「沛公已入咸陽，欲王關中，用秦子嬰為相，秦宮所有的妃嬪珍寶，一概據為己有了。」

項羽聽了，不禁躍起，拍案大罵道：「劉季如此可惡，目無他人，我不殺他，便非好漢！」

范增在旁進言道：「沛公昔在豐鄉，貪財好色，本是一個無賴小人，今聞他聽了張良之計，封庫閉宮，假行仁義，必有大志，不可小覷。且增夜來遙觀彼營，上有龍虎形，疊

成五彩之色，將他們全營罩住，這個便是天子氣。此刻若不從速除他，後患莫及！」

項羽悍然道：「我破一劉季，如摧枯朽，有何難處！今夜大家正在暢敘，且讓他再活一宵，明晨進擊便了。」說罷，便令使者還報曹無傷，明日我軍來攻，請作內應，勿誤。來使叩頭自去。項羽如此誇口，原來他有兵四十萬，號稱百萬。沛公僅有兵十萬，比較項羽的兵力，四成之中，要少三成，自然被他薄視。並且鴻門、霸上相距程途不過四十里，沿路又沒什麼險要可守，項兵一發即至，眼見得一強一弱，一眾一寡，沛公的危險就在彈指之間了。

誰知人有千算，天只一算。沛公既是龍種，天意屬劉，自然就有救星出現。你道這個救星是誰？卻是項羽的叔父。既是叔侄關係，何以反而要去幫助他人呢？就事而論，只好歸之於天的了。

他的叔父，單名一個伯字，現為楚左尹。他從前在秦朝時候，誤殺一人，逃至下邳，幸遇張良收留，方得藉此避禍。後雖分別，每念前恩，常欲圖報。

此時他正在項營，一聞范增助羽攻劉，不免替張良害怕起來。他想沛公與我無涉，惟有張良，現下也在沛公身旁，池魚之殃，我怎好不去相救？他想罷，便悄悄地溜出項營，騎了一匹快馬，奔至劉寨，求見張良。

張良一聽項伯深夜而來，慌忙將他請入。此時項伯也來不及再道契闊，即與張良耳語道：「快走快走！明天便要來不及了！」

張良驚問原委，項伯將項營之事盡情告知。張良聽了，沉吟道：「我不能立走！」

項伯道：「你與姓劉的同死，有何益處呢？不如跟我去罷。」

張良道：「沛公遇我厚，他有大難，我背了他私逃，就是不義。君且少坐，容我報知沛公，再定行止。」說完，抽身急向裡面而去。

項伯拉他不住，既已來此，又不便擅歸，只好候著。

張良進去，一見沛公獨坐，執杯自飲。張良忙附耳對他說道：「大事不好，明日項羽即來攻營。」

沛公愕然道：「我與項羽並無仇隙，如何就來攻營？」

張良道：「何人勸公守函谷關的？」

沛公道：「鯫生前來語我，謂當派兵守關，毋納諸侯，始能據秦稱王。我一時不及告你，便依其議。你今問此，難道錯了不成？」

張良且不即答錯與不錯之言，反先問他道：「公自料兵力能敵項羽否？」

沛公遲疑一會兒道：「恐怕未必。」

張良又接口道：「我軍不過十萬，羽軍雖稱百萬，確實也有四十萬，我軍如何敵得過他？今幸故人項伯到此，邀我同去，我怎肯背公，不敢不報。」

沛公聽了，嚇得變色道：「今且奈何？」

張良道：「只有請懇項伯，請他轉告項羽，說公未嘗拒彼，不過守關防盜，萬勿誤會。項伯乃是羽叔，或可解了此圍。」

沛公道：「你與項伯甚等交情？」

張良便將往事簡單地告知沛公。沛公聽畢，急忙起立道：「你快將項伯請來，我願以兄禮事之。」

張良忙出來將項伯邀入，沛公整衣出迎。納項伯上坐，始將己意告知，甚至願與項伯結為兒女親家。項伯情不可卻，只得就諾。

張良在旁插嘴道：「事不宜遲，伯兄趕快請回。」

項伯又堅囑沛公道：「公明晨宜來謁羽，以實我言。」

沛公稱是。

項伯出了劉寨，奔回己營。幸而項羽尚未安寢，因即進見。

項羽問道：「叔父深夜進帳，有何見教？」

項伯道：「我有一位故人張良，前曾救我性命，現投劉季麾下，我恐明日我們攻劉，他亦難保，特地奔去邀他來降。」

項羽生性最急，一聽項伯之言，便張目問道：「張良已來了麼？」

項伯道：「張良甚是佩服將軍，非不欲來降，只因沛公入關，未嘗有負將軍。今將軍反欲相攻，似乎未合情理，所以不敢輕投。」

項羽聽了憤然道：「劉季守關拒我，怎得說是不負？」

項伯道：「沛公若不先破關中，將軍亦未必便能驟入。今人有大功，反欲加擊，似乎不義。況且沛公守關，全為防禦盜賊，他對於財物不敢取，婦女不敢幸，府庫宮室一律封鎖，專待將軍入關，商同處置。就是降王子嬰，也未敢擅自發落。如此厚意，還要加擊，未免有些說不過去罷！」

項羽想了半晌，方答道：「聽叔父口氣，莫非不擊為是？」

項伯道：「明日沛公必來謝罪。不如好為看待，藉結人心。」

項羽點頭稱是。

項伯退出，略睡片刻，已經天曉。營中將士都已起來，專候項羽發令，往攻劉營。不料項羽尚未下令，沛公卻帶了張良、樊噲等人乘車前來，已在營門報名求見。項羽聞報，即令請來相見。

沛公等走入營門，見兩旁甲士環列，戈戟森嚴，顯出一團殺氣，不由心中忐忑不安。獨有張良，神色自若，引著沛公徐步進去，直至已近帳前，始令沛公獨自前行，留樊噲候於帳外，自隨沛公趨入。

此時項羽高坐帳中，左立項伯，右立范增。直待沛公走近座前，項羽始將他的身子微動一動，算是迓客禮儀。沛公已入虎口，不敢不格外謙恭，竟向項羽下拜道：「邦未知將軍虎駕已經入關，致失遠迎，今特來請罪。」

項羽忽然冷笑一聲道：「沛公也自知有罪麼？」

沛公道：「邦與將軍同約攻秦，將軍戰河北，邦戰河南，雖是兵分兩地，邦幸遙仗將軍虎威，得先入關破秦。因念秦法苛酷，民不聊生，不得不立除敝政，但與民間約法三章，此外毫無更改，靜待將軍主持。將軍不先示明入關行期，邦如何得知？只好派兵守關，嚴防盜賊。今日幸見將軍，使邦得明心跡，於心稍安，不圖有小人進讒使將軍與邦有隙，真是出邦意外，尚乞將軍明察！」

項羽本是一位直性人，此刻一聽沛公語語有理，反覺自己薄情，忽地一腳跳下座來，捏著沛公的手，直告道：「這些事情，都是沛公帳下的左司馬曹無傷，遣人前來密告。不然，籍亦何至如此？」

沛公反而怡然答道：「這是邦的德薄，以致部下起了異心，哪能及得將軍馭下有法，上下一氣，和睦萬分，以後尚求將軍指教，方不至被人藐視呢！」說罷大笑。

項羽此時被沛公恭維得不禁大樂，胸中早將前事釋然，歡暱如舊，便請沛公坐了客位。張良也謁過項羽，侍立沛公身旁。項羽復顧侍從，命具盛筵相待，頃刻水陸畢陳，當下由項羽邀沛公入席。

沛公北向，項羽、項伯東向，范增南向，張良西向侍坐，帳外奏起軍樂，大吹大打，侑觴助興。沛公平素酷愛杯中之物，不亞色字，那時卻也心驚膽戰，不敢多飲。項羽胸無成府，倒是盛情相勸，屢與沛公賭酒，你一杯，我一杯的，賓方正在興致勃勃的時候，誰料有人又在暗中要害沛公。

第七回　鴻門宴

卻說要害沛公的那人，不是別個，正是老而不死的那個范增。他自從投入項羽帳下以來，從龍心切，不顧自己春秋已高，屢獻詭計，博得項羽心歡，大有姜子牙八十遇文王的氣概。他因項羽不納他發兵打劉營的計策，心中已是萬分不樂，又見項羽被沛公恭維得忘其所以，不禁又妒又恨，趕忙眉頭一皺，計上心來。

那麼究竟是個什麼妙計呢？也不過等於婦人之見，學著秦宮裡那位冷梅枝妃子，勸沛公在席上害死項羽的那條計策，要請項羽在席間殺了沛公。又因賓主正在盡歡的時候，不便明言，便屢舉他身上所佩的玉玦，目視項羽，一連三次，項羽只是不去睬他，儘管與沛公狂飲。

他一時忍耐不住起來，只得托詞出席，召過項羽的從弟項莊，私下與語道：「我主外似剛強，內實柔懦，如此大事，卻被沛公幾句巴結，便復當他好人。沛公心懷不良，早具大志，此刻自來送死，正是釜內之魚，甕中之鱉，取他狗命，真是天賜機會，奈何我主存

了婦人之仁，不忍害他。我已三舉佩玦，不見我主理會，此機一失，後悔無窮。汝可入內敬酒，借著舞劍為名，立刻刺死沛公，天下大事，方始安枕。」

項莊聽了，也想建此奇功，遂撩衣大步闖至筵前，先與沛公斟酒一巡，然後說道：「軍樂何足助興，莊願舞劍一回，聊增雅趣。」

項羽此時早已醉眼朦朧，既不許可，也不阻止，只顧與沛公請呀請呀地喝酒。項莊便將腰間佩劍拔在手中，運動腕力往來盤旋，愈舞愈緊。

張良忽見項莊所執劍鋒，盡向沛公面前飛來，著急得出了一身冷汗，慌忙目視項伯。項伯已知張良之意，也起座出席道：「舞劍須有對手。」說著，即拔劍出鞘，便與項莊並舞起來。

此時是一個要害死沛公，一個要保護沛公，一個順手刺來，一個隨意擋住，項莊縱有壞意，因為未奉項羽命令，也只好有意無意地刺來。加以有項伯邊舞邊攔，所以沛公尚得保全性命。

張良在旁看得清楚，一想彼等既起殺意，儘管對舞，如何了局，就托故趨出，劈面遇見樊噲在帳外探望，忙將席間舞劍之險告知了他。樊噲聽畢發急道：「如此說來，事已萬分危急了，待我入救，雖死不辭。」

張良點首。樊噲左手持盾，右手執劍，盛氣地闖將進去。

帳前衛士見了樊噲這般儼如天神下降的樣兒，自然上前阻止。此時樊噲已拼性命，加之本來力大如牛，不管如何攔阻，亂撞直前，早已格倒數人，躥至席上，怒髮衝冠，瞋目欲裂。

項莊、項伯陡見一位壯士闖至，不由得不把手中之劍暫行停住。項羽看見樊噲那般凶狀，也吃一驚，急問道：「汝是何人？」

樊噲正待答言，張良已搶步上前，代答道：「這是沛公參乘樊噲。」

項羽也不禁讚了一聲道：「好一位壯士！」說罷，又顧左右道：「可賜他巵酒彘肩。」左右聞命，忙取過好酒一斗，生豬蹄一隻，遞與樊噲。樊噲也不行禮，橫盾接酒，一口氣喝乾。復用手中之劍，撲的撲的，把那隻豬蹄砍為數塊，抓入口內，頃刻而盡。方向項羽橫手道謝。

項羽復問道：「還能飲否？」

樊噲朗聲答道：「臣死且不避，巵酒何足辭！」

項羽又問道：「汝欲為誰致死？」

樊噲正色道：「秦為無道，諸侯皆叛，懷王與諸將立約，先入秦關，便可為王。今沛公首入咸陽，未稱王號，獨在霸上駐軍，風餐露宿，留待將軍。將軍不察，乃聽小人讒言，欲害功首，此與暴秦有何分別？臣實為將軍惜之！惟臣未奉宣召，遽敢闖入，雖代沛

公訴枉而來，究屬冒瀆虎威，臣所以說死且不避，還望將軍赦宥！」

項羽無言可答，只好默然。

張良急用目示意沛公，沛公徐起，偽說如廁，且叱樊噲隨之出外，不得在此無禮。樊噲見沛公出帳，方始跟著走出，剛至外面，張良也急急地追了出來，勸沛公速回霸上，遲有大禍。沛公道：「我未辭別項羽，如何可以遽去？」

張良道：「項羽已有醉意，不及顧慮。我主此時再不脫身，還待何時！良願留此，見機行事。惟公身邊所帶禮物，請取出數事，留作贈品便了。」

沛公即取出白璧兩件、玉斗一雙交與張良。自己別乘一匹快馬，帶了樊噲等人，改從小道馳回霸上。

張良眼送他們走後，方始徐步入內，再見項羽。只見項羽閉目危坐，似有寢意。良久，方張目顧左右道：「沛公何在？何以許久不回？」

張良故意不答，藉以延挨時間，好使沛公走遠，免致追及。

項羽因命都尉陳平出尋沛公。稍頃，陳平回報道：「沛公乘車尚在，惟沛公本人不見下落。」

項羽始問張良，張良答道：「沛公不勝酒力，未能面辭，謹使良奉上白璧兩件恭獻將軍，另有玉斗一雙，敬贈范將軍。」說著，即將白璧、玉斗分獻二人。

項羽瞧著那對白璧，光瑩奪目的是至寶，心中甚喜，又問張良道：「沛公現在何處？快快將他請來！盛會難得，再與暢飲。」

張良方直說道：「沛公雖懼因醉失儀，知公大度，必不深責，惟恐公之帳下似有加害之意，只得脫身先回，此時已可抵霸上了。」

項羽急躁多疑，聽了張良說話，已經疑及范增。范增一時愧憤交集，即將那一雙玉斗向地上摔得粉碎，且怒目而視項莊道：「咳！豎子不足與謀大事。將來奪項王天下的人，必是沛公，我等死無葬身之地了！」

單說項羽那邊，因有項伯隨時替沛公好言，一時尚無害沛公之意。過了數日，便統大軍，進至咸陽。首將秦降王子嬰及秦室宗族全行殺害，再將城中百姓，屠個罄盡。然後來到秦宮，將所有的珍寶一件件地取出過目，看一樣，稱奇一樣，便大笑數聲。

忙了一日，始將那些奇珍異寶看完，顧左右道：「帝皇之物，究非凡品。汝等速將這些珍寶送至營中，交與虞姬收存。她自從事俺以來，小心翼翼，甚是賢淑，賜她製作妝飾，以獎其賢。」

左右奉命遵辦。項羽又令搜查玉璽，左右尋了半日，只是尋不著那顆玉璽。項羽大怒道：「必是劉季那廝攜去了。」

項伯道：「將軍不要錯怪好人，宮中奇珍異寶，乃始皇費數十年心血始得聚此深宮，

沛公一絲不取，何必單取那個玉璽。或是乘亂遺失，也未可知。」

陳平此時，一則恨項羽居心殘忍，稍攖其怒，性命就要難保，此等主子，伴著很是危險；二則看沛公手下文是張良，武有樊噲，如此忠心事主，則沛公之待人厚道可知，已存暗中幫助之意；三則近與項伯引為知己，項伯所言，無不附和。

他見項羽因為玉璽一事，似乎又要不利沛公，忙也來接口對項羽道：「玉璽可是可寶貴，惟天子可用。沛公連秦王之職尚未到手，要這玉璽何用？」

項羽聽了，始不疑心沛公，便立時下令，有藏匿玉璽不獻者，誅三族。有呈出者，封萬戶侯。後來找尋許久，仍沒下落，誰知真的已為沛公取去。沛公別的貴重東西，可以割愛，他居心想代秦而有無下，豈肯不將這樣東西拿去的呢？這是後話，此刻不必說。

且說項羽當時一面尋找玉璽，一面復將沛公驅散的那班妃嬪宮女全行尋回。除已早經逃脫，或是自縊的外，所餘的命站東邊。原定由他親自一個個的挑選，揀出才貌雙全的擬留己用，嗣由范增獻策，說道：「那班嬪妃都是曾經服伺始皇、二世、子嬰過的，內中難免沒有忠烈之婦。若是身懷利器，拼死代秦室報仇，一時忽略，竟被她們乘隙行弒，那還了得。最好是褪去衣裳，裸身揀挑，方為穩妥。」

項羽聽了大喜，真的如此辦理，當時選了十成之五，留入宮帳，其餘五成，方始分賞有功的將士。

從前被沛公幸過的趙妃吹鸞、冷妃梅枝她們兩個，或為項羽所留，或為將士所得，或已逃亡，或已自縊，或為沛公私下攜去，無從根究。惟日後漢宮嬪妃中並無二人名字，未便冤枉沛公，只好作為疑案。

當日項羽辦過此事，就此回營，對於所留妃嬪，毋庸細述。獨有他部下的那班文武將吏，個個自命有功，雖然項羽也將己所勿欲，使於他人，那班將吏，可是上行下效，哪肯安穩過去，早在屠殺民間的當口，先揀美貌的婦女，各人留下不少。

內中有一個名叫申侯的，他本是項羽的嬖臣，天生好色，無出其右。他一入咸陽，先帶了兵卒，按戶搜查，後來查到一位姓秦的都尉家中。

這位都尉也是二世的嬖人，年才弱冠，貌似美婦，家中妻妾竟達三四十人之眾，嫡妻趙姮，即趙高的侄女，貌似西施，淫如妲己，夫妻二人都被二世幸過，這天躲在家中商議，正思揀些珍寶孝敬項羽，還想做個楚臣。不料已被申侯查至，一見他夫妻二人都是尤物，吩咐手下兵卒，先把他們二人看住，防他覓死，然後將他的府上所有珍寶取個罄盡。又見還有三四十個美麗的姬妾，便在當場污辱她們。

內中無恥的，只想保全性命，也不管他們的丈夫嫡妻尚在面前，爭妍獻媚，無事不可依從。也有幾個貞烈的，不肯受汙，當場破口大罵，頓時惹動那位申侯之氣，便把她們一個個地剝皮剖肚，送入陰曹。

當時那位秦都尉眼見他的愛姬這般慘死，未免流下幾點傷心之淚，誰知更是惹動申侯火上加火，立命一班兵卒，把他們夫妻姬妾由大眾污辱而死。臨走的時候，還放上一把野火，非但房屋化為灰燼，連那些死體也變作焦炭，慘無人道，算亙古未有之事。

為什麼這樣說他呢？因為這位申侯，究是楚軍中的將士，堂堂節制之師，哪可比於盜賊，當時一班將吏與申侯行為類似的也不在少數，記不勝記，只好單寫申侯一人，以例其餘罷了。

項羽手下有了這些人物，焉得不敗？若拿沛公部下的張良、蕭何、曹參、樊噲、夏侯嬰那一班人比較起來，沛公這人，真好算得馭下有方的主帥了。矮子裡面揀有長子，他得有天下，也不慚愧。項羽手下的人如此凶狠，閱者聽了，未免要疑不佞在此亂嚼舌頭，形容過分，豈知項羽所做的事情，還要可怪呢！

項羽那天回營之後，不知怎的，一時心血來潮，竟將咸陽宮室統統付諸一炬。不管什麼信宮極廟，及三百餘里的阿房宮，說也太殘忍，全部做了一個火堆。今天燒這處，明天焚那處，煙焰蔽天，灰塵滿地。一直燒了三個月，方才燒完，可憐把秦朝幾十年的經營，數萬人的構造，數千萬的費用，都成了水中泡影，夢裡空花。

項羽還不甘休，又令二三十萬兵士奔至驪山，掘毀始皇的墳墓，收取坑內的寶珍輸運入都，又足足地忙了一月，只留下一堆枯骨，聽他拋露。本來咸陽四近是個富庶地方，迭經秦祖秦宗盡情搜括，已是民不聊生，此次來了一位項羽，竟照顧到地底下去了，大好咸陽條成墟落！

項羽一時意氣，任性妄行，也弄得滿目淒涼，沒甚趣味起來，於是不願久居，即欲引眾東歸。忽有一個韓生進見，力勸項羽留都關中。他的主張是關中阻山帶河，四塞險要，地質肥饒，真是天府雄國，若就此定都，正好造成霸業。

項羽聽了搖頭道：「富貴不歸故鄉，好似衣錦夜行，何人知道？我已決計東歸，毋庸申說！」

韓生趨出，顧語他人道：「我聞諺云，楚人沐猴而冠，今日果然有驗，始知此話不虛。」

不料有人將此語報知項羽，項羽即命人將韓生拿到，把他洗剝乾淨，就向一隻油鍋裡「撲咚」地一聲丟了下去，用了烹燔的方法，把韓生炙成燒烤。

項羽獰笑一聲道：「教他認識沐猴而冠的人物。」

他既烹了韓生，便想起程。轉思沛公尚在霸上，俺若一走，他必名正言順地做起秦王，如何使得。不如報知懷王，逼他毀約，方好把沛公調往他處，杜絕後患，立刻派人東往，密告懷王，速毀前約。

誰知去人回報，懷王不肯食言，仍將如約二字作了回書。項羽接了此書，頓時怒髮衝

冠地召集諸將與議道：「天下方亂，四方兵戈大起，俺項家世為楚將，因此權立楚後，仗義伐秦，百戰經營，全出在俺叔侄二人之手以及諸將的勳勞。懷王不過一個牧牛小童，由俺叔父擁立，暫畀虛名。誰知他竟敢恩將仇報，擅自作主，妄封王侯，今俺不廢懷王，乃是俺全始全終的大量。諸君披堅執銳，勞苦功高，怎好不論功行賞，裂土分封？鄙意如此，諸君以為如何？」

諸將聽得有封侯之望，自然眾口一辭，各無異議。

項羽又道：「懷王不過一王位，怎好封人家為王呢？俺思尊他為義帝，我等方可為王為侯。」

眾將又哄然稱是。項羽遂尊懷王為義帝，另將有功將士，挨次加封。忽然想到沛公，難道真個封他為秦王不成！沒有主意，只得仍請范增前來商議。

范增自從鴻門一宴之後，負氣不發一言，本想他去，又捨不得幾年勞績。若真是走了，恐怕項羽一旦得志，豈不白白地效勞一場麼？連日正在躊躇，忽見項羽召他商議大事，自然欣然應命，也不敢再搭他的臭架子了。

當時見過項羽，項羽便與他密議道：「俺欲大封功臣，別人都有辦法，惟有劉季，實難安插，請君為俺一決！」

范增聽了，微笑道：「將軍不聽增言，鴻門宴上不殺劉季，大是錯著，今日又要將他加封，真是後患。」

項羽道：「劉季無罪，冒然殺他，天下必要說俺不義。況且懷王力主前約，俺有種種為難，君應諒我。」

范增一聽項羽說得如此委婉，自己已有面子，只得替他出了一個壞主意，道：「既是如此，不如封劉季為蜀王。蜀地甚險，易入難出。秦時罪人，往往遣發蜀中，封他在那裡，也好出出心頭惡氣。況且蜀中本是關中餘地，也算不負懷王之約。」

項羽聽了，甚以為是。

范增又道：「章邯、司馬欣、董翳三人，皆秦降將，最好是封他們三人分王關中，堵住劉季出來之路，三人定感我公，盡力與劉季作對，我們就是東歸，也好安心。」

項羽大喜道：「此計更妙，應即照行。」

項伯得了此信，忙派人密告沛公。沛公聽了大怒道：「項羽無理，真敢毀約麼，我必與之決一死戰！」

樊噲、周勃、灌嬰等人，亦皆摩拳擦掌，想去廝殺。獨有蕭何進諫道：「如此一來，大事去矣！」

沛公道：「其理何在？」

蕭何道：「目下項羽兵多將眾，我非其敵，只有緩圖。蜀中天險，最合我們養精蓄

銳，進可攻，退可守，何必著急，只圖目前洩憤呢！」

沛公聽了，怒氣漸平，因問張良，張良亦以蕭何之言為是，但請沛公厚賂項伯，使他轉達項羽，求得漢中地更妙。沛公依議，項伯既得厚賂，更加相助。

項羽因項伯之言，果然將漢中地加給沛公，封為漢王。以後書中，不稱沛公，直稱他為漢王了。

第八回　暗渡陳倉

項羽因見劉季自己請求漢中之地，既已如他之願，或者不至於再有野心，又有章邯等三人阻止他的出路，略覺放心，便自封自為西楚霸王，決計還都彭城。據有梁楚九郡，再圖進取，乃遣將士，迫義帝遷往長沙，定都郴地。

禁地僻近南嶺，哪及彭城來得繁庶，項羽既要都這繁庶之地，義帝的名號，本是他尊的，怎敢不遵，只得眼淚簌落落的，彷彿充軍一般，帶著臣下自往那兒去了。項羽復將應封諸將的王號，以及地點，書列一表，交付義帝照辦。

義帝接到此表一看，只見那表上是：

劉邦封為漢王，得漢中地，都南鄭。

章邯封為雍王，得咸陽以西地，都廢邱。

司馬欣封為塞王，得咸陽以東地，都櫟陽。

董翳封為翟王，得上郡地，都高奴。
魏王豹徙封河東，改號西魏王，都平陽。
趙王歇徙封代地，仍號趙王，都代郡。
張耳封為常山王，得趙故地，都襄國。
司馬卬封為殷王，得河內地，都朝歌。
申陽封為河南王，得河南地，都洛陽。
英布封為九江王，都六。
共敖徙封臨江王，都江陵。
燕王韓廣封為遼東，改號遼東王，都無終。
臧荼封為燕王，得燕故地，都薊。
吳芮封為衡山王，都邾。
齊王田布徙封膠東，改號膠東王，都即墨。
田都封為齊王，得齊故地，都臨淄。
田安封為濟北王，都博陽。
韓王成封號如昔，仍都陽翟。

義帝看畢，怎敢道個不字，只得命左右繕就，發了出去。

項羽又另撥三萬人馬，託辭護送漢王劉邦，西往就國。此外各國君臣，一律還鎮。

漢王一日奉到義帝所頒的敕旨，就從霸上起程，因念張良功勞，賜他黃金百鎰，珍珠二斗。良拜受後，偏去轉贐項伯，並與項伯、陳平作別之後，親送漢王出關。

就是各國將士，也慕漢王仁厚，竟有情願跟隨漢王西去，差不多有數萬人之眾。漢王並不拒絕，一同起程。及至到了關中，張良因欲歸韓，即向漢王說知，漢王無法挽留，只得厚贈遣令東歸。

驪歌唱處，二人都是依依不捨。張良復請屏退左右，獻一條密計，漢王方有喜色。

張良拜辭去後，漢王仍然西進。不料後隊人馬，忽然喧嚷起來，漢王便命查明報知，即有軍吏入報道：後路火起，聞說棧道都被燒斷，漢王假作驚疑，但令部眾速向前行，說道：「且到南鄭，再作計議。」

部眾不解，只得遵令前進，旋聞棧道是被張良命人燒斷的，免不得一個個地咒罵張良，怪他絕歸路，使眾不得回轉家鄉，此計未免太殘忍。

誰知張良燒斷棧道，卻是寓著妙計，一是哄騙項羽，示不東歸，讓他放心，不作防備。二是備禦各國，杜絕他們覬覦之心，免得入犯。張良拜別漢王時的幾句密話，正是此條計策。漢王早知其事，當時不過防著部眾鼓噪，所以只令飛速前進。

到了南鄭，眾將見漢王並無其他計議，方知受紿，但也無法。旋見漢王拜蕭何為丞相，將佐各授要職，便也安心。

內中有一韓故襄王庶子，單名一個信字，曾從漢王入武關，輾轉至南鄭，充漢屬將，因見人心思歸，自己惹動鄉情，便入見漢王道：「此次項王分封諸將，均畀近地，獨令大王西徙居南鄭，這與遷謫何異？況所部又為山東人居多，日夜思歸，大王何不乘鋒西向與爭天下，若再因循，海內一定，那就只好老死此地了。」

漢王不甚睬他，隨便敷衍幾句，即令退出。

過了幾天，忽有軍吏入報：「說是丞相蕭何，忽然一人走出，不知去向，已三天了。」

漢王大驚道：「丞相何故逃去？莫非他有大志麼？」說完，便命人四出追趕，仍無下落。

漢王只急得如失左右手，坐立不安起來。正在著急之際，忽見一人踉蹌趨入，向他行禮，一看此人，正是連日失蹤的那位蕭丞相，一時心中又喜又怒，便佯罵道：「爾何故背我逃走？故人如此，其他的人尚可託付麼？」

蕭何道：「臣何敢逃，乃是親去追還逃走的人。」

漢王問：「所追為誰？」

蕭何道：「都尉韓信。」

漢王聽了復罵道：「爾何糊塗至此，我自關中出發，逃走不知凡幾，爾獨去追一個韓信，這明明是在此地欺我了。」

蕭何道：「別人逃去一萬人，也不及韓信一個。韓信乃是國士，舉世無雙，怎好讓他逃去。大王若願久居漢中，原無用他之處，若還想這個天下，除他之外，真可說一個人沒有了。」

漢王聽了失驚道：「韓信真有這樣大才麼？君既如此看重韓信，我准用他為將。」

蕭何搖首道：「未足留他。」

漢王道：「那麼我便用他為大將。」

蕭何喜得鼓掌，一連地說了幾個好字。漢王道：「如此，君可將韓信召來，他曾來勸我舉兵西向，我因不知為何如人，故未與議。」

蕭何道：「那個是韓庶子信，並非我說的這位韓信，大王既想用這位韓信，豈可輕召，拜大將須要齋戒沐浴，築壇授印，敬謹從事。」

漢王聽了大笑道：「我當依爾之言，爾去速辦。」

不佞且趁蕭何築壇的時候，抽出空來先把這位韓信的歷史敘一敘。

原來韓信是淮陰人氏，少年喪母，家貧失業。雖然具有大才，平時求充小吏，尚且不得，因此萬分拮据，往往就人寄食。家中一位老母，餓得愁病纏綿，旋即逝世。南昌亭

長，常重視之，信因輒去打攪，致為亭長妻見惡，晨炊蓐食，不給他知。待他來時，堅不具餐。他既知其意，從此絕跡不至，獨往淮陰城下，臨水釣魚。有時得魚，大嚼一頓，若不得魚，只索受餓。

有一日，看見一位老嫗，獨在那兒瀨水漂絮。他便問那位老嫗，每日所得苦力之資究有幾何。老嫗答道：「僅僅三五十錢。」

他又說道：「汝得微資，尚可一飽，予雖以持竿為生，然尚不及汝之所入穩當可靠。」那位老嫗見其年少落魄，似甚憐憫，從此每將自己所攜冷飯分與他去果腹。一連多日，他感愧交加，向這位漂母申謝道：「信承老母如此厚待，異日若能發跡，必報母恩。」漂母聽了，竟含嗔相叱道：「大丈夫不能謀生，乃致坐困，我是看汝七尺鬚眉，好似一個王孫公子，所以不忍汝饑，給汝數餐，何嘗望報。汝出此言，可休矣！」說完，攜絮徑去。

他碰了一鼻子灰，只是呆呆望著，益覺慚愧。他便暗忖道：「她雖然不望我報，我卻不可負她。」無奈神星未臨，命途多舛，仍是有一頓沒一頓地這樣過去。

他家雖無長物，尚有一柄隨身寶劍，因是祖傳，天天掛在腰間。

一日無事，躑躅街頭，碰著一個屠人子，見他走過，便揶揄他道：「韓信，汝平日出來，腰懸寶劍，究有何用？我想汝身體長大，膽量如何這般怯弱？」

韓信絕口不答，市人在旁環視。

屠人子又對眾嘲他道：「信能拼死，不妨刺我，否則只好鑽我胯下。」邊說邊把他的兩胯分開，作騎馬式，立在街上。

韓信端詳一會，就將身子匍伏，向屠人子的胯下爬過。市人無不竊笑，韓信不以為辱，起身自去。嗣聞項梁渡淮，他便仗劍過從，投入麾下，梁亦不甚重視，僅給微秩。至項梁敗死，又隸項羽。

項羽使為郎中，他也曾經獻策，項羽並不採納，復又棄楚歸漢，漢王亦淡漠相遇，給他一個尋常官職，叫作連敖。連敖係楚官名，大約與軍中司馬相類。韓信仍不得志，薄有牢騷，偶與同僚十三人，聚酒談心，酒後忘形，口出狂言，龐然自大。

有人密報夏侯嬰，夏侯嬰又去告知漢王。漢王正在酒後，不問姓名，只命一併問斬。誰知將那十三人已經砍畢，正要再斬韓信，韓信始大喊道：「漢王想得天下，何為妄殺壯士？」

夏侯嬰奇之，力請漢王赦了韓信。他雖然被赦，心中仍是鬱鬱不樂，他一想在此也無出頭之日，於是逃去。幸得蕭何已知其才，一見他逃，自己親去追回。

不佞敘至此地，蕭何所築之壇大概已經告成，不佞便接著敘韓信登壇拜將的事情了。

漢王這天見壇築就，擇了吉期，帶領文武官吏來至壇前，徐步而上。只見壇前懸著大

旗，迎風飄蕩，四面列著戈矛，肅靜無嘩。天公更是做美，一輪紅日，光照全壇，尤覺得旌旗耀武，甲杖生威，心中分外高興。

此時丞相蕭何已將符印斧鉞呈與漢王。壇下一班金盔鐵甲的將官，都在翹首佇望，不知這顆斗大金印，究竟屬於何人。內中如樊噲、周勃、灌嬰諸將，身經百戰，功績最多，更是眼巴巴望著，想來總要輪到自身。

忽見丞相蕭何代宣王命，高聲喊道：「謹請大將登壇行禮。」當下陡然閃出一人，從容步上將壇。大眾的目光，誰不注在此人身上。仔細一看，乃是淮陰人氏，治粟都尉姓韓名信的便是，不由得出人意外，一軍皆驚。

韓信上登將壇，向北肅立。就在響過行雲，一片悠揚受樂之中，只見執禮官朗聲宣儀：「第一次授印，第二次授符，第三次授斧鉞。」都由漢王親自交代，韓信一一拜受。

漢王復面諭道：「閫外軍事，均歸將軍節制。將軍當善體我意，與士卒同甘苦，無胥戕，無胥虐，除暴安良，匡扶王業。如有違令者，准以軍法從事，先斬後奏。」說到末句，喉嚨更加提高，有意要使眾將聞知。眾聽見，果然失色。

韓信當下拜謝道：「臣敢不竭盡努力仰報大王知遇之恩！」

漢王聽了，忙問韓信，究以何策，可成大業？韓信道：「現今上策，只可明修棧道，暗渡陳倉，使他們不備。」

漢王一聽韓信所言，正與張良暗暗相合，自然大喜，乃擇定漢王元年八月吉日，出師東征。諸將此時已知韓信確有大將之才，也無異辭，大家情願隨著韓信，替漢王奪取天下。

此時雍王章邯聞知漢王已拜韓信為大將，親自同了韓信正在督修棧道，不日出兵。他便大笑道：「既想出兵，何以又燒棧道？現在修造，不知何年何月方能修成。真笨賊也！」說完，又問韓信何人，左右忙將韓信的歷史對他說明。

他復大笑道：「胯下庸夫，有何將才？」於是毫不防備。

一日，忽有陳倉的敗兵，逃至廢邱。報稱漢王親率大軍奪了陳倉，殺死戍將，即日就要攻至此地來了。章邯至此，方始大大地著急起來。趕忙引兵迎戰，哪裡是漢兵的對手，一敗二敗，早已敗到廢邱，他的長子名平，本守好時地方，也被漢兵擒去。

章邯正待向翟塞二王處討救，漢兵已是蜂擁而至，無法抵敵，自刎而死，雍地盡歸漢有。漢王便乘勝移兵轉攻司馬欣、董翳二人。二人一聽章邯敗死，自知決非漢敵，只得投降。三秦地方，不到兩月都歸漢王。項王的第一著計策，已完全失敗了。

趙相張耳，西行入關，正值漢兵平定三秦，也即投順漢王，漢王兵力因此益強。項王前聞齊趙皆叛，已是憤恨。此時又知三秦失去，已成漢屬，不由得大肆咆哮，急欲西向擊漢，一面命故吳令鄭昌為韓王牽制漢兵，一面使蕭公角，率兵數千，往攻彭越。

彭越擊敗蕭公角，項王更為大怒，自思彭越小丑何能為力，必是仗著齊王。欲除彭越，不得不先除齊王，於是既欲攻漢，又欲攻齊。

可巧張良給他一信，說的是漢王失職，但已收復三秦，仍是為的前約，如約既止，決不東進。惟有齊梁蠢動，連同趙國，要想滅楚等語。這明明是幫助漢王，要使項王攻齊而不攻漢，好叫漢王乘隙東進的意思。誰知項王有勇無謀，竟被張良一激，真的先去攻齊。張良得信，忙親自去告知漢王，且為漢王劃策東行。漢王乃使從前誤當他是蕭何所追回的韓信那個韓庶子信領兵圖韓，許他俟韓地平定後，即封他為韓王。

那個韓庶子信，奉命去訖。張良又欲從韓庶子信東去，漢王堅留不放，始居幕中，並受封為成信侯。漢王復遣酈商等，往取上郡北地，俱皆得手。再使將軍薛歐王吸，引兵前往南陽，會同王陵徒眾，東入豐沛；迎取太公、呂雉全家之人入關。

王陵亦是沛人，素與漢王相識，頗有膽略，漢王因他年紀較長，事以兄禮。及起兵西進，路過南陽，適值王陵亦集眾數千，在南陽獨樹一幟，漢王因遣人招請王陵。王陵當時尚不甘居漢王下，託辭不往。此次薛、王二將復奉命去約王陵，王陵聞漢王已得三秦，其勢非小，始決意歸漢。且有老母在沛，正好乘此迎接，脫離危機，於是合兵東行。到了陽夏，卻被楚兵攔住，不得前進，只得暫時停駐，派人報知漢王，那時已是漢王二年了。

漢王得薛、王二將報告，本擬既日東略，又因項王兵威尚未大挫，正是一個勁敵，未便輕舉妄動，所以正在廣為號召，思俟兵力十分充足的時候，方敢啟行。

那時項王一面攻齊，一面密令英布，照計行事，不得有違。英布接了這道密令，不禁大費躊躇，因為依了項王之命辦理，必召惡名，不依項王之命辦理，又是違命。想了半天，與其仗義違令，立攖項王之怒，自己王位便要不保，寧受身後罵名，到底圖了眼前的安穩。

這就是威力戰勝天理，世人大都如此，也不好單責英布。那麼究竟是一件什麼大事呢？不佞要將它說得如此鄭重，閱者細細看了下去，便知真的有些鄭重。

原來義帝自從被項王逼出彭城，要他遷都長沙郴地，可憐他手無寸鐵，部無一兵，哪敢不依，無如手下的隨從，皆戀故鄉，不肯即行起程，挨了許久，方始乘舟前進。又因大家看他不起，今天行五里，明天行十里，走走停停，走了半年，剛剛起過九江。

這個九江地方，乃是英布的封地，項王那時正在軍事不甚順手之際，復想弒了義帝，就此即這帝位，一聽義帝行至九江地方，他便密令英布，叫他命人假裝水盜，擁入帝舟將義帝戕害。

諸君，你們想想這件事情，鄭重不鄭重呀？義帝既已被弒，於是放出謠言，說他死於水盜。豈知人口難瞞，當時的人，誰不知義帝死在一位目有重瞳，心無仁義的亂臣賊子手中。不過懼他威力，大家不敢聲張就是了。

第九回　陳平盜嫂

漢王整兵秣馬，志在東略，只以道路迢遙，烽煙阻塞，對於項王命九江王英布謀弒義帝之事，一時無從遽知。僅聞項王攻齊，相持未決，正好乘間出師，遂與大將韓信出關至陝郡。

關外父老相率郊迎。漢王傳令慰扶，眾皆悅服。河南王申陽，望風輸誠，漢王復書許降，改置河南郡，仍令申陽鎮守，同時接到韓地捷音，卻是韓庶子信擊敗鄭昌，鄭昌窮蹙乞降。

韓已大定，漢王乃授韓庶子信為韓王，自己復引兵渡過黃河，直抵河內。殷王司馬卬率部迎戰不利，只得向項王告急。項王趕忙發兵援救，司馬卬已被樊噲活捉，解交漢王。漢王親自下坐，為之解縛，慰諭數語，仍令自去鎮守原地。漢兵旋即出略修武。

忽有一美男子前來投謁，軍吏問明來歷，始知是楚都尉陳平，自稱為陽武縣人，與漢王部將魏無知相識。軍吏報知魏無知，無知出營迎入，班荊道故，相得益歡。無知問道：

「聞足下已事項王，為何見訪？」

陳平聞言，連搖其首答道：「小弟險些兒不能見君，幸虧尚有小智，方得脫險來此。」

無知驚問其故，陳平道：「小弟在項王帳下，尚為其寵信，前因殷王司馬卭謀叛，項王遣我引兵往討，我因不欲勞兵，只與殷王說明利害，殷王謝罪了事，我去還報項王，項王曾賞我金二十鎰。近日漢王攻殷，項王復命我率兵救援。誰知我行至中途，殷王已降漢，我還兵回見項王，項王怪我遲誤軍情，便要將我加罪，我只得力求其孌人，代為說情，連夜封金還印，舉身西走，是以到此。」

無知道：「漢王豁達大度，知人善任，遠近豪傑，踵接來歸，今足下棄暗投明，我當代為舉薦。」

陳平拱手相謝，無知便設席為之接風。席間陳平又說道：「小弟此次走出，算已脫離虎穴，誰知半路之上，幾乎又入龍潭，真是禍不單行呢！」

無知聽了，又忙問何事，陳平道：「我逃出楚營時，幸無人知。到了黃河，雇舟西渡，舟子五六人，都是粗蠻大漢，我那時急於渡河，自然催舟子速駛。舟子邊狂搖櫓，連又互相耳語，我悄悄察知，似在疑我身懷珍寶，大有謀財害命之意，我那時身邊僅有一劍，並且素來不習武事，怎能敵得過他們數人？我忽情急智生，詭說他們搖得太慢，恐誤行程，索性脫去上下衣裳，即去幫他們搖船。他們見我空無一物，方始大失所望。」

陳平說至此處，又問無知道：「君說此事，險也不險？」

無知道：「怎麼不險！幸君有此奇智，真是令人欽佩！」等得宴罷，時已不早，無知便請陳平安歇一宵。

次早，無知把陳平引見漢王，漢王適值酒醉，命將陳平送入客館。陳平急去進謁中涓石奮，謂有要事，面稟漢王。石奮允諾，代達漢王。漢王方令進見，問陳平道：「君有何事見教，如此急迫？」

陳平道：「大王出關，無非想要討楚，何不趁項王伐齊時迅速東行，搗其巢穴，若得入彭城，截斷歸路，那時楚軍心亂，容易潰散，項王雖勇，還有何能？」

漢王聽了大喜，復詢行軍方略。陳平詳說路徑，了如指掌，只把漢王樂得眉飛色舞，欣慰異常，便問陳平在楚，官受何職，陳平答言：「項王多疑，范增又嫉人材，平不敢獻策，僅任都尉。」

漢王道：「我也任你為都尉，兼掌護軍如何？」

陳平拜謝而出。誰知帳下諸將見陳平驟得貴官，不禁大嘩，於是你一言我一語，都說陳平初至，心跡未明，如何這般任用，未免不辨賢愚！

這種私議，一日傳入漢王耳中，漢王一笑置之，且待陳平益厚，一面整頓兵馬，指日東行。

陳平既任護軍，急切籌備，限令甚嚴，從將一時佈置不及，竟有去向陳平行賄之人，乞稍寬限，陳平亦不峻拒，每見賄金，直受不辭。眾將得隙奸平，並推周勃、灌嬰出頭，進白漢王道：「陳平雖然美如冠玉，恐怕徒有外表，未具真才。臣等聞他在家時，逆倫盜嫂，今掌護國，又喜受賄金，品行如此，大王不可不察，毋為所惑！」

漢王聽了，也免不得疑心起來，遂召入魏無知，當面詰責道：「汝薦陳平可用，我如今始知他前曾盜嫂，今又受金，汝為何舉薦這個無行之人？」

無知道：「臣薦陳平，但重其才具，大王責及其品行，實非今日行軍要務。今日楚漢相爭，全仗奇謀，以資佐助，就有信若尾生，賢如孝已的人出來，若無奇謀，也無補軍事於萬一，大王只問陳平所獻計策，能否合用，何必究其盜嫂受金等事。此乃急則治標之法，真是要圖。陳平果無才能，臣甘坐罪！」

漢王聽畢，尚是半信半疑，俟無知退後，又召陳平責問。

陳平直答道：「臣本為楚吏，項王不能用臣，故棄而歸漢，封金還印，只剩得孑然一身來投大王。若不稍稍受金，衣履難周，何暇劃策？至於臣的家庭細故，乞勿追提前事。如以臣策為可用，不妨聽臣行事，或有一得之愚以獻大王，否則原金具在，恩賜骸骨歸里便了。」

漢王聽畢，微笑道：「汝能助我以成大業，我亦必令汝衣錦榮歸。」說罷，更加厚賜，並且升為護軍中尉，監護諸將，諸將從此再不敢多言了。

陳平對於受金一事，既自認不諱，不必說它。惟盜嫂一節，也說家庭細故，乞漢王勿提前事，這是不打自招。且讓不佞把他的家事略敘一敘。

陳平少喪父母，與其兄名叫伯的同居。其兄務農為業，所有家事，悉聽其妻料理。陳平雖是出身農家，卻喜讀書，每日手不釋卷，咿咿唔唔。其兄惡其坐食山空，常將其所有書籍劫而焚之。陳平以告其嫂，嫂喜道：「小郎能知讀書，這是陳氏門中之幸。將來出山，榮宗耀祖，誰不尊敬，即我也有光輝。」說完，即以私蓄相贈，令陳平自去買書。

一日，其兄已往田間，陳平在家，方與其嫂共食麥餅。適有里人前來閒談，見陳平面色豐腴，便戲語道：「君家素不裕，君究食何物，這般白嫩？」

陳平尚未答語，其嫂卻笑道：「我叔有何美食，無非吃些糠粞罷了。」

陳平聽了，臊得滿面通紅，急以其目，示意其嫂令勿相謔，免被里人聽去，反疑他們叔嫂不和。當時其嫂見她叔叔似有怪她多說之意，自悔一時語不留口，頓時也羞得粉臉緋紅起來，里人見他們叔嫂二人如此情景，心中明白，小坐即去。

陳平等得里人去後，方對其嫂說道：「嫂嫂，你怎麼不管有人沒人就來戲謔？我平時出去，旁人問我，你家嫂嫂待你如何，我無不答道萬分憐愛，所以嫂嫂外面的賢惠之名，就是由此而出。今時嫂嫂雖是戲謔，人家聽去，便要說我對他們所說的話不是實在了。」

陳平說到此地，便去與他嫂嫂咬上幾句耳朵，他的嫂嫂未曾聽畢，又是紅霞罩臉起來。

過了幾時，就有人來與陳平提親，其嫂私下對他說道：「這家姑娘我卻知道，她的品貌生得粗枝大葉，在務農人家，要賴她做事，原也不錯，但是將她配你，彩鳳妻鴉，那就不對。」

陳平聽了，自然將來人婉謝而去。後來凡是替陳平提親的，總被他嫂打破，不是說這家女子的相貌不佳，便是說那家姑娘的行為不正。過了許久許久，一樁親事也未成功。

陳平有一天，也私下問他嫂嫂道：「嫂嫂，我今兒要問你一句說話，你卻不可多心。」他嫂嫂道：「你有話盡講，我怎好多你的心！」說著便微微地瞟了他一眼。

陳平見了，也不理她，只自顧自地說道：「我的年紀也一天一天地大起來了，我想娶房親事，也好代嫂嫂替替手腳，嫂嫂替我揀精揀肥，似乎總想要替我娶房天仙美女，不過這是鄉間，哪有出色女子，依我之見，隨便一點就是了。」

他嫂嫂聽了，略抬其頭，又把他盯了一眼道：「我說你就這樣過過也罷了，何必再娶妻子，也不要因此弄了是非出來。」

陳平道：「嫂嫂放心，我會理會。」

陳平自從那天和他嫂嫂說明之後，自己便去留心親事。一日，偶與一個朋友說起，自己急於想娶一房妻小。那個朋友本來深知他們家中的事情的，當時聽了，便微笑道：「你想娶親，你曾否在你那令嫂面前說妥呢？」

陳平道：「你不必管我們的事情。如有合適女子，請你放心，替我作伐就是！」

那個朋友道：「有是有一個出色女子在此地，不過女命太硬一點，五次許字，五次喪夫。」

陳平聽了，不待那個朋友辭畢，便說道：「你所說的，莫非就是張負的孫女麼？他家那般富有，怎肯配於我這個窮鬼？至於命硬，我倒不怕。」

那個朋友道：「你真不怕，那就一定成功，他家本在背後稱讚你的才貌。」

陳平聽了大喜，便拜託他速代玉成。那個朋友也滿口答應。就在那天的第二天，里人舉辦大喪，挽陳平前去襄理喪務，適值張負這天也來弔唁，一見陳平，便與他立談數語，句句都是誇獎陳平的說話。

張負回去之後，召子仲與語道：「我欲將孫女許與陳平。」

仲愕然道：「陳平是一個窮士，何以與他提親起來？」

張負道：「世上豈有美秀如陳平，尚至長貧賤的麼？」

仲尚不願，入問其女。其女雖然俯首無辭，看她一種情景，似乎倒也願意，可巧那個朋友正來作伐，張負一口應允，又陰出財物贈與陳平，便得諏吉成禮。陳平大喜過望，即

日成婚。

迎親這日，張負又叮囑孫女，叫她謹守婦道，不可倚富欺貧。孫女唯唯登輿，到了陳平家中，花燭洞房，萬分如意。

新娘雖然如意，可是未免寂寞了那位嫂嫂了。那位嫂嫂，一見陳平娶了這位有錢有貌的嬌子來家，天天的卿卿我我，似漆如膠，不禁妒火中燒，未免口出怨言，暗怪陳平無情。陳平縱用好言相勸，這種事情斷非空口可以敷衍了事的。後來他的嫂嫂鬧得更不成樣子，事為其夫知道，惡她無恥，立刻將她休回母家了。

陳平既娶張女，用度既裕，交遊自廣。就是里人，早已另眼相看。有一天，里中社祭，大家便公推陳平為社宰。陳平本有大才，社中分肉小事，自然不在他的心上，那班里中父老卻交口稱讚道：「好一個陳平孺子，不愧社宰！」

陳平聞言嘆息道：「使我得宰天下，當如此肉一般，有才之人，總有發跡之日。」

不久，陳勝起兵，使部將周市徇魏，立魏咎為魏王。陳平就近往謁，授為太僕，嗣因有人中傷，乃走出投項羽，從項羽入關，受官都尉。他也是書中的要緊人物，他的事情既已敘明。

再說漢王傳集人馬，統率東征。渡過平陰津，進抵洛陽。

途次遇一龍鍾老人，叩謁馬前。漢王詢其姓氏，乃是新城三老董公，時年已八十有二，當令起立，問有何言。董公道：「臣聞順德必昌，逆德必亡。師出無名，人必不服，敢問大王出兵，究討何人？」

漢王道：「項王無道，因此討他。」

董公又道：「古語有言，明其為賊，敵乃可服。項羽不仁，本來無可諱飾。但其逆天害理之事，莫如陰弒義帝那樁最為重大。大王前與項羽共立義帝，北面臣事，今義帝被弒江中，雖有江畔居民，撈屍藁葬，終究難慰陰靈。為大王計，若欲討項，何不為義帝發喪，全軍縞素，傳檄諸侯，使人人知項羽是個亂臣賊子，大王亦得義聲，豈不甚善！」

漢王聽了，忙向董公拱手道：「公言甚是，我不遇公，哪得聞此正論。」

當下重賞董公，董公不受而去。

漢王乃為義帝舉哀，令三軍素服三日，並發檄文發賚各國，文中略謂：

> 天下共立義帝，北面事之。今項羽弒義帝於江中，大逆無道，莫此為甚。寡人謹為義帝發喪，諸侯應皆縞素，悉發關內兵，收三河士，南浮江漢以下，願從諸侯王擊楚之弒義帝者。

這道檄文，傳報各國。魏王豹復書請從，漢王請他發兵相助，魏王豹如約而至。其餘

的是塞、翟、韓、殷、趙、河南各路大兵，紛紛殺奔彭城。

漢王又恐項羽乘虛襲秦，特令大將韓信留駐河南。彭城本是虛空，不久即將彭城占住。漢王攬轡徐入，查得項王後宮所有美人，半是秦宮妃嬪，不由得故態復萌，就在宮中住下，朝朝寒食，夜夜元宵，更比從前入咸陽的時候格外膽大了。

彭城潰卒，奔至咸陽，往報項羽。項羽一聞是信，氣得暴跳如雷，留下諸將攻齊，自己率領精兵十萬，由魯地出胡陵，徑抵蕭縣。蕭縣本有漢兵防守，奈非項王之敵，略略抗拒，早被楚兵殺散。

項王長驅直入，即抵彭城。漢王日耽酒色，驕氣橫生，諸將亦上行下效，都在溫柔鄉中鏖兵，銷魂帳內打仗，哪裡還顧防守。忽聞楚兵已抵城下，全嚇得心驚膽戰，神色倉皇。當由漢王摩挲倦眼，出宮升帳，調集大兵，開城迎敵。遙見項王跨著馬騅，披著黑甲，當先開道，挾怒奔來。所有的楚兵楚將，因為城中都有他們的父母妻小，對於漢兵本是前來拚命，因此戰一合，勝一合，戰十合，勝十合，漢兵此時早被殺散其半。

項王又親自動手，一槍撥倒漢王的那一面大纛。大纛一倒，全軍自然慌亂。漢王此時也顧不得新搭上的楚宮美人，只得落荒而逃。

好容易逃到靈璧縣界以東，回顧那一條大河，一時屍如山積，隨波漂散，睢水已為之不流。漢王逃了一程，又被禁兵追及，宛如鐵桶般地圍了三匝。自顧隨身人馬，只有百餘騎，如何衝得出去，不禁仰天長嘆道：「唉！我大不該貪圖楚宮女色，疏於防備，可憐我今天死於此地的了！」

嘆罷之後，頓時流出幾點英雄之淚。

正在待斃的時候，忽然狂風大作，飛沙走石，遍地黑暗，楚兵伸手不見五指，也恐或有埋伏，只得退回。漢王乘間脫圍，尋路再走。此時身只一騎，邊向前逃，邊又暗忖道：「此地若有楚將突出，我真的沒有命了呢！」

言猶未已，陡見小路上又閃出一支楚兵，當頭那員楚將，頗覺面善，只得高聲道：「兩賢何必相厄，不如放我逃生！」

說罷，只見那員楚將似有放他之意，他疾躍馬衝過，只向前奔。原來那員楚將，名叫丁公，因知漢王人稱賢人，樂得賣個人情，收兵回營。

漢王逃出之後，因思距家不遠，不如就此回家，把老父嬌妻搬取出來，免遭楚兵毒手。當下馳至豐鄉，走近家門，但見雙扉緊閉，外加封鎖，不覺大吃一驚。再去看看鄰居，亦是如此，無從問詢，只好丟開再說，忙又縱轡前行。

走了許久，離家約有數十里了，看看日色西沉，人困馬乏倒還在次，腹中饑餓實在難熬。只思尋個村落，便有法想。又走數里，忽見有幾家人家已在前面，疾忙奔到那裡，敲開一家之門。見一老人，方在晚餐。他此時也顧不得漢王身分，只得靦顏求食。那位老人

問他姓氏，他倒也不相瞞，老實說了出來。

老人一聽他是漢王，倒身即拜。他一面扶起老人，一面又說腹中饑餓，快請賜食之後，再說別的。老人聽了，慌忙進去，稍頃，捧出幾樣酒菜出來道：「大王獨自請用，老朽入內尚有小事，辦畢之後，再來奉陪大王。」

漢王答聲請便，他就獨酌起來。忽聽得裡面似乎有一個女子的聲音道：「爹爹所講雖是有理，不過在女兒想來，母親去世，爹爹的年紀已大，若將女兒獻與這位漢王作妾，他現在正與楚兵相爭。兵乃凶事，若有三長兩短，女兒終身又靠何人？女兒情願在膝下侍奉爹爹，這等無憑的富貴，女兒卻不貪圖。」

又聽得方才進去的那位老人道：「我兒此言差矣！為人在世，自然要望富貴。現在漢王已是王位，縱不為帝，你也是一位妃子呢。為父要你嫁他，乃是為的光耀門楣。我兒快快聽為父之言，不可任性。」

又聽得那個女子說道：「女兒的意思，仍是為的爹爹，爹爹既是一定要女兒跟他，女兒怎敢不遵爹爹之命，不過人家……」

那個女子說到這句，就把聲音低了下去。漢王聽到此地，便知那位老人要將他的閨女贈他作妾。他想鄉村人家，此女不知長得如何，要有姿色，寡人也可收她。

第十回　楚漢風雲

一庭明月如畫，照著門窗戶壁，宛在水晶宮中模樣。茅堂之上，點著一對紅燭，中間爐煙嫋嫋，塞滿一堂氤氳之氣，香味芬芳。桌前垂著一幅紅布桌圍，地下燒了一盆炭火，烈焰四騰。座旁端坐著一位天姿國色，布服荊釵的二八女郎，含羞默默，低首無言。這是什麼地方？就是那個老人家中。老人思將他的愛女贈與漢王為姬，故有此等佈置。

當下只聽得老人對漢王喜氣盈盈地說道：「老朽戚姓，係定陶縣人氏。前因秦項交兵，避難居此，妻子逝世。」說著，就指指座旁那位女郎道：「僅有此女，隨在膝下，幸她尚知孝順，腹中也有幾部詩書。某歲曾遇一位相士，他說小女頗有貴相，今日大王果然無意中辱臨敝舍，可見前緣註定，所以老朽方才匆匆入內，已與小女說明，小女也願奉侍大王內櫛，因此不揣冒昧，草草設備，今夜便是大王花燭之期。老朽只有此女，大王後宮必多佳麗，尚乞格外垂憐！」

漢王聽了，微微笑道：「寡人逃難至此，得承授餐，已感盛情，怎好再屈令嬡做寡人

的姬妾呢？」

老人道：「只怕小女貌陋，不配選入後宮，大王請勿推卻！」

漢王此時早見這位戚女，生得如花似玉，楚楚可憐。他本是好色，見一個愛一個的人，當下便欣然笑答道：「既承厚意，寡人只好領情了。」說完，解下身邊玉佩，交與老人作為聘物。老人乃命女兒叩拜漢王。

戚女聞言，陡將羊脂粉靨，紅添二月之桃，蛇樣纖腰，輕擺三春之柳，於是向這位漢王夫主羞怯怯地拜了下去。漢王受了她一禮，始將她扶了起來，命她坐在身旁。戚女又去斟上一杯，雙手呈與漢王。漢王接來一飲而盡，也斟一杯還賜戚女，戚女未便固辭，慢慢兒地喝乾，這就算是合巹酒了。

他們父女翁婿三個，暢飲一會兒，看看夜色已闌，漢王趁著酒興，挽了戚女的玉臂，一同進房安睡。

戚女年已及笄，已解雲情雨意。且小家碧玉，一旦作了王妃，將來的富貴榮華享受不盡，自然曲意順從，一任漢王替她寬衣解帶，擁入衾內。兩情繾綣，春風豆蔻，驪珠已探，一索得男，珠胎暗結，此子即是將來的如意。此時的戚女，真是萬分滿意，哪裡防到她異日要做人彘的呢？此是後話，且不提它。

單說詰旦起床，漢王即欲辭行。戚氏父女苦留漢王再住數日。漢王道：「我軍潰散，將士想在尋我。我為天下大事，未便久留，且俟收集人馬，再來迎迓老丈父女便了。」

戚公不敢強留，只得依依送別。

只有戚女，新婚燕爾，僅得一宵恩愛，便要兩地分離，怎得不眉鎖愁峰，眼含珠露，只說得一聲：「珍重！」可憐她的熱淚，早已盈盈地掉了下來了。

漢王此時也未免兒女情長，英雄氣短。臨歧絮語，握著戚女的柔荑，戀戀難別。沒有法子，只得硬著心腸，情致纏綿地望了戚女一眼，匆匆出門上了馬，揚鞭徑去。

走了多時，忽見前面塵頭起處，約有數百騎人馬奔將過來。怕是楚兵，疾忙將身躲入樹林之內，偷眼窺看，方知並非楚兵，卻是自己部將夏侯嬰。

那時夏侯嬰已受封滕公，兼職太僕。彭城一敗，突出重圍，正來尋找漢王。漢王大喜，慌忙出林與他相見，各述經過，漢王即改坐夏侯嬰所乘的車子同行。

沿途見難民攜老扶幼地紛紛奔走。內中有一對男女孩子，狼狽同行，屢顧車中。夏侯嬰見了，便與漢王說道：「難民中有兩個孩子，好像是大王的子女。」

漢王仔細一看，果是呂氏所生的子女，便命夏侯嬰把他們兩個抱來同車。問起家事。女兒稍長，當下答道：「祖父母親避亂出外，想來尋找父親，途次忽被亂兵衝散，不知下落，我們姊弟幸虧此地遇見父親。」說到親字，淚下不止。

漢王聽了，也未免有些傷心。正在談話之際，陡聽得一陣人喊馬嘶，已經近了攏來。

為首一員大將，乃是楚軍中的季布，趕來捉拿漢王。

漢王逃一程，季布便追一程。一逃一追，看看已將迫近，漢王恐怕車重難行，竟把兩孩推墜地上。夏侯嬰見了，忙去抱上車來，又往前進，沒有多時，漢王又將兩孩推落，夏侯嬰重去抱上。

一連數次，惹得漢王怒起，顧叱夏侯嬰道：「我們自顧不遑，難道還管孩子，自喪性命不成！」

夏侯嬰道：「大王親生骨肉，奈何棄去！」

漢王更加惱怒，便拔出劍來，欲殺夏侯嬰。

夏侯嬰閃過一旁，又見兩孩仍被漢王踢下，索性去把兩孩抱起，挾在兩腋，一躍上馬，保護著漢王再逃，復在馬上問漢王道：「我們究竟逃往何處？」

漢王道：「此去離碭縣以東的下邑不遠，寡人妻兄呂澤，帶兵駐紮下邑，且到那兒再作計議。」

夏侯嬰聽了，忙挈著兩孩，由間道直向下邑奔去。

那時呂澤正派兵前來探望，見了漢王等人，一同迎入。漢王至此，方有一個安身之地。所有逃散各將聞知漢王有了著落，陸續趨集，軍旅漸振。惟探聽各路諸侯消息，殷王司馬卬已經陣亡；塞王、翟王又復降楚；韓、趙、河南各路人馬亦皆散去。

這些隨合隨離的人馬倒還在次，同時又得一個最是驚心的信息，乃是太公、呂氏二人已被楚兵擄掠而去。

漢王一想，我入彭城，曾犯項羽後宮的人物，現在我父被捉，當然性命不保。我妻尚在青年，項羽豈有不將她污辱，以報前仇之理？如此一來，我異日縱得天下，一位皇后已蒙醜名，我拿什麼臉去見臣下呢？

他雖這般想，然又無可如何。原來太公攜了家眷，避楚逃難，子婦孫兒孫女之外，還有舍人審食其相從。大家扮作難民模樣，雜在難民之中，只向前奔。

頭一兩天，尚算平安。至第三日，正在行走的時候，忽遇一股楚兵。偏偏楚兵之中，有認識太公的，一哄上來，竟把他們翁媳捉住。審食其因為難捨呂氏，情願一同被拘。幸而漢王的子女在楚兵衝來的當口，已經岔散，所以在半路上為夏侯嬰看見，通知漢王。其時兩孩尚不知他們祖父母被擄，見父親只說衝散。

楚軍得了太公翁媳，如獲至寶，忙連同審食其這人，送至項王帳下。項王一聽是漢王的父親妻子，便想殺害太公，姦污呂氏，以洩漢王曾經住宿他的後宮之憤。呂氏畏死，早擬不惜此身，一任項王如何的了。誰知忽然遇著救星，項王非但不汙呂氏，且給她好的一所房子，讓她們居住。不過門外有兵防守，不准她與太公逃走罷了。那麼這個救星究竟是誰呢？仍是那位項伯。

項伯一見太公、呂氏都被捉住，恐怕項王殺害太公，污辱呂氏，慌忙進見項王道：「太公、呂氏不妨將他們嚴行看守，以作抵押之品。漢王知他的父親妻子在我們軍中，投鼠忌器，自然要顧前顧後起來，這是以逸待勞之計。大王若將太公、呂氏或殺或汙，漢王那時無所顧忌，放膽與大王作對，實於大王大大有害。」

項王聽了，方命將太公、呂氏交與項伯監守。項伯聽了，始把心中的一塊石頭落地。及至出去，正要去安慰太公、呂氏，誰知僅見太公、審食其二人，呂氏卻不知去向。細細一查，始知呂氏已入項羽的後宮，忙又去問項羽道：「大王既允不犯呂氏，何以又將她送入後宮？」

項羽聽了，愕然道：「我何曾將呂氏取入後宮，不知誰人所為，叔父且在此等候，讓我回家看來。」

項王說完，匆匆地就向後宮而去。及至進去一看，只見他的一班妃嬪都以小人之心度君子之腹，以為敵人的妻女照例要作戰勝的口頭之肉，因想討好於他，早將呂氏索入後宮，有的勸呂氏既已羊落虎口，只有順從，否則難保性命；有的忙來替她塗脂抹粉，改換衣衫，把她打扮得像一個新娘一般。

此時呂氏早拚不能全貞的了，正在含羞默默，一語都無的時候，忽見項王匆匆進來，顧那班妃嬪道：「誰是呂氏？」

眾妃聽了，即將呂氏擁至，命她叩見項王。呂氏此時身不由己作主，只得口稱：「大王在上，受犯婦呂雉一拜。」邊說，邊已盈盈地拜了下去。

項王因已答應項伯，倒也不肯食言，便命左右將呂氏送與項伯收管。項伯一見呂氏，忙一面安慰一番，一面將她送入已經收拾好的屋子。此時審食其忽見呂氏到來，自然大喜。項伯這樣一辦，反而成全了審食其與呂氏兩個，雖在監守之中，身為抵押之品，仍不拆散他們兩個恩愛。可憐漢王，還在那裡愁他妻子一到項羽之手，便即喪廉失節，何嘗防到早與審食其兩個做了一對的同命鴛鴦。雖然同是一頂綠頭巾，究竟一明一暗，保全顏面多了。

現在不提他們在楚軍之事，再說漢王已把大將韓信由河南調至，還有丞相蕭何也遣發關中守卒，無論老弱，悉詣滎陽，於是人數較前益眾。漢王大喜，遂使韓信統兵留守，擋住楚軍，自引子女等人，徑還櫟陽。韓信究屬知兵，出與楚軍鏖兵，一連大勝三次，一次是在滎陽附近；二次是在南京地方，這個南京，即春秋時的鄭京，並非現在的江寧；三次是在索城境內。楚兵既是節節敗退，不能越過滎陽。

韓信復令兵卒沿著河濱築起甬道，運取敖倉儲粟，接濟軍糧，漸漸地兵精餉足，屹成重鎮。漢王自到櫟陽，連接韓信捷報，心裡一喜，遂立呂氏所生之子盈為太子，大赦罪犯，命充兵戍。那時太子盈尚只五歲，漢王便使丞相蕭何為輔，監守關中，並立宗廟，置

社稷，所有大事，俱准蕭何便宜行事。漢王復至滎陽指揮軍事。

一日，魏王豹入白漢王，乞假歸視母疾，漢王許可。魏王豹一到平陽，遂將河口截斷設兵扼守，叛漢聯楚起來。漢王得信，尚冀魏豹悔悟，便命酈食其前去曉諭。

酈食其領命，星夜馳至平陽，進見魏豹，說明來意。魏豹微笑道：「大丈夫誰不願南面稱王。漢王專喜侮人，待遇諸侯不啻奴隸，孤不願再與他見面的了。」

酈食其返報漢王，漢王大怒，立命韓信為左丞相，率同曹參、灌嬰二將，統兵討魏。漢王等得韓信出發，又召問酈食其道：「汝知魏豹命何人為大將？」

酈食其道：「聞他的大將，名叫柏直。」

漢王掀髯大笑道：「柏直乳臭未乾，怎能當我韓信？」又問：「騎將為誰？」

酈食其又答道：「聞是馮敬。」

漢王道：「馮敬即秦將馮無擇之子，頗負賢聲，惜少戰略，也未足當我灌嬰。還有步將為誰呢？」

酈食其接口道：「叫做項它。」

漢王大喜道：「他也不是我曹參的對手，如此說來，我可無憂了，只候韓信捷報到來，汝等方知寡人料事不錯呢。」

誰知果然被其料著，韓信等一到臨晉津，望見對岸全是魏兵，不敢徑渡，紮下營盤，察看地勢，恍然有得，即用「木罌渡河」之法，從上流夏陽地方偷渡。

魏將柏直等人，只知扼住臨晉津，因知夏陽地方無艦可渡，漢兵斷難徒涉，所以置諸度外。不料韓信用了木罌渡河，攻其不備。及至漢兵已抵東張，魏兵方始著慌，然已來不及了。灌嬰、曹參又非等閒之將，只殺得魏兵屍橫遍野，血流成河。未死的兵將只得一齊投降。魏豹單身逃走，又被韓信活捉，並將他的全家婦女一同解至滎陽。

漢王一面又派韓信，會同張耳前去擊趙，一面提入魏豹，拍案大罵，意欲將他梟首，嚇得魏豹匍匐座前，叩頭如搗蒜，乞貸一死。

漢王忽然想著一事，便轉怒為笑道：「汝這鼠子，諒汝也沒本領，今日不妨權寄首級。惟須將你妻妾全行押在此地作奴，代汝領罪。」

魏豹此時只想活命，哪裡還敢道個不字，連連叩頭道：「遵命！遵命！聽命大王發落就是！」

漢王放還魏豹之後，便顧左右道：「魏豹慈母年高，准其免役，餘者統統驅入織室作工。」

原來漢王久聞魏豹有個姬妾，姓薄，小字蝴蝶，生得面不抹粉而白，唇不塗脂而紅，萬分美麗。萬分風流，還在其次。最奇怪的是，每逢出汗，偏會滿體奇香，一聞其氣，無不心醉。薄蝴蝶之母，本為魏國宗女，魏為秦滅，流落異鄉，與吳人私通，便生蝴蝶，尚

未及笄，已負美人之譽，後來魏豹得立為王，首先將蝴蝶立為妃子，異常寵愛。

那時河內有一老嫗，具相人術，言無不中，時人呼為許負。魏豹聞其名，召入命其遍相家屬。許負相至蝴蝶，不勝驚愕道：「這位妃子，將來必生龍種，當為天子。」

魏豹聽了，驚喜交集道：「可真的麼？能應爾言，我必富爾。試相我面，結果何如？」

許負笑答道：「大王原是貴相，今已為王，尚好說是未貴麼？」

魏豹聽到此語，知道自己不過為王而已，惟得子為帝，勝於自為，更是歡喜，厚賞許負使去。從此益寵蝴蝶，就是他的背漢，也因許負帝子的那句說話釀成。誰知癡願未償，反將寵妃蝴蝶被漢王罰她作奴。蝴蝶也自傷薄命，身為罪人，充作賤役，許負之言，成了囈語。

哪知不到數日，夜得一夢，忽為蒼龍所交，大驚而寤，醒後看看，織室寂靜，益覺悽楚。正在暗暗傷心的時候，忽見兩個宮娥匆匆含笑趨入，向她口稱貴人，說是奉了漢王之命，前來宣召，令她入侍，她只得含羞問道：「漢王現在何處，何以忽然想及罪人？」

宮娥答道：「大王方才在帳內，批判軍營公牘已畢，僅命奴婢來此宣召，這是貴人的幸運到了。」

蝴蝶聽畢，不得不略整殘妝，前去應命，便一面梳洗，一面暗忖道：「難道那位許負之言應在漢王身上不成？即使空言不準，我今得侍漢王，已較此地為奴勝得多多了。」

裝扮已畢，隨了宮娥進帳。見過漢王，在旁低頭侍立其側。漢王方在酣飲，一雙醉眼朝她細細打量一番道：「汝知道寡人不斬魏豹之意麼？」

蝴蝶答道：「未知。」

漢王微笑道：「這是為的是你呀！納人之婦，哪好不留人之命。」

蝴蝶道：「大王仁厚待人，必延萬世基業。」

她說到基業二字，陡然想到許負之言，心中一喜，禁不住微微地嫣然一笑。

漢王見她這一笑，真顯傾國傾城之貌，便順手把她拉到坐在膝上，也笑著問她道：「汝心中在想何事？何故笑得如此有味？」

蝴蝶便呈出媚態，邊拂著漢王的美髯，邊答道：「織室罪奴，一旦忽蒙召侍，不禁竊喜，故有此笑。」

漢王見她出言知趣，也就呵呵地一笑，即倚著她的肩頭，同入幃中去演高唐故事去了。蝴蝶此時身不由主，卻在恩承雨露的時候，始將她的夢兆以及許負之言告知漢王。

漢王笑道：「此是貴徵，我此刻就玉成你罷！」

說也奇怪，蝴蝶經此一番交歡，便已懷胎，後來十月滿足，果生一男，取名為恆，就是將來的漢文帝。

當時只晦氣了一個魏王豹，天天的在那兒大罵許負相術不靈。在不佞看起來，許負的

相術，真正是大靈特靈。譬如許負當時不說蝴蝶要生帝子，魏豹也不敢獨立，竟去叛漢。若不叛漢，蝴蝶仍做魏豹的妃子，仍做魏豹的妃子，自然不會與漢王交歡。不與漢王交歡，試問這個龍種又從何去求得呢？必要這樣一說，方能引動魏豹叛漢之心，蝴蝶因此方得做漢王的妃子。人生遇合，命數倒也不可不信，劉媪曾受龍種，而生漢高帝；蝴蝶亦受龍種，而生漢文帝，兩代相傳，都是龍種。雖是史家附會之說，未可深信，不過取作小說材料，憑空添了不少的熱鬧。

再說那時爭天下的只有楚漢二國，其餘諸侯，不過類似堤邊楊柳，隨著風勢，東西亂倒罷了。項王一見各路諸侯，對於他叛了又降，降了又叛，無非為的是漢王一個人，若能將漢王滅去，各路的諸侯傳檄可定。他又因漢王手下有三個能人：畫策的是張良，籌餉的是蕭何，打仗的是韓信。漢王既有他們三人扶助，連年交戰，大小何止百次，與其和他死戰，不如招他投順，省得長動干戈。但是漢王如此軍威，如何肯來投順呢？項王躊躇了幾天，竟被他想出一個毒計。

第十一回　分一杯羹

項王想出對付漢王的毒計以後，一面吩咐左右，速去辦理，一面復向漢王索戰。

漢王畏懼他的勢猛，只是不肯出戰，項王便命把漢王之父太公洗剝乾淨，置諸俎上。推至澗側，自在後面押著，厲聲大喝道：「劉邦那廝聽著！爾若再不出降，我即烹食爾父之肉！」

這兩句話的聲音，響震山谷，漢兵無不聽見，急向漢王報知。

漢王也大驚失色道：「這樣如何是好？」

張良在旁，慌忙進說道：「大王不必著急，項王因恨我軍不出，特設此計來嚇大王，大王只要復辭決絕，他們的詭謀便無用處。」

漢王道：「倘使我父果然被烹，我將如何為子？如何為人？」

張良接說道：「現在楚軍裡面，除了項王，就要算項伯最有權力了。項伯與大王已聯姻婭，定能諫阻，決計無妨。」

漢王聽了，想了一想，果使人傳語道：「我與項羽同事義帝，約為兄弟，我翁即是汝翁，必欲烹汝翁，請分我一杯羹！」

項王聽到此語，頓時怒不可遏，立命左右，將太公移置俎下，要向鼎鍋裡就投。正在間不容髮之際，陡見項王身後，忽地閃出一人，高叫道：「且慢且慢！」說著，又朝項王說道：「天下事尚未可知，務請勿為已甚，況且為爭天下，往往不顧家族。今死一人父，於事無益，多惹他人仇恨罷了。」

項王聞言，始命把太公牽回，照前軟禁。

這位力救公主的楚人，就是項伯，果如張良所料。

項王復遣使致語漢王道：「天下洶洶，連歲不寧，無非為了我輩二人，相持不下。今願與漢王親戰數合，一決雌雄。我若不勝，捲甲即退。何苦長此戰爭，勞民喪財呢？」

漢王笑謝來使道：「我願鬥智，不願鬥力。」

楚使回報項王，項王一躍上馬，跑出營門，挑選壯士數十騎，令作前鋒，馳向澗邊挑戰。漢營中有一個下士樓煩，素善騎射，由漢王派他出壘，隔澗放箭。颼颼地響了數聲，射倒了好幾個壯士。陡見澗東來了一匹烏騅馬，乘著一位披甲持戟的大王，眼似銅鈴，鬚如鐵帚，那種凶悍形狀，令人一見，心膽俱碎，再加一聲叱吒，天搖地動，好似空中打了一個霹靂一般，只嚇得樓煩雙手俱顫，不能再射，兩腳也站立不住，倒退幾步，更是回頭便跑，走入營中，見了漢王，心中猶在亂跳，說話竟至無從辨聽。

漢王飛派探子出去探視敵人如何凶惡，那探出去，見是項王守在澗側，專呼漢王打話。漢王聞報，雖然有些膽怯，但又不肯示弱，因也整隊趨出，與項王隔澗對談。項王又叱語道：「劉邦！汝敢親與我鬥三合麼？」

漢王道：「項羽休得逞強！汝身負十大罪，尚敢饒舌麼？汝背義帝舊約，遷我蜀漢，一罪也；擅殺卿子冠軍目無主上，二罪也；奉命救趙，不聞還報，強迫諸侯入關，三罪也；燒秦宮，發掘始皇墳墓，劫取財寶，四罪也；子嬰已降，將他殺害，五罪也；詐坑秦降卒二十萬，累屍新安，六罪也；部下愛將，私封美地，反將各國故主，或降或逐，七罪也；出逐義帝，自都彭城，又把韓梁故地多半佔據，八罪也；義帝嘗為汝主，竟使人扮作水盜，行弒江中，九罪也；為政不平，主約不信，神人共憤，天地不容，十罪也。我為天下起義，連合諸侯，共誅殘賊，嘗使刑餘罪人擊汝，你不配與我打仗。」

項王氣極，不及打話，只用手中的戟向後一揮，便有無數弓弩手，弓弦響處，只見呼呼的箭鏃飛過澗來。

漢王一見箭如雨至，正想回馬，胸前早已中了一箭，頓時一陣奇痛，幾乎墜下馬來，幸虧眾將上前掩救，疾忙牽轉馬頭，馳回營中。漢王痛不可忍，跳下馬來，屈身趨進帳內，眾將都來問安。

漢王卻佯用手捫足道：「賊箭中我足趾，或無妨礙。」左右擁至榻上安臥，即召醫官，取出箭鏃，敷上瘡藥。猶幸創處未深，不致有性命之虞，只是十分疼痛罷了。

項王回營，專聽漢營動靜，只望漢王因傷身死，便好一戰而定。漢營裡面的張良，又知其意，匆匆入內帳看視漢王，漢王創處雖痛，猶能勉強支持。張良急勸漢王力疾起床，巡視各營，藉鎮軍心，漢王只得掙扎起來，裹好前胸，由左右扶他上車，向各壘巡視一周。將士等正在疑慮，忽見漢王親來巡查，形容如故，大家方始放下愁懷。

漢王巡行既畢，私下吩咐左右，不回原帳，竟馳至成皋，權時養病去了。

項王得報，始知漢王未死，且在軍中親巡，又不禁大費躊躇，自思進不得進，退不敢退。長此遷延下去，恐怕糧盡兵疲，一時委決不下。陡地又傳到警耗，卻是大將龍且，戰敗身亡，首級已被韓信取去示眾。

項王大驚道：「韓信小子，真有如此厲害麼？他既傷了我的大將，勢必乘勝前來，與劉邦合兵攻我。韓信！韓信！我總與你勢不兩立的了。」

韓信既殺龍且，又聞田橫因為田廣已死，自為齊王，出駐嬴下，截住灌嬰。灌嬰奮力還擊，殺得田橫大敗而逃，投奔彭城去了。韓信平定齊地，使人至漢王那兒告捷，且求封為齊王。

漢王前在成皋養疾，剛剛痊可，便至廣武。可巧韓信的使者也到廣武，遂將韓信書信呈上。漢王展閱未終，不禁大怒道：「寡人困守此地，日日望他率兵來助。他非但不來相助，還要想做齊王麼？」

張良、陳平二人適立其側，趕忙連連輕躡漢王足趾，漢王究屬心靈，一面停住罵聲，一面以原書持示他們二人。二人看罷那書，附耳語漢王道：「漢方不利，哪能禁止韓信稱王，不若如他之願，不然，恐有大變。」

漢王因韓信書中，有暫請命臣為假王，方期鎮定之語，復佯叱道：「大丈夫能夠平定諸侯，不妨就做真王，為何要做假王呢？」即命來使回報，叫韓信守候冊封。

來使去後，漢王便命張良賚印赴齊，立韓信為齊王。韓信接印甚喜，厚待張良。張良又述漢王之意，望他發兵攻楚，韓信滿口應允，俟張良走後，一面擇吉稱王，一面收拾兵馬，預備攻楚。忽有楚使武涉，前來求見。韓信想道：「楚是我方仇敵，為何遣使到此？想是來作說客，我自有主意，何妨准他進見。」遂令召入。

武涉是盱眙人，饒有口才。一見韓信，肅然下拜稱賀。韓信起身答禮微笑道：「君來賀我作甚？無非替你項王來做說客？快快請說。」

武涉聽了，又是一拱道：「天下苦秦已久，故楚漢戮力擊秦。今秦已亡，大家已經分土為王，正應藉此休兵，以培原氣。明智如公，當能體會。漢王為人，最尚詐術，足下只知為其效忠，我恐他日必遭反噬，為彼所傷，足下得有今日，實由項王尚存，漢王不敢不籠絡足下。足下眼前處境，正是進退裕如的時候，附漢則漢勝，附楚則楚勝。漢勝必危及足下，楚勝當不致自危，項王與足下本是故交，時時懷念，必不相負。若足下尚不肯深信，最好是與楚聯合，三分天下，鼎足為王，楚漢兩國，誰也不敢不重視足下，這是為目下萬全之策，足下乞三思之！」

韓信笑答道：「我前事項王，官不過郎中，位不過執戟。言不聽，計不從，因此棄楚附漢，漢王授我上將軍印，付我數萬兵士，解衣衣我，推食食我，我若負他，必至為天所棄。我老實對君說，誓死從漢的了，請君為我善覆項王可也。」

武涉見他志決難移，只得別去。

韓信送走武涉，帳下謀士蒯徹也來進言，苦苦勸他對於楚漢兩不相助，三分鼎峙，靜待時機，韓信仍不肯聽，但又將人馬停住，再聽漢王消息。

漢王固守廣武，又是數旬，日盼韓信發兵攻楚，終沒動靜，乃立英布為淮南王，使他再赴九江，截楚歸路，一面復致書彭越，叫他侵入梁地，斷楚糧道。佈置稍定，尚恐項王糧盡欲歸，仍要害及太公。當夜便與張良、陳平商議救父之法。

兩人齊聲道：「項王目下乏糧，不敢急歸者，懼我方擊其後耳，此時正好與他議和，救回太公、呂后，再觀風色。」

漢王道：「項王性情暴戾，一語不合，便至喪身，若要遣使前往議和，其人委實難選。」

言尚未畢，忽有一人應聲道：「微臣願往！」

漢王瞧去，乃是洛陽人侯公，從軍多年，素長肆應，遂允所請，囑令小心。

侯公馳赴楚營，來謁項王。項王正得武涉歸報，很覺愁悶，忽聞漢營遣使到來，乃仗劍高坐，傳令進見，侯公徐徐步入，見了項王，毫無懼色，從容行禮。

項王瞋目與語道：「你來為何？爾主既不進戰，又不退去，是何道理？」

侯公正色道：「大王還是欲戰呢？還是欲退呢？」

項王道：「我欲一戰。」

侯公道：「戰是危機，勝負不可逆料。臣今為罷戰而來，故敢進謁大王。」

項王道：「聽汝之言，莫非要想講和麼？」

侯公道：「漢王本不欲與大王言戰，大王如欲保全民命，捨戰為和，敢不從命！」

項王此時意氣稍平，便將手中之劍插入鞘內，問及和議條款。侯公道：「使臣奉漢王命，卻有二議，一是楚漢二國，劃定疆界，各不相犯；二請釋還漢王父太公、妻呂氏，使他們骨肉團圓，也感盛德。」

項王聽了，獰笑道：「汝主又來欺我麼？他無非想騙取家眷，命汝詭詞請和。」

侯公也微笑道：「大王知漢王東出之意麼？天倫至重，誰肯拋棄？前者漢王潛入彭

城，只是想取家眷，別無他意。嗣聞太公、呂氏已為大王所擄，因此頻年興兵，各有不利。大王如不欲言和，那就不談，既言和議，大王何不慨然允臣所請？漢王固感大王高誼，誓不東侵。天下諸侯也欽大王仁厚，誰不悅服。大王既不殺人之父，又不汙人之妻，孝義二字，已是分得如此清楚，今又放還，更見仁字，漢王如再相犯，這是曲在漢王。師直為壯，大王直道而行。天下歸心，何懼一漢王哉？」

項王最喜奉承，聽了侯公一番諛詞，深愜心懷，便令侯公與項伯劃分國界。

項伯本是袒漢人物，當下就議定滎陽東南二十里外，有一鴻溝，以溝為界，溝東屬楚，溝西屬漢。當由項王遣使同了侯公去見漢王，訂定約章，各無異言，所有迎還太公、呂后的重差，仍煩侯公熟手辦理。侯公又同楚使至楚，見了項王，請從前議，項王倒也直爽，並不遲疑，即放出太公、呂氏，以及審食其，令與侯公同歸。

這天漢王計算他的慈父、他的愛妻不久就要到了，便親自率領文臣武將，出營迎接。父子夫妻，相見之下，一時悲喜交集，六隻眼睛，你望望我，我望望你，萬語千言，反而無從說起。漢王急將父親、妻子導入內帳，暫令審食其候於外帳。又因侯公此次的功勞不小，即封為平國君，以酬其勞。

漢王始去跪在太公面前，扶著太公的膝蓋，垂淚道：「孩兒不孝，只因為了天下，致使父親身入敵營作為質品，屢受驚嚇，還望父親重治孩兒不孝之罪！」

太公見了，一面也掉下幾點老淚，一面扶起他的兒子道：「為父雖然吃苦，幸而邀天之福，汝已得了王位，望汝以後真能大業有成，也不枉為父養你一場。」

漢王忙現出十分孝順的顏色，肅然答道：「父親春秋已高，不必管孩兒衝鋒陷陣。快顧自己的快樂，要穿的儘管穿，喜吃的儘管吃，優遊歲月，以娛暮景便了。」

太公聽畢，一想兒子得有今日，當年龍種之話已是應了。愁少樂多，倒也安心。

獨有呂氏，一人孤立在旁，已是難耐，等她的丈夫和她公公一說完話，便走近她的丈夫身前，一面拉著他的手，一面又將自己的粉頰倚在他的肩胛之上，尚未開言，早又淚下如雨。漢王趕忙用衣袖替她拭淚道：「現在總算大難已過，夫婦重圓，快莫傷心！」

呂氏聽了，方才止淚道：「你這幾年在外封王封侯，你哪裡知道為妻所吃的苦楚呢？」

漢王道：「賢妻的苦況，我已盡知，但望我把天下馬上打定，也好使你享受榮華，以償所苦。」說著，便命後帳所有的妃嬪出來先拜太公，後拜妻子。

呂氏又提起她的子女為亂兵衝散，現在未知生死存亡。漢王告知其事，又說：「我已將盈兒立為太子，現在同他姊姊都在關中。且過幾時，我請父親同你也到那兒去就是了。」

呂氏聽了，方始面有喜色。

這天晚上，漢王便命在後帳大排筵宴，與父親、妻子壓驚。這席酒筵，倒也吃得非凡高興。等得宴罷，便與呂氏攜手入帳，重敘閨房之樂，呂氏始將別後之事一一告知漢王，

又說起她在家中的時候，全仗審食其鞠躬盡瘁，無微不至；逃難的時候，奮不顧身拚命保護；在楚營時候，陪伴勸慰，解我煩惱；我害病時候，衣不解帶，侍奉湯水。像這種多情多義的人材，為公為私，你須要看為妻之面，重用其人才好。

漢王聽了道：「審食其這人，我僅知道他長於世故，所以託他料理家事，誰知他尚有這般忠心，洵屬可取。賢妻既是保他，我當畀他一個爵位，以酬伴你之勞就是。」

次日，漢王便召入審食其獎勵他道：「我妻已將你的好處告知於我，我就授爾為辟陽侯，爾須謹慎從公，毋負寡人。」

審食其聽了，自然喜出望外，以後對於呂氏，更是浹骨淪髓地報答知遇。

這是漢四年九月間的事情。

沒有幾日，漢王已聞項王果然拔營東歸，漢王亦欲西返，傳令將士整頓歸裝。

忽有兩個人進來諫阻。這兩個人你道是誰？卻是張良、陳平。

漢王道：「我與項王已立和約，他既東歸，我還在此作甚？」

張良、陳平二人齊聲答道：「臣等請大王議和，無非為的是太公、呂后二人留在楚營，防有危險，現在太公、呂后既已安然歸來，正好與他交戰。況且天下大局，我們已經得了三分之二，四方諸侯又多歸附，項王兵疲食盡，眾叛親離，此是天意亡楚的時候。若聽東歸，不去追擊，豈非縱虎歸山，放蛇入壑，坐失良機，莫此為甚！」

漢王本是深信二人有謀，遂即變計，決擬進攻。惟因孟冬已屆，依了前秦舊制，已是新年了，乃就營中備了盛筵，一面大饗三軍，一面自與呂后陪著太公，卻在內帳奉觴稱壽，暢飲盡樂。

太公、呂后從沒經過這種盛舉，兼之父子完聚，夫妻團圓，白髮紅妝，共飲迎春之酒，金尊玉斝，同賡獻歲之歌。真是苦盡甘回，不勝其樂。

這天正是元旦，已是漢王五年。

漢王先向太公祝釐，然後身坐外帳，受了文武百官的謁賀，復與張良、陳平商議軍情，決定分路遣使，往約齊王韓信及魏相彭越，發兵攻楚，中道會師。

又過數日，派了一支人馬護送太公、呂后入關，漢王便率領大軍，向東進發。一直來至固陵，暫且紮營，等候韓、彭兩軍到來，一同進擊。誰知並無消息，項王那面倒已知道，恨漢背約，便驅動兵馬，回向漢軍殺來。

漢王不是項王對手，早又殺得大敗，緊閉營門，不由得垂頭喪氣地悶坐帳中。復又問計於張良道：「韓、彭失約，我軍新挫，如何是好？」

張良道：「楚雖勝，盡可毋慮，韓、彭不至，卻是可憂，臣料韓、彭二人必因大王未與分地，所以觀望不前。」

漢王道：「韓信封為齊王，彭越拜為魏相，怎麼好說沒有分地？」

張良道：「韓信雖得受封，並非大王本意，想他自然不安，彭越曾經略定梁地，大王令他往佐魏豹，今魏豹已死，他必想望封王。大王尚未加封，不免缺望。今若取睢陽北境，直至轂城，封與彭越，再將陳以東，直至東海，封與韓信。韓信家在楚地，嘗想取得鄉土，大王今日慨允，他們二人明日便來。」

漢王只得依了張良之議，遣人飛報韓、彭，許加封地，二人滿望，果然即日起兵。更有淮南王英布，與漢將劉賈進兵九江，招降楚大司馬周殷，已得九江之地。這三路人馬陸續趨集，漢王自然放膽行軍。

第十二回　四面楚歌

項王又聞漢兵大至，正思迎戰，只見糧臺官報告，兵食已盡，僅有一日可吃了。項王聽了，方始著急起來，不得已連夜退兵，急向彭城回去。

正防漢兵追擊，用了步步為營的法子，依次退走。好容易到了垓下，遙聽得後面一帶，鼓聲、馬聲、吶喊聲，一齊而起，獨自登高向西一望，只見漢兵已如排山而至，差不多與螞蟻相似，地上已無隙縫，不禁發狠跺腳道：「好多的漢兵！我悔前日不殺劉邦，養成他今日的氣焰！」

項王雖然有此懊悔，還仗著自己的勇力蓋世無雙，手下的兵將也還有十多萬之眾，遂就垓下紮營，準備對敵。

此時漢王早已會齊了三路兵馬，共計人數不下三四十萬。復用韓信為三軍統帥，主持軍事。韓信因知項王驍勇，無人可以對敵。特將各路軍馬分作十隊，各派大將帶領，分頭埋伏，迴環接應。

韓信自引一軍，上前來引誘項王。項王全靠勇力，不重機謀，一聞韓信自來挑戰，一馬衝出營來，正與韓信打了一個照面。

項王一見仇人，分外眼紅，飛起一戟，便向韓信當胸刺去。

韓信本沒武藝，又是專來誘敵，頓時把身子一偏，回馬就走，項王哪裡肯放，大喝一聲道：「你這乳臭小兒，你往哪兒逃？你的老子前來取你性命來了！」說完，撥馬便追。追了幾里，已入漢兵的埋伏之中。韓信急放信炮，通知伏兵，陡然殺出兩路兵來，便與項王交戰，項王見了，冷笑一聲，哪在他的心上，愈殺愈覺起勁。

正在向前殺去，韓信又命二次的伏兵，截住項王。項王全不懼怯，復向漢軍衝來，於是漢兵中的信炮迭響，伏兵迭起。

項王殺了一重又是一重，直殺到第七八重的時候，看看手下的兵士雖是七零八落，他卻仍是有進無退，帶了殘軍，更是飛快地衝殺過去。

哪知韓信的十面埋伏之兵一齊聚集，只向項王一人的馬頭圍裏攏來，項王隨帶的楚兵，已是紛紛四竄，惟靠項王的一支畫戟，向敵人左來左擋，右來右擋，刺死一排，又來一排，殺散一群，又來一群。無奈一雙手究竟難敵百般兵器，此時項王也悔不該自恃勇力，深入敵軍。急令鍾離昧、季布等人拚死斷後，自己殺開一條血路，敗回垓下。

項王自從起兵以來，像這樣的敗法，尚是破題兒第一遭呢！項王一看自己的人馬，十分之中，已少掉了八成，他老人家到了此時，也會憂懼起來。

他有一位寵姬虞氏，秀外慧中，知書識字，與項王十分恩愛，形影不離。有時項王出去打仗，她也會著了蠻靴，披上繡甲，騎馬跟著，只因項王有萬夫不擋之勇，她在其後，毫沒危險。此次卻在營中，守候項王回來。

項王入營，當下由虞姬迎入內帳，見他形容委頓，神色倉皇，不像從前得勝回來的氣概，也覺花容失色，媚臉生驚。等得項王坐定，喘息略平的時候，才問戰陣之中的情事。

項王欷歔道：「大敗！大敗！」

虞姬忙勸慰道：「勝敗乃兵家常事。大王蓋世英名，誰人不懼！偶然小挫，何必煩惱？」

項王聽了搖頭道：「今日之敗，不比往常，連我也不曾遇此惡戰，難怪你們女流，罔知利害呢？」

虞姬聽了，雖然是芳心亂跳，粉靨緋紅，可臉上還不敢現出驚慌之色，恐怕惹起項王的煩惱，幸而早已整備酒肴，忙命擺上，意欲借此美釀，好替項王解悶消愁。

項王此時已無心飲酒，因見他的這位愛姬如此殷勤，一時難卻她的情意，只得坐到席間，使她旁坐相陪。

剛飲了三四杯，就見帳下軍士報稱漢軍圍營，項王聽了，也無他法，僅把他手朝軍士

一揮道：「去罷，俺知道。」

這個軍士尚未退出，又來一個軍士報道：「漢軍把本營圍得水洩不通，請示大王的號令，怎麼辦？」

項王道：「可令各將士小心堅守，不准輕動，且待明日，俺與他們再決一場死戰罷！」

此時虞姬在旁，一聽得項王說出一個不祥的死字，傷心得幾乎要將她的珠淚從眼眶之中迸出來了。

眼看那兩個軍士退出，因為此時已經天黑，便命點起銀燭，將房內照得如同白日一般，復去情致纏綿地斟上兩杯，雙手呈與項王。項王接來一飲而盡。飲畢，方對她說道：「孤今夜心緒不寧，愛卿可也陪孤同飲幾杯？」說完，即斟一杯，送與虞姬。

虞姬接到手中，慢慢喝乾。此時，她心中只想掙出幾句話來勸慰項王，誰知腹內似有多少話，及到喉管之上，不知怎的，竟會一句說不出來。

項王呢，平日是膽大包天，從無一件可懼的事情，此刻也會銳氣全消，愁眉不展起來。見了這般的酒綠燈紅，鬢青眉黛，彷彿有無限淒涼情景，含在其中。二人默默無言地喝了一會兒，項王越飲越愁，越愁越倦，不覺睡眼模糊，呵欠欲寐。

虞姬本是一位十分聰明，十分伶俐，十分知情，十分識趣的美人，當下便將項王輕輕扶入錦帳，讓他安臥，自己哪敢再睡，就在榻邊坐守。誰知一寸芳心只似小鹿兒在攬，萬分不得寧靜，同時耳邊又聽得一陣陣的淒風颯颯，觱篥嗚嗚，俄而車馳馬叫，俄而鬼哭神號，種種聲音，益增煩悶。旋又陡起一片歌音，隨風吹著進來，其聲如怨如慕，如泣如訴，忽爾一聲高，忽爾一聲低；忽爾一聲長，忽爾一聲短，彷彿九霄鶴唳，彷彿四野鴻哀，一齊入到耳內，一齊迸上心頭。

虞姬原是一位解人，禁不住悲懷邑邑，淚眼盈盈，回顧項王，只是鼻息如雷，不知不聞，急得虞姬有口難言，淒苦欲絕。

這種引起淒涼、引起悲慘的歌聲，究竟是從何而來的呢？乃是漢營中的張子房，費了幾天心思，編出一曲《楚歌》，教軍士們夜至楚營外面，四面唱和。真是無句不哀，無字不慘，激動一班楚兵懷念鄉關，陸續偷偷散去。

連那鍾離昧、季布，隨從項王幾年，無戰不與，無役不隨，共死同生，永無異志的人，也會情不自禁變起卦來，背地走了。甚至項王季父項伯，亦悄悄地溜出楚營，往報張良，求庇終身而去，單剩得項王的子弟兵八百人兀守營門，尚未離叛。

正想入報，項王已自醒來，那時酒意已消，心中自是清爽，忽聞《楚歌》之聲，不禁驚疑起來。出帳細聽，那種歌聲，反是從漢營傳出，不覺詫異道：「難道漢已盡得楚地了麼？為何漢營中有許多楚人呢？」

正在思忖，已見軍士進來稟說道：「將士兵卒全行逃散，只剩得隨身的八百人了。」

項王大駭道：「變出非常，天亡我也！」疾忙返身入帳，突見虞姬直挺挺地癡立一旁，早變成一個淚人兒了。

項王見了這種情景，也不由得迸出幾點英雄眼淚，長嘆一聲，寂無一語。及睹席上殘肴，尚未撤去，壺中未盡之酒猶存，一面命廚人燙熱，一面輕輕地一把拉過虞姬，再與對飲。飲盡數觥，便信口作歌道：

力拔山兮氣蓋世，時不利兮騅不逝。

騅不逝兮可奈何，虞兮虞兮奈若何！

項王生平所愛之物，第一是烏騅馬，第二是虞美人。此次被圍垓下，已知死在目前，惟他心中實不忍割捨美人駿馬，因此慷慨悲歌，欷歔嗚咽。

虞姬在旁聽得，已知項王歌意，也即口占詩句一首道：

漢兵已略地，四面《楚歌》聲，大王意氣盡，賤妾何聊生！

虞姬吟罷，泣不成聲，項王也未免陪了許多眼淚。就是未曾散去的親信侍臣，在旁見了，個個情不自禁，悲泣失聲。

項王悽愴了一會兒，陡聽得營中更鼓已敲五下，乃顧虞姬道：「天將明了，孤當冒死衝出重圍，卿將奈何！」

虞姬泫然道：「妾與大王形影不離的已是數年，既然相隨而來，自當相隨而去。縱有危難，怎忍任大王單身而行，惟有生死相依。倘能邀天之幸，歸葬故土，死也瞑目！」

項王搖首道：「如卿這般弱質，怎能衝出重圍。卿可自尋生路，孤與卿就此長別了。」說罷，以袖掩面，良久無聲。

虞姬突然立起，豎起雙眉，喘聲對項王道：「賤妾生隨大王，死亦隨大王，願大王前途保重！」說到重字，陡從項王腰間拔出佩劍，急向自己項上一橫。

說時遲，那時快，早已血濺珠喉，香銷殘壘了。項王急欲相救，已是不及，扶屍大哭一場，急命左右掘地成坑，就此埋香葬玉。至今安徽省定遠縣南六十里，留有一座香塚，傳為佳話。

後來一班詩人欽佩虞姬節烈可嘉，譜入詞曲就以「虞美人」三字作為曲名，留芳千古。比較那位漢朝第一代皇后呂雉呂娥姁，一入楚營便就失節，真正不可同日而語的了。

那時項王眼看葬了他的那位節烈愛姬之後，勉強熬住傷心，大踏步出得帳去，躍上烏騅。趁著天色未明的時候，率領八百子弟兵，銜枚疾走，偷出楚營，向南逃去。及至漢兵

得知，飛報韓信，已是雞聲報曉，天色黎明了。

韓信一聞項王潰圍逃走，急令灌嬰率輕騎五千，往追項王。項王也防漢兵追來，匆匆逃至淮水之濱，覓舟東渡。所部八百人，又失散大半，僅剩得一二百騎了。

行至陰陵，見路有兩歧，未識何路可往彭城，不免躊躇，適有鄉農已在田間，因問路徑。誰知鄉農卻認識他是項王，恨其平日暴虐，用手西指，可憐竟將這位叱吒風雲的西楚霸王，輕輕送入死地。

也是項王命中該絕，天意興漢，便信以為真，還向那個鄉農拱手一謝，策馬西奔。約行幾里，忽見前面一條大湖，攔住去路，至此方知受了那個鄉農欺騙，趕快折回原處，重向東行。因為這番周折，竟被灌嬰追著，一陣衝擊，又喪失了百餘騎。

還虧項王所騎烏騅不是凡馬，首先逃脫，到了東山，項王回頭一看，緊緊相隨的僅有二十八騎，四面的人喊馬叫之聲漸已逼近。

項王自知難以脫逃，引騎至一山前，走上崗去，擺成陣圖，慨然謂兵士道：「俺自起兵以來，倏已八年，大小七十餘戰，所當必靡，所攻必破，未嘗一次敗北，因得稱霸至今。今日被困此間，想是天意亡俺，並非俺不能與天下戰也。俺已自決一死，願為諸君再決一戰，定要三戰三勝，為諸君突圍，斬將奪旗，使諸君知俺善戰，乃是老天所亡，與俺無涉，免得歸罪於俺。」

剛剛說罷，漢兵早已四面圍了攏來，把這座山頭圍得水洩不通。項王便分二十八騎，作為四隊，與漢兵相向。

東首有一員漢將，不知利害，貿然驅兵登崗，要想上來活捉項王，以去報功。項王語騎士道：「君等且看俺刺殺來將。」說著，縱轡欲走，又回頭復說道：「諸君可四面馳下，至東山之下取齊，再分三處駐紮。」於是奮聲大呼，挺戟馳下，剛遇那員漢將，一戟戳去，漢將不及躲閃，早已被他倒栽蔥地刺落馬下，跟手頭咕嚕地滾下山去了，立刻畢命。漢兵見了，皆趕忙退下。項王回馬上山。

山下漢將仗著人眾勢盛，團團圍繞，多至數匝，竟被項王殺散不少。漢騎將楊喜，復上山來追趕，也被項王大聲一喝，人馬辟易，倒退了一兩里。

那時項王部下二十八騎，先與項王打過照面，然後三處分開。漢兵趕至，未知項王究在哪一隊內，也分兵三路，圍了攏來。誰知項王左手持戟，右手仗劍，來往馳驅，忽劈忽刺，一連斬了漢都尉十餘員，刺斃漢兵數百名，還能殺出重圍，救回兩處部騎，重聚一處，檢點人數，僅少了兩個騎兵，便笑問部騎道：「我打仗如何？」

部騎皆拜伏道：「真如大王所言，大王實天神也。」

統計項王自那山上殺下，一連九戰，漢兵每逢項王衝下一次，必死數百，並退散一次。所以至今人稱那山名為九頭山，又號四潰山，都是這個出典。

那時項王既得脫圍而出，走至烏江地方，卻值烏江亭長泊船岸旁，請項王渡江過去，並且進言道：「江東雖小，地方千里，亦足自王，臣有一船，願大王急渡。」

項王聽了，笑對亭長說道：「天意亡我，方至敗剩孑然一身，俺又何必再渡？且俺與江東子弟八千人，渡江西行，如今一無生還，即使江東父老憐俺助俺，再願王俺，然俺還有什麼面目去見他們呢？」

說著，後面塵頭大起，料知漢兵復又追到，亭長又數數催促。

項王喟然道：「俺知公為忠厚長者，厚情可感，無以為報。惟座下烏騅馬，隨俺五年，日行千里，臨陣無敵，今俺不忍殺此馬，特把牠賜公，後日見馬猶如見俺，也罷！」一面說，一面跳下馬來。

正在令部卒將馬牽付亭長的時候，說也奇怪，那馬竟會掉下幾滴悲淚，低首長鳴起來。項王不忍心去看牠，只命部騎皆下馬步行，各持短刀，轉身等候漢兵。

那時漢兵已經一齊趕至，項王又鼓勇再戰，亂刺蠻劈，復斃漢營兵將數百十人，自身也受了十幾處傷創。陡見有數騎將馳至，識得一人是呂馬童，淒聲向他道：「爾非俺的舊友麼？」

呂馬童一見項王在和他說話，不敢正視，即把身子縮退後面，旁顧僚將王翳道：「這位就是項王。」

項王卻已聽得，復對呂馬童道：「俺聞漢王懸有賞金，得俺首級者，賜千金，封邑萬戶，俺今日就賞一個人情給爾罷！」說畢，復朝了烏騅馬，把他的頭接連點了幾點之後，便用劍自刎。哀哉！年僅三十有一。

項王既已自刎，所餘的二十六騎亦皆逃散。漢營兵將卻來奪項王屍體，竟至自相殘殺，死了無數。後來是王翳得了頭顱，呂馬童、楊喜、呂勝、楊武等四將，各得一體，持向漢王報功。

漢王見了，命將項王五體湊合，果然相符，便封呂馬童為中水侯，王翳為杜衍侯，楊喜為赤泉侯，楊武為吳防侯，呂勝為涅陽侯。附楚諸城一聽項王已歿，自然望風請降。

獨有魯城堅守不下，漢王大怒，正想踏平魯城。不料到了城下，一片弦誦之聲不絕於耳，復又轉念道：「魯為知禮之邦，為主守節，並不為錯，何妨設法招降，藉服人心。」便將項王首級令將士挑在竿上，舉示城上守兵道：「降者免死，抗者屠其三族！」

魯城官吏私相商議道：「漢王先禮後兵，我們只好出降，保全民命。」眾謀僉同，開城迎降。

漢王因為從前楚懷王曾封項羽為魯公，魯雖後降，足表對於魯公的忠心，即以魯公禮，收葬項王屍身。且就穀城西隅，告窆築墳，親為發喪，泣弔盡禮，將士動容，祭畢方還。現在河南省河陽縣有項羽之墓，就是他當日自刎的地方，今日的烏浦，在安徽省和縣

東北，置有祠宇，號為西楚霸王廟。這些不必說它。

單說那時漢王因見對頭已死，天下惟其獨尊，心中一喜，便將項氏宗族一律赦死。又感項伯相救之情，封為射陽侯，賜姓劉氏。其外的項襄、單佗等人，也都賜姓封爵。此時各路諸侯無不附勢輸誠，惟臨江王共敖子尉，嗣爵為王，懷羽舊恩，不肯臣服，經漢王派劉賈往討，旬日平定。

漢王見大事楚楚，即日還至定陶，又與張良、陳平二人密議一事，諸將概不知道。

第十三回　兔死狗烹

漢王與張良、陳平二人商議之事，乃是項羽已除，諸侯歸附，外亂既平，內防宜固。韓信功高望重，且握有兵權，不先下手為強，預令收回帥印，恐怕將來尾大不掉，一有二心，便難制服，所以要將韓信的兵權奪去，僅畀虛名，始足放心。

他們君臣三人商量妥當。即由漢王不動聲色，親自趨至韓信營中。韓信一見漢王駕到，慌忙出迎，同入帳內，奉漢王上坐。

但聽得漢王面諭道：「將軍屢建奇功，得平強項，寡人心慰之餘，始終不忘將軍之助。惟將軍連年征討，定已精神疲乏，理應及時休息，寡人之心稍安。況且天下既定，不復勞師，將軍可將帥印繳還，仍就原鎮去罷。」

韓信聽了，無辭可拒，只得取出印符，交還漢王。

漢王攜印去後，過不多時，又傳出一令，說是楚地已定，義帝無後。齊王韓信生長楚中，素諳楚事，應改封為楚王，鎮守淮北，定都下邳。魏相國彭越，勸撫魏民，屢破楚

軍，今即將魏地加封，號稱梁王，就都定陶等語。

彭越得了王封，自然歡喜，拜謝漢，受印而去。惟有韓信，易齊為楚，知道漢王記得前嫌，不願使他王齊，但既改楚，大丈夫衣錦歸鄉，也足吐氣，便遵了命令，即日榮歸。

到了下邳，首先差人分頭去覓漂母及受辱胯下的惡少年。漂母先到，韓信下座慰問，賞賜千金，漂母拜謝去訖。既而惡少年到來，早已嚇得面無人色，叩頭謝罪。

韓信笑道：「君勿懼，我若無君當日的一激，也未必出去從軍，老死牖下，至今仍是一個白衣人罷了，現授汝為中尉官。」

惡少年謹謝道：「小人愚頑，蒙大王不記前事，不罪已足感恩，哪敢再事受爵。」

韓信微笑道：「我願汝為官，何必固辭？」

惡少年始再拜退出。

韓信復與梁王彭越、淮南王英布、韓王信、前衡山王吳芮、趙王張敖——張敖即張耳之子，是年張耳病歿，張敖嗣爵，——燕王臧荼等，聯名上疏，尊漢王為皇帝。疏辭略云：

> 先時秦王無道，天下誅之。大王先得秦王，定關中，於天下功最多。存亡定危，救敗繼絕，以安萬民，功高德厚，又加惠於諸王侯，有功者使得立社稷。地分已定，而位處比

擬，無上下之分，是大王功德之著，於後世不宣。謹昧死再拜上皇帝尊號，伏乞准行！

漢王得疏，急召集大小臣工與語道：「寡人聞古來帝號只有賢者可當此稱。今諸王侯推尊寡人，寡人薄德鮮能，如何敢當此尊號？」

群臣齊聲道：「大王誅不義，立有功，平定四海，功臣皆已裂土封王，大王應居帝位，天下幸甚！」

漢王還想假意推讓，哪禁得住內外文武官將合詞再行申請，始命太尉盧綰及博士叔孫通等，擇吉定儀，就在汜水南面，郊天祭地，即漢帝位。頒詔大赦，追尊先妣劉媼為昭美夫人，立王后呂氏為皇后，王太子盈為皇太子。又有兩道諭旨，分封長沙、閩粵二王，文云：

故衡山王吳芮與子二人，兄子一人，從百粵之兵，以佐諸侯，誅暴秦，有大功，諸侯立以為王。項羽侵奪之地，謂之番君。其以長沙、豫章、象郡、桂林、南海立番君芮為長沙王，欽哉惟命！

故粵王亡諸世奉粵祀，秦侵奪其地，使其社稷不得血食。諸侯伐秦，亡諸身帥閩中兵以佐滅秦，項羽廢而弗立。今以為閩粵王，王閩中地，勿使失職。

是時諸侯王受地分封，共計八國，就是楚、韓、淮南、梁、趙、燕，及長沙、閩粵二王，此外仍為郡縣，各置守吏。

天下粗定，漢帝便命諸侯王悉罷兵歸國，自己啟蹕入洛，即以洛陽為國都，特派大臣赴櫟陽奉迎太公、呂后及太子盈、公主等人。又遣人至沛邑故里，召入次兄劉仲，從子劉信，並同父異母的少弟劉交。——正史僅云劉交為漢高帝的異母之弟，餘皆未詳，大約是太公於劉媼逝世後，或繼娶，或納妾所生，無事可述，故不詳載。且太公被擄至楚營時，已無其人，想是一位不永年之人。——漢帝既已念及手足，自己要記得姬妾了。更將微時的外婦曹氏及其所生之子肥，定陶戚氏父女，及戚氏所生之子如意，一同迎接入都。

漢帝至是，父子兄弟、妻妾子侄，陸續到來，齊聚皇宮，這一喜，真是非同小可。

正在十分得意的時候，忽由虞將軍入報，說有隴西戍卒婁敬求見。因為那時漢帝有意求才，不問賤役，且有虞將軍帶引，料是必有特識，即命入見。

漢帝見婁敬雖然褐衣草履，形容倒極清秀，便語他道：「汝既無來，未免腹中饑餓，現在午膳時候，汝且去就食，再來見朕。」

婁敬便去，稍頃即來。漢帝問其來意，婁敬正容奏道：「陛下定都洛陽，想是欲媲美周室麼？」

漢帝點頭稱是。

婁敬又奏道：「陛下取得天下，卻與周室不同，周自後稷封邰，積德累仁數百年，至武王伐紂，乃有天下；成王嗣位，周公為相，特營洛邑，因為地取中州，四方諸侯，納貢述職，道裡相均，故有此舉。惟有德可王，無德易亡。周公欲令後王嗣德，不尚險阻，非不法良意美。只是隆盛時代，群侯四夷，原是賓服，傳到後世，王室衰微，天下不朝。雖由後王德薄，究於形勢，頗有關係。欺弱畏強，人心皆同，致有此弊。今陛下起自豐沛，捲蜀漢，定三秦。與項王轉戰滎陽成皋之間，大戰七十次，小戰四十次，累及天下人民，肝腦塗地，號哭震天，至今瘡痍滿目。乃欲媲美周室，臣竊不敢附和，徒事獻諛。陛下試回憶關中，何等險固，負山帶河，四面可守，就使倉猝遇變，百萬人可以立集。所以秦地素稱天府，號為雄國。臣為陛下萬世計，莫如復都關中。萬一山東有亂，秦地尚可無虞，所謂扼喉拊背，那才可操縱自如呢。」

這一席話，說得漢王心下狐疑起來，因命婁敬暫退，即集群臣會議。

群臣半係山東人氏，不願再入關中，離開鄉井，於是紛紛爭論，都說周都洛陽，傳國至數百年，秦都關中，二世即亡，況且洛陽東有成皋，西有崤黽，背河向洛，險亦足恃，何必定都關中，方謂萬世之基呢？漢帝聽了，更弄得沒有主張。想了半天，只有召那位足智多謀的張子房來，解決這事。

原來張良佐漢成功，早已看出漢帝這人，只可共患難，不能夠共安樂，便藉要學導引吐納諸術，以避嫌疑，平日非但足不出戶，而且避去穀食。有人問他何故如此，他答道：「我家累世相韓，韓為秦滅，故不惜重金，設法替韓復仇。今暴秦已亡，漢崛起，我不過憑著三寸之舌為帝王師，自問應該知足。所以要想謝絕世事，從赤松子遊，方足了我心願。人間富貴於我如浮雲，諸君若肯相從，我亦歡迎。」

漢帝聽到這些說話，自然毫不疑他，因此許他在家休養。若有大事，仍須入朝參預。此時既為建都問題，自然少不得他了。

張良奉召，不敢怠慢，入見漢帝。漢帝便將婁敬所陳，以及朝臣之意告知張良。張良道：「洛陽雖是有險可守，其中平陽居多，四面受敵，實非萬全之地。關中地方，左有肇函，右有隴蜀，三面可據以自守，一面東臨諸侯，萬無一失者也。昔人金城千里之言，確非虛語。婁敬能夠見到，乃陛下盛世人材，伏乞允准施行！」

漢帝聽了，方始決定擇日啟行。

到了櫟陽，丞相蕭何迎接聖駕，漢室與說遷都之事。蕭何道：「秦關雄固，形勢最佳，惟項羽焚宮以後，滿目邱墟，自應趕造皇宮，及多數市房，方可請陛下遷往。」

漢帝便在櫟陽暫時住下，命蕭何西入咸陽，速行修造宮殿。漢帝因將各處的大小亂事，對付平靖。

大漢六年，漢帝仍還洛陽，惟以項羽部將鍾離昧尚未緝獲，不甚放心，便下諭嚴緝鍾離昧，勿得有誤。沒有幾天，就有人來密報，說道鍾離昧已為楚王韓信留於下邳，甚為倚重。漢帝聽了，嚴旨申斥韓信，限他立將鍾離昧解都治罪。韓信奉旨，覆奏詭稱鍾離昧並未來邳，已飭所屬通緝等語。漢帝已經惡他欺君，加之韓信出巡，聲勢異常威赫，又有嫉之者密告漢帝。漢帝乃召陳平進見，問計於他。

陳平道：「這事只好緩圖。」

漢帝發急道：「造反大事，怎好緩圖？」

陳平道：「諸將之意若何？」

漢帝道：「都請朕發兵征討。」

陳平道：「諸將何以知他謀反呢？」

漢帝道：「諸將見其舉動非常，故有此疑。」

陳平道：「陛下現在所有將士，能夠敵得過他否？」

漢帝道：「這倒沒有。」

陳平道：「既然如此，哪好去征討他？所以臣說只好緩圖。」

漢帝道：「卿最有謀，必須為朕想出一個萬全之計。」

陳平躊躇半晌道：「古時天子巡狩，必大會諸侯。臣聞南方有一雲夢澤，陛下何妨傳

旨出遊其地，遍召諸侯會集陳地。陳與楚鄰，那時韓信自來進謁，只要一二武士，便可將他拿下，此計似較妥善。」

漢帝聽了，連稱妙計，當下傳旨召集諸侯會於雲夢。

韓信自然不知是計，便想赴會。左右進諫道：「漢帝多嫉，大王還是不去的為妙。」

韓信道：「孤並無一事可使漢帝見疑，惟有私留鍾離昧，或為漢帝見嫉。」說著，凝思一會兒，便把鍾離昧召至，吞吞吐吐說了幾句。

鍾離昧已知其意，便恨恨地對他說道：「公莫非慮我居此，因而得罪漢帝麼？」

韓信微點其頭。鍾離昧愈加大怒道：「爾係一個反覆小人，恨我無眼，誤投至此！」說完，拔劍自刎，一靈往陰曹去事項羽去了。

韓信一見鍾離昧自刎，不禁大喜，忙把他的首級割下，徑至陳地，等候漢帝。

漢帝一日到了，駐下御蹕。韓信欣然持了鍾離昧的首級，來見漢帝，可憐他連鍾離昧的首級尚未來得及呈出，已被漢帝命左右拿下！

韓信既已被綁，方長嘆一聲道：「果如人言：『狡兔死，走狗烹；飛鳥盡，良弓藏；敵國破，謀臣亡。』天下已定，我固當烹的了。」

漢帝怒目視之道：「有人告汝謀反，故而把汝拿下。」

韓信聽了，也不多辯，任其縛置後車。

漢帝目的已達，何必再會諸侯。便傳諭諸侯，說是楚王謀叛，不及再遊雲夢，諸侯已起程者速回，未起程者作罷。自己帶了韓信急返洛陽，大夫田肯卻來進賀道：「陛下得了韓信，又治秦中。秦地居高臨下，譬如高屋建瓴，沛然莫禦。還有齊地，東有琅琊即墨的富饒，南有泰山的保障，西有黃河的限制，北有渤海的優處。東西兩秦，同一重要。陛下自都關中，齊地亦非親子親孫，不可使為齊王，還望陛下審慎而行。」

漢帝聽了，便知田肯明說秦齊地勢，暗救韓信，因此有悟，便笑語田肯道：「汝言有理，朕當依從！」

田肯退下，漢帝跟著就是一道諭旨，赦免韓信，不過降為淮陰侯罷了。韓信雖蒙赦免，心中究竟怏怏不樂，只居府邸，托疾不朝。

漢帝因已奪了他的權位，便也不去計較他禮儀。惟功臣尚未封賞，謀將往往爭功弄得聚訟不休。漢帝只得選出幾個人，封為列侯，以安眾心。那時所封的是：

蕭何封酇侯。曹參封平陽侯。周勃封絳侯。樊噲封舞陽侯。酈商封曲周侯。夏侯嬰封汝陰侯。灌嬰封潁陰侯。傅寬封陽陵侯。靳歙封建武侯。王吸封清陽侯。薛歐封廣嚴侯。陳嬰封堂邑侯。周緤封信武侯。呂澤封周呂侯。呂釋之封建成侯。孔熙封蓼侯。陳賀封費侯。陳豨封陽夏侯。任敖封曲阿侯。周昌封汾陰侯。王陵封安國侯。

這班總算功臣封畢之後，還有張良、陳平二人久參帷幄，功不掩於諸將。漢帝先將張

良召入，使其自擇齊地三萬戶。

張良答道：「臣曩在下邳避難，聞陛下起兵，乃至留邑相會，此是天意興漢，將臣授於陛下。陛下採用臣謀，臣乃始有微功，今但賜封留邑，願於已足。三萬戶便是非分，臣敢力辭。」

漢帝喜其廉潔，即封張良留侯，張良謝恩退出。

漢帝又召陳平，因為陳平為戶牖鄉人，便封他為戶牖侯。陳平辭讓道：「臣得事陛下，累積微功，但不是臣的功勞，乞陛下另封他人。」

漢帝不解道：「朕用先生奇謀，方能大定天下，何以不是先生的功勞呢？」

陳平道：「臣當日若無魏無知，怎得能事陛下？」

漢帝聽了，大喜道：「汝之為人，真可謂不忘本矣！」

乃傳見魏無知，賜以千金，仍命陳平受封。陳平方與無知二人，一同謝恩而退。

諸將見張良、陳平二人，並無戰功，也得封侯，已不可解。

又見蕭何安居關中，反封在列侯之首，而且食邑獨多，甚為不服，因即一同進見漢帝道：「臣等披堅執銳，用性命換來，不過得一侯位。蕭何並無汗馬功勞，何以恩賞逾眾？敢望陛下明示！」

漢帝聽了，微笑道：「諸君亦知田獵之事麼？追殺獸兔，自然要靠獵狗，發縱調度，其實仍是獵夫。諸君攻城奪地，正與獵狗相類，無非幾隻走狗罷了。若蕭何呢，鎮守關中，源源接濟軍餉，發縱調度，儼如獵夫指使獵狗逐獸。諸君的有功，乃是功狗，蕭何的有功，乃是功人。況他舉族相隨，多至數十人之眾。他非但本人對朕有功，更把他的家族助朕有功。試問諸君，能與數十家族隨朕麼？朕所以因此重賞蕭何，諸君勿疑！」

諸將聽了，不敢再言，後來排置列侯位次，漢帝又欲把蕭何居首，諸將又進言道：「平陽侯曹參，衝鋒陷陣，功勞最大，應列首班。」

漢帝正在沉吟，忽有一謁者鄂千秋，出班發議道：「平陽侯曹參雖有大功，不過一時之戰績，何能加於遣兵補缺，輸糧濟困，功垂萬世的蕭何丞相之上呢？以臣愚見，應以蕭何為首，曹參次之。」

漢帝聽了，喜顧左右道：「鄂卿所言，的是公論，諸君休矣！」因即蕭何列首，並賜其劍履上殿，入朝不趨。一面又獎鄂千秋，說他知道進賢，應受上賞，乃加封鄂千秋為安平侯。諸將拗不過漢帝，只索作罷。

漢帝又想起從前蕭何曾贐他當百錢五枚，現在自己貴為天子，應該特別酬報，便又加賞蕭何食邑二千戶，且封其父母兄弟十餘人。更又想起田肯曾言應將子弟分封出去，鎮守四方，一想將軍劉賈，是朕從兄，可以首先加封。次兄仲與少弟交，乃是一父所生，亦該封他們的土地，於是劃分楚地為二國，以淮為界，淮東號為荊地，封劉賈為荊王，淮西仍

楚舊稱，封劉交為楚王。代地自陳餘受戮後，久無王封，封劉仲為代王。齊有七十三縣，比較荊楚代三地尤大，特封庶長子肥為齊王，命曹參為齊相，佐肥而去。同姓四王，已分四國。惟從子信，未得封地，仍居櫟陽，太公恐怕漢帝失記，特為提及。漢帝憤言道：「兒何嘗失記，只因信母從前待兒刻薄，兒至今日尚有餘恨。」

太公默然。漢帝嗣見太公不愜，始封信為善頡侯。漢帝因記長嫂不肯分羹之事，故有此名，人稱漢帝豁達大度，真是拍皇帝馬屁的言語。

一日漢帝獨坐南宮，臨窗閒眺。偶見多數武官打扮，聚坐沙灘，互相耳語，似乎有所商量，忙去召進張良，問他那班人究在何謀？張良脫口道：「乃在謀反。」

漢帝愕然道：「為何謀反？」

張良道：「陛下所封，皆是親故，旁人既沒封到，免不得就要疑懼。一有疑懼，謀反之事，自然隨之而來了。」

漢帝大驚道：「這樣奈何？」

張良道：「陛下試思平日對於何人最為厭惡。即以所惡之人賜以侯位，此事即平。」

漢帝道：「朕平日最惡雍齒。因其曾舉豐鄉附人，至今心猶不忘其事，難道反去封他麼？」

張良道：「陛下一封此人，餘人皆安心不疑了。」

漢帝乃封雍齒為什部侯。嗣後果然人皆悅服。

漢帝又因居住洛陽已久，念及家眷，那時正值夏令，因命啟蹕前赴櫟陽，省視太公。太公見了漢帝，無非敘些天倫之樂。

當下就有一個侍從太公的家令，問太公道：「皇帝即位已久，何以太公尚無封號？」

太公道：「這些朝廷大典，我實未嘗學習，不封也罷。」

家令道：「這倒不然，天下豈有無父之君的呢！我有一法，請太公試行之！」太公忙問何法？

家令道：「皇帝究是天子，每日來拜太公，太公應報以禮節，讓我來教給太公一種禮節。」

太公聽了，不知所云。

第十四回　隔牆有耳

一座小小宮院，門外侍從寥寥，終日將門掩閉。左為綠密紅稀的樹林，鳥聲如鼓瑟琴，輕脆可聽。右為一灣小溪，碧水潺潺，清澄似鏡。溪內一群鵝鴨自在游行，若易朱漆宮門為數椽茅舍，一望而知是座鄉村人家，何嘗像個皇宮？

此時漢帝便服來此，兩扇宮門翕然而開。漢帝忽見門內有一位白髮老翁，葛衣布履，清潔無塵，手上持著一把小小掃帚，正在那兒掃地。及見漢帝進去，似乎掃得更加起勁，大有御駕光臨，蓬蓽生輝，掃徑以迎的意思。

當下漢帝見了，十分詫異，慌忙前去扶住太公。太公道：「皇帝乃是天下之主，應為天下共仰。哪可為我一人，自亂天下法度的呢？」

漢帝聽了，猛然醒悟，自知有失，因將太公親自扶至裡面，婉言細問太公，何以有此舉動。太公為人素來誠樸，不會說假，便直告道：「家令語我，天子至尊，為父雖為爾親生之父，究屬人臣，爾日日前來朝我，他教我應該擁篲迎門，才算合禮。」

漢帝聽了，也不多言，辭別回宮，即命內侍以黃金五百斤賞給太公家令，一面使詞臣擬詔，尊太公為太上皇，訂定私朝禮節。太公至是，始得坐享尊榮，毋須擁篲迎門了。誰知太公為人，喜樸不喜華，喜動不喜靜，從前鄉里逍遙，無拘無束慣了。自從做了太上皇之後，反受禮節縛束，頗覺無味。因此常常提及故鄉，似有東歸之意。

漢帝略有所聞，又見太公樂少愁多，似有病容。於是仰體親心，暗命巧匠吳寬，馳往豐邑，將故鄉的田園屋宇繪成圖樣，攜入櫟陽。就在附近的驪邑地方，照樣建築，竹籬茅舍，自成其村，復召豐邑許多父老，率同妻孥子侄雜居新築的村中，以便太上皇於清晨暮夜隨便往遊，得與舊日父老雜坐談心，宛似故鄉風味。太上皇果然言笑自如，易愁為樂起來。漢帝又改驪邑為新豐，以垂紀念。這場舉動，總算是曲體親心的孝思。

不佞對於漢帝，每多貶詞，惟有此事，不肯沒其孝思。漢帝做了這事，心裡也覺十分快樂。不料他的後宮裡頭，忽然后妃不和起來。

原來呂后為人最是量狹。初來的時候，她見後宮妃嬪個個都是天仙一般的人物，自己照照鏡子，年增色衰，哪能與這班妖姬相比。不過那時她的丈夫尚未得著天下，若是馬上吃起醋來，外觀未免不雅，因此只好暫時忍耐。又因漢帝最寵的那位薄妃，對於她很能恭順，非但不敢爭夕，每見漢帝要去幸她的時候，她必婉詞拒絕，有時還親自扶著聖駕，送往呂氏的宮中。

呂氏雖有河東獅吼之威，她倒也未便發了出來，一住數月，尚無捻酸吃醋的事情鬧了出去。後來曹氏、戚氏到來，漢帝一概封為夫人。曹氏人甚婉靜，倒還罷了。只有那位戚夫人，相貌既已妖嬈，風情更是嫵媚，漢帝對她本又特別寵愛，她為固寵起見，自然對於漢帝格外獻媚起來，因此之故，便遭呂后妒嫉。

這一天，漢帝適赴太上皇那兒省視，便不回宮午膳。呂后不知漢帝出宮，以為又在戚夫人房中取樂。午膳開出，未見漢帝進宮和她同食。她又任性，並不差遣宮娥出去打聽，她卻自己悄悄地來至戚夫人宮外。

戚夫人的宮娥一見皇后駕臨，正想進去通報，要請戚夫人出來迎迓，呂后忙搖手示意，不准宮娥進去通信，她卻一個人隱身窗外，把一隻眼睛從窗隙之中望內偷看。

看見漢帝雖然不在房內，但已聽見戚夫人在對她兒子如意說道：「我兒呀！你此時年紀尚輕，應該好好讀書，以便異日幫同父皇辦理天下大事。」

又聽得如意答道：「讀書固然要讀，幫同辦事，恐怕未必輪得到孩兒。」

又聽得戚夫人復說道：「我兒此言差矣！同是你的父皇所生之子，怎的說出輪得到輪不到的說話。」

呂氏聽至此地，頓時怒髮衝冠，一腳闖進房去，一屁股坐在漢帝平時所坐的那張御椅之上，怒容滿面，一言不發。

此時戚夫人尚未知道皇后已在窗外竊聽了半晌，忙一面怪她的宮娥為何不來通報，一面忙去與呂后行禮道：「娘娘駕至，婢子未曾遠迎，失禮已極，娘娘何故似在生氣？」

呂后不答。戚夫人方要再問，呂后忽地跳了起來，啐了她一口道：「你這賤婢，皇宮之內，哪似你那鄉村人家，不分上下，不知大小，我問你怎麼叫做幫同辦事？」說著，又冷笑一聲道：「這還了得麼？」

此時的戚夫人，一則初進皇宮，本也不諳什麼禮儀；二則自恃皇帝寵愛，打起枕上官司，未必就會失敗；三則人要廉恥，後宮粉黛既多，若被皇后如此凌辱，豈不被人看輕；四則幫同辦事那句說話，也不會錯。她因有這四層緣故，也不管呂后有國母的威權，便還嘴道：「娘娘不得無禮開口罵人，我的說話，錯在哪兒？什麼叫做了得了不得的呢？」

如意此時年紀雖小，倒甚知道禮節。他一見他的母親與他的嫡母娘娘一時口角起來，趕忙去向呂后下了一個半跪，又高拱他的小手，連拜連說道：「母后不必生氣，孩兒母親一時有了酒意，還望母后恕罪！」

呂后還沒答言，薄夫人適過門前，聽見房內戚夫人在與娘娘鬥嘴，疾忙走入，先將呂后勸回宮去，又來勸慰戚夫人道：「戚娣怎的不能忍氣？無論如何，她總是一位正宮娘娘，連萬歲也得讓她三分。我們身為侍姬，這些地方，就分出低賤來了。」說著，眼圈微紅，似有兔死狐悲之感。

戚夫人一進宮來，因見薄夫人性情柔順，舉止令人可親，便與她情投意合，宛似姊妹一般。此時聽見薄夫人勸她的說話，還不甚服氣道：「薄姊愛護妹子，自是好意，但妹子雖然初入深宮，未習禮儀，不過幼小時候曾讀古史，后妃壞的是妲己、褒姒之類，賢的是娥皇女英等輩，只要有正宮，便有妃嬪，后之死在妃手的，也不可勝記。」

戚夫人剛剛說至此處，薄夫人慌忙止住她道：「隔牆有耳，千萬留口！妹妹無心，聽者有意，不要弄得仇恨愈深，兩有不利的呢！」

戚夫人聽了，方始不語。

薄夫人又敷衍一會兒，便也自去。

等得薄夫人走後，就有一個宮娥走來討好戚夫人道：「夫人知道皇后的歷史麼？」

戚夫人搖搖頭，答稱未知。那個宮娥便悄悄地說道：「聽說萬歲爺當年在打天下的時候，家中沒人照料，便拜託現在那位辟陽侯審食其索性長期住在家裡經理家務。聽說那位審食其，卻生得面龐俊俏，性格溫柔。」

那個宮娥說至此地，微微一笑，似乎表出不敢說下去的意思。此時戚夫人正聽得津津有味，見其神情，已知呂后必定不端，因要知道呂后的醜事，定要那個宮娥詳細說出。

那個宮娥本意來巴結戚夫人的，既要她講，自然大膽地講道：「皇后那時青春少艾，不甘獨宿，聽說便與審食其有了曖昧情事。此事外人皆知，不過那時的太上皇不知

道罷了。」

戚夫人聽了，也吃一驚道：「真有其事的麼？你不准在此地誣衊皇后。我雖與她爭論幾句，萬歲爺的顏面攸關，我願此話是個謠傳。」

那個宮娥又說道：「此事千真萬確，怎好說是謠傳呢？還有一件更可笑的事情，此事真假如何，婢子也是聽人說的。」

戚夫人又問她何事。那個宮娥道：「有一年，萬歲爺趁項王攻趙的時候，自己率了大軍，竟將項王的彭城佔據。項王聞信回保彭城，萬歲爺一時不備，便吃一場大大的敗仗。」

戚夫人道：「這件事情，我卻知道。那時萬歲爺孑然一身，腹中奇餓，逃到我們家中，我蒙萬歲爺迎娶，就在那個時候。」

那個宮娥聽了，笑道：「這樣說來，萬歲爺那年的那場敗仗，不是反成就了夫人的婚姻麼？」

戚夫人點點頭道：「你再說下去。」

那個宮娥又接著道：「皇后那時難以安住家中，只得同了太上皇，以及就是現在的太子、公主，出外避難。」

戚夫人道：「那個審食其，難道肯替她們守家不成？」

那個宮娥搖著頭道：「皇后哪裡捨得他在家，自然一同逃難，不料沒有幾天，就被楚軍擄去。那時項王因恨萬歲爺佔據彭城的當口，曾在他的後宮住了多時，因要報仇，便想輕薄皇后。豈知我們這位好皇后，她居然情情願願任項王的宮人，將她老人家妝扮得脂粉香濃，宮妝嬌豔，見了項王，自報姓氏，口稱大王，拜倒座前。有人那時曾經親眼看見皇后裝束得像個新娘一樣。」

戚夫人忙接口問道：「難道她竟肯失身於敵人的麼？」

那個宮娥又癡笑一聲，答道：「她因怕死，雖是情願失身，豈知那位項王，已聽他的叔叔項伯相勸，應允不汙皇后身子。不過那時楚宮人物，匆促之間尚未知道底蘊，於是你也來勸她喪節，我也來勸她失身，那時皇后聽說只是默不作聲，粉面含羞承認而已。後來被項王發交項伯軟監。項伯那時已經暗附萬歲爺了，倒設備了精緻屋宇，上等飲食，使皇后住在裡面。這樣一來，又便宜了審食其這人，雙宿雙飛，儼如伉儷。」

那個宮娥說到此地，又輕輕對戚夫人說道：「此事薄夫人似乎也曉得的。」

戚夫人聽畢，便微微冷笑一聲，自言自語地說道：「這才是皇后的身分，不似鄉村人家，不分上下，不知大小的呢？」

那個宮娥又獻計道：「夫人就是為了萬歲爺面上，不便宣布此事，現有皇后身邊的那個安彩女，卻做了一件不可告人之事，婢子知道得清清楚楚。何不將此事暗暗奏明萬歲爺，打丫頭就是羞小姐呀！」

戚夫人道：「你且說給我聽了之後，再作計議。」

那個宮娥道：「安彩女是皇后的心腹，萬歲爺業已幸過，她不知怎麼，一心只想替萬歲爺再養出一位太子，她就好名正言順的升為夫人了，但是雨露雖承，璋瓦莫弄，她便私信一個尼僧之言，用三寸小木頭雕刻成萬歲爺的模樣，又將萬歲爺的生辰八字，用朱筆寫在那個小木頭人的胸心前。後心又釘上七根繡花針，外用一道符籙把小木頭人身子裹住，塞在每日睡的枕頭之內。據那尼僧說，只要七七四十九日，必然受孕，不過萬歲爺卻要大病一場。現在已經有三七二十一天了。這件秘事，只有婢子一個人曉得，夫人若要此枕，婢子可以前去偷來，好讓夫人在萬歲爺面前獻一件大大的功勞。因為這事，明明在魘魔萬歲爺，萬歲爺乃是天下之主，豈可任其在暗中如此糟蹋的呢！」

戚夫人聽了，不禁大喜道：「你現在何宮服役，我想把你留在我的宮裡。」

那個宮娥道：「奴婢乃是散役，並沒一定的宮名。」

戚夫人道：「如此你就在我身邊，我命人知照管宮太監便了。」

那個宮娥聽了，馬上伏在地上，向戚夫人磕頭謝恩道：「奴婢名叫小胡，一班宮人都戲呼奴婢做妖狐，今得服伺夫人，奴婢便有出頭之日了。夫人命奴婢幾時去偷那個枕頭，奴婢便幾時去偷。」

戚夫人道：「且慢，等我與薄夫人商量商量再說。」說完，疾忙來至薄夫人宮內，悄悄地告知其事。

薄夫人聽了，也是一嚇，道：「萬歲爺半生戎馬，衝鋒陷陣，可憐方有今日，怎好去魘魘他的身子，還要害他生病，那還了得。不過此事鬧了出來，又與皇后有礙，依妹子主張，最好將那枕頭悄悄竊來，偷去本人了事。」

戚夫人聽了，自有主意，當時便含糊答應。回宮之後，便命妖狐就在當夜去偷。妖狐因與安彩女本甚知己，出入不忌的，現在要討好戚夫人，也顧不得賣友求榮的了。

安彩女姓安，小字婭姐，本是楚宮的宮人。呂后軟禁楚營的時候，由項伯向項羽撥來服伺她的。呂后喜她伶俐，又念她在楚營服伺三年，倒還忠心，議和回來的時候，便把她帶了同走。漢帝也愛她長得美貌，曾將她幸過多次，她因急於想生一位太子，因有此舉。

有一天夜間，她由呂后那裡回到自己房中，正在脫衣就寢的當兒，陡見她的那個有寶貝木人在內的枕頭憑空失其所在，這一嚇，還當了得，頓時神色倉皇地四處亂尋，還不敢問人，恐怕一經鬧了出來，立時便有殺身之禍。誰知左尋也無著，右尋也沒有，她至此時，始知必被他人竊去，那人既是指名單竊此枕，必是已經知道她的秘密，分明是拿著她的一條小性命，去獻自己的功勞去了。

可憐她想至此地，又害怕，又著急，又深悔不應該聽信那個害人尼僧之言，冒昧做了此事，此時越想越怕，不禁一陣心酸，淚下如雨起來。

急了一會兒，居然被她自己以為想出一位救命王菩薩來了。她知道這位薄夫人，待下既寬，便可前去求她。復知她在萬歲爺面上，雖比不上戚夫人的寵眷，卻也言聽計從，只要她肯設法援手，便有性命。娙姐想罷，慌忙奔至薄夫人的宮裡。

這也湊巧，只有薄夫人一個人在房內，娙姐撲的一聲跪在她的面前，邊磕著響頭，邊叫夫人救救奴婢性命。薄夫人一見安彩女這般著慌，便知必是為了那個枕頭之事，便一面叫她起來，一面問其究為何事。娙姐哪肯起來，仍跪在地上，將失去那個木人枕頭的事情說了出來，求她搭救。薄夫人聽了，也怪她不應做此暗欺萬歲爺之事。

娙姐又哭訴道：「奴婢原無壞意，只因一時糊塗，受了尼僧之愚，總望夫人相救，世世生生當做犬馬，以圖後報。」

薄夫人一則因見娙姐嚇得可憐；二則又因戚夫人答應僅竊枕頭毀去木人，不去奏知萬歲，所以便命娙姐放心，此事包在我的身上，不給萬歲知道便了。

此時娙姐一聽薄夫人滿口答應，始將心裡的一塊石頭落地。一面謝過薄夫人，一面自己仗著自己的膽子道：「這才算一條小性命保全了。」

第十五回　一勞永逸

薄夫人等得安彩女出去之後，便問宮人，此時已是什麼時候。宮人回稟道：「啟夫人！此刻銅壺滴漏，正報三更。」

薄夫人一想，夜已深了，我又何必急急去找戚夫人呢？況且此事，她本來和我商量好的，只毀木人，不奏萬歲，我若此刻前去找她，萬一聖駕在她那兒，多有不便。想罷之後，薰香沐浴，上床安眠。

次日大早，她正在香夢沉酣的當口，忽被她身邊的一個宮娥將她喚醒，稟知道：「夫人快快起身，萬歲爺正在大怒，已把安彩女斬首，各宮夫人紛紛地都往戚夫人的宮裡，請萬歲爺的早安去了。」

薄夫人聽完一嚇道：「你再怎講？」

宮娥道：「安彩女已被斬了。」

薄夫人不免淌下淚來，暗怪戚夫人道：「此人言而無信，必要與呂后娘娘爭個高低，

害了這個安娙姐的性命。其實在我想來，船帆一滿，便要轉風，做人何嘗不是這個道理？她既和我知己，遇便的時候，我待勸她一番。」

薄夫人邊這般的在想，邊已來到戚夫人宮內。走進房去一看，非但萬歲爺不在那兒，連戚夫人也不知去向，便詢那個妖狐。

妖狐謹答道：「萬歲爺已出視朝。我們夫人方才在房內，此刻大約往曹夫人那兒閒談去了。」

薄夫人聽了自回宮去。過了幾時，趁沒人在房的當口，又懇懇切切地勸了戚夫人一番。戚夫人當面雖然稱是，過後哪把這話放在心上。近日又收了這個妖狐作身邊宮娥，如虎添翼，對於漢帝，更是爭妍獻媚，恨不得把她的一寸芳心挖出給漢帝看看。漢帝被她迷惑住了，呂后那邊也是去得稀了。

呂后因懼漢帝，只得恨恨地記在心上。有時和審食其續歡之際，她把想用毒藥暗害戚夫人的意思，說與審食其聽了。審食其倒也竭力阻止，呂后因審食其不贊成此計，只得暫時忍耐。

再說漢帝自從怒斬安彩女之後，深惡宮內竟有尼僧出入，又將守門衛士斬了數人。薄夫人這天晚上因見漢帝帶醉地進她宮來，臉上似有不豫之色，便柔聲怡色地盤問漢帝為何不樂。

漢帝道：「皇宮內院竟有尼僧出入，衛士所司何事，朕已斬了數人。」

薄夫人道：「婢子久有一事想奏萬歲，嗣因干戈未息，尚可遲遲。今見萬歲連日斬了不少的衛士，他們都有怨言。婢子至此，不敢不奏了。」

漢帝因她平日沉默寡言，偶有所奏，都能切中時弊，此刻聽她說得如此鄭重，便也欣然命她奏來，薄夫人當下奏道：「守門衛士官卑職小，怎敢禁止那班功臣任意行動，那班功臣往往入宮宴會，喧語一堂，此誇彼競，各自張大功勞。甚至醉後起舞，大呼小叫，拔劍擊柱，鬧得不成樣兒。似此野蠻舉動，在軍營之中或可使得，朝廷為萬國觀瞻，一旦變作吵鬧之場，成何體統？區區衛士，哪能禁阻有功之臣，最好趕快定出朝儀，才是萬世天子應做的事情。」

漢帝聽完，只樂得將他的一雙糊塗醉眼強勉睜開，瞧著薄夫人的那張花容，細細注視。

薄夫人見漢帝不答所奏，只望她的面龐儘管出神，不禁羞得通紅其臉道：「萬歲盡瞧著婢子，難道還不認識婢子不成！」

漢帝聽了，復呵呵大笑道：「朕想張良、陳平二人，也算得是人中之傑，此等大事，彼二人默然無言，反是你一個女流之輩提醒於朕，朕心中快樂。笑那魏豹死鬼，生時蠢然若豕，哪有如此的豔福消受愛卿也。你既知道應定朝儀，可知道何人可當這個重任呢？」

薄夫人因見漢帝誇她，不由得嫣然一笑道：「婢子知道有一個薛人叔孫通，現任我朝

博士，此事命他去辦，似不致誤。」

漢帝聽了，更是喜她知人，一把將她拉來坐在膝上，溫存了許久，方始同上巫山。

次早坐朝，便召叔孫通議知此意。叔孫通奏道：「臣聞五帝不同樂，三王不同禮。須要因時制宜，方可合我朝萬世之用。臣擬略採古禮，與前秦儀制折中酌定。」

漢帝道：「汝且去試辦。」

叔孫通奉命之後，啟行至魯，召集百十儒生，一同返都。又順道薛地，招呼數百子弟，同至櫟陽。乃就郊外曠地，揀了一處寬敞之所，豎著許多竹竿，當作位置標準。又用棉線搓成繩索，橫縛竹竿上面，就彼接此，分劃地位。再把剪下的茅草，捆縛成束，一束一束植豎起來，或在上面，或在下面，作為尊卑高下的次序。

這個名目，可叫做綿蕞習儀。佈置已定，然後使儒生弟子等人，權充文武百官及衛士禁兵，依著草定的儀注，逐條演習。應趨的時候，不得步履倉皇，須要衣不飄風，面不喘氣。應立的時候，不得挺胸凸腹，須要形如筆正，靜似山排。還有應進即進，應退即退，周旋有序，動作有機。好容易習了月餘，方才演熟。

叔孫通乃請漢帝親臨一見，漢帝看過，十分滿意，欣然語叔孫通道：「朕已優為，汝命朝中文武百官照行可也。」

未幾，秋盡冬來，仍沿秦制，例當改歲。可巧蕭何奏報到來，據稱長樂宮業已告成。

長樂宮就是秦朝的興樂宮，蕭何改建，監督經年，方始完備，漢帝遂定至長樂宮中過年。

是年元旦，為漢朝七年，各國諸侯王及大小文武百僚，均詣新宮朝賀。天色微明，便有謁者侍著，見了諸侯，引入序立東西兩階。殿中陳設儀仗，備極森嚴，衛官張旗，郎中執戟，大行肅立殿旁，共計九人，職司傳命。等得漢帝乘輦而來，徐徐下輦升階，南面正坐。當下由大行高呼諸侯王丞相列侯文武百官進殿朝賀，趨蹌而入，一一拜畢。漢帝略略欠身，算是答禮。一時分班賜宴，肅靜無嘩。偶有因醉忘情，便被御史引去，不得再行列席，與從前裸胸赤足的神情，大不相同。

宴畢，漢帝入內，笑容可掬地對后妃道：「朕今日方知皇帝的尊貴了。」便命以黃金百斤，珍珠十斗，賜與薄夫人，獎其提醒之功，又將叔孫通晉官奉常之職，並賜金五百斤。叔孫通叩謝而退，這且不提。

單說長城北面的匈奴國，前被秦將蒙恬逐走，遠徙朔方。後來楚漢相爭，海內大亂，無人顧及塞外，匈奴便乘隙窺邊。他們國裡，稱他國王叫做單于，皇后叫做閼氏。那時他們的單于頭曼頗饒勇力。長子名叫冒頓，勇過其父，立為太子。後來頭曼續立閼氏，復生一男，母子二人均為頭曼鍾愛；頭曼便欲廢去太子冒頓，改立少子，乃使冒頓出質月氏，冒頓不敢不行，月氏居匈奴西偏，有戰士十餘萬人，國勢稱強。頭曼陽與修和，陰欲侵略，且希望月氏殺死冒頓，伐去後患，所以一等冒頓到了月氏那裡，便即發兵進攻。

豈知冒頓非但勇悍過人，而且智謀異眾。他一入月氏國境，早料著他的父親命他作質，乃是借刀殺人之計，因此刻刻留心，防著月氏前來害己。及見月氏因他父親進攻，果來加害，於是伺機逃回。頭曼見了，倒吃一驚。問明原委，反而服他智勇，安慰數語。

可笑那個閼氏，雖是番邦女子，卻與漢朝戚夫人夥著漢帝，要將她的兒子如意立作太子的情形相同。頭曼愛她美貌，哪敢拂她之意，便又想出一策，封冒頓為大將，去與月氏交戰，勝則即以月氏之地給他，敗則自為月氏那面所殺，豈不乾淨。誰知冒頓又知其意，假以調兵遣將為名，挨著不去。

一日，冒頓造出一種上面穿孔的骨箭，射時有聲，號為鳴鏑，便命部眾，凡見彼之鳴鏑到處，必須眾箭隨之齊發，違者斬首。冒頓還防部眾陽奉陰違，不遵命令，遂先以打獵去試部眾，部眾如命，次以鳴鏑去射自己所乘之馬，部眾從之。後射愛姬，部眾從違各半，冒頓盡殺違者。部眾大懼，以後凡見鳴鏑到處，無不萬矢俱發。

冒頓至是，先射頭曼的那匹名馬，部眾果然不懼單于，立時弓弦響處，那匹名馬，早與一個刺蝟相似。冒頓始請頭曼同獵，頭曼哪防其子有心殺父，反把閼氏少子帶往同獵。此時冒頓見了父親繼母少弟，三個人同在一起，不禁心花大放，就趁他們三人一個不防，鳴鏑驟發，部眾萬矢齊至。可憐那位單于頭曼自然一命嗚呼，帶同他的愛妻少子，奔到陰間侵略地府去了。

冒頓既已射死其父等人，遂自立為單于。部眾懼他強悍，並沒異辭。惟東方東胡國，聞得冒頓殺父自立，卻來尋釁，先遣部月向冒頓索取千里馬，冒頓許之。又再索冒頓的寵姬，冒頓亦許之。三索兩國交界的空地，冒頓至是大怒，一戰而滅東胡，威焰益張，於是西逐月氏，南破樓煩白羊，乘勝席捲，竟把從前蒙恬略定的地方悉數奪還，兵鋒所指，已達燕代兩郊。

漢帝據報，乃命韓國的國王信移鎮太原，防堵匈奴。韓王信報請移都馬邑，漢帝批准。不料韓王信甫到馬邑，冒頓的兵已經蜂擁而至。韓王信登城一看，只見遍地都是敵人，已把馬邑之城圍得與鐵桶相似，哪敢出戰，只得飛乞漢帝發兵救援。嗣又等候不及，遣使至冒頓營中求和。等得漢帝發救兵到臨，見已和議成立，回報漢帝。漢帝派使責問韓王信，何故不待朝命，擅自議和。韓王信懼罪，索性一不做，二不休，竟將馬邑獻與匈奴，自願臣屬。

冒頓收降韓王信，即命其先導，南踰勾注山，直搗太原。漢帝聞警，乃下詔親征，時為七年冬十月。漢帝率兵行至銅鞮地方，正與韓王信的兵馬相值。一場惡戰，韓兵大敗，將官王喜陣歿。韓王信奔還馬邑，與部將曼邱臣王黃等商議救急之法。

二人本係趙臣，說道不如訪立趙裔，藉鎮人心。此時韓王信已無主見，只得依了二人計策，尋著一位趙氏子孫名叫趙利的，暫時擁戴起來，一面飛報冒頓求助。

冒頓時紮營在上谷地方，聞報，立命左右賢王率領鐵騎數萬，與韓王信合兵。左右賢王，爵似中國的親王，這也是冒頓知道中國厲害，非比番邦，可以隨便打發的意思。那左右賢王與漢兵在晉陽地方，打了幾仗復被漢兵殺敗，只得逃回。漢兵追至離石，得了許多牲畜。嗣因天氣嚴寒，雪深數尺，漢兵不慣耐冷，未便進攻。漢帝還至晉陽，因命奉春君劉敬，單身往探匈奴的虛實。

這位劉敬便是前時請都關中的戍卒婁敬。漢帝國他獻策有功，賜姓劉氏，封為此職。又知他久戍邊地，熟諳番情，帶在軍中，備作顧問。劉敬奉命去後，不日探了回來報道：「依臣愚見，不可輕進。」

漢帝作色道：「為何不可輕進？」

劉敬道：「兩國相爭，兵勢應盛，臣見匈奴人馬全是老弱殘兵，料其有詐，不可不防。」

漢帝大怒，責他搖動軍心，立時拿下，械繫武廣獄中，待至得勝回來，再行發落，一面自率精兵再進。沿途雖無兵壘，只是泥滑難行，好容易進抵平城。剛剛駐下，陡聽得一派胡哨，四面塵頭大起，奇形怪狀的番將番兵，早已圍了攏來。匈奴單于冒頓親率鐵騎加入陣中。此時漢兵本已行路疲乏，怎禁得起這班生力軍呢！

連戰連退，已經退到白登山了。漢帝因見此山高峻，趕忙把人馬紮上山去，扼住山口之後，敵兵倒也一時未能攻上山來。無奈敵兵太多，卻將那山團團圍住，無路可逃。

冒頓用了老弱殘兵，引誘漢兵深入之計。雖被劉敬料到，惜乎漢帝意氣從事，不納良言，致有此困。

一連困了數日，看看兵糧將盡，實已無力支持。此次張良未曾隨軍，漢帝便與陳平商量數次，陳平亦無計策。漢帝見足智多謀的陳平也無法子，這是只好死於此山的了，自然長吁短嘆，憂形於色。直待第六天，陳平方思得一計，面告漢帝。漢帝大喜，急命照計行事。陳平便備了一幅美人圖畫，以及許多金珠，派了一個膽識兼全的使臣，下得山去，買通番兵，指名要見冒頓新立的那位閼氏。

閼氏聽得漢使指名謁她，不知何事，便瞞著冒頓，私將漢使傳入內帳，問他有何說話。這位漢使見了閼氏，先將金珠呈上道：「漢帝被困白登山，想與此間單于議和，知道閼氏對於單于很能進言。漢帝的意思，只望兩不相犯，永修和好。因恐單于不允，特將戔戔金珠，孝敬閼氏。若能就此言和，這是最好之事。若是單于不允，現有一幅圖畫在此，此是中國的第一個美人，因為不在軍中，先將圖畫送來，再行令人回去，將這位美人取來，奉贈單于。」漢使說完，急將圖畫遞與閼氏。

閼氏接去一看，看見圖中美人果然生得花容月貌，比較自己，真有天壤之別，忙暗忖道：「這位美人若被我們單于看見，一定取入宮中。那時這位美人擅寵專房，必奪自己的恩愛。」便對漢使說道：「這位美人，萬萬不可送來！」

漢使道：「漢帝本也不忍使美人來此，只因無奈。閼氏若能設法解救，漢帝自然不將美人送來，回去之後，情願將多數的金珠孝敬閼氏。」

閼氏道：「我會設法，你且回去報覆漢帝，請他放心！」

漢使走後，閼氏又暗忖道：「漢帝若不出險，仍要將這位美人送來，事不宜遲，只得從速進言，以解自己之危。」於是閼氏只用了一夜的枕上功夫，單于已被她說允，果然即將漢帝的人馬統統放出。

漢帝引兵南還，經過武廣，首將劉敬從獄中取出，並封為建信侯，食邑二千戶，又加封夏侯嬰食邑千戶。再經曲逆縣，見那座城池的形勝，不亞洛陽，即以全縣采地悉數酬庸，改封陳平為曲逆侯。

這個計策，就是陳平六出奇計的最後一計。以前的五計：一是捐金用反間計，害了范增；二是用惡劣菜蔬，瞞過楚使；三是夜出婦女，解滎陽圍；四是潛躡帝足，請封韓信王齊；五是偽遊雲夢，不費刀兵縛了韓信。六條奇計詳載正史，這部《漢宮》故得從略，並非不佞偷懶，把這些事情刪去的。

再說漢帝離了曲逆，路過趙國。趙王張敖出郊迎迓，執子婿禮甚恭。張敖的未婚妻，就是呂后長女，早有口約，不過年未及笄，尚難下嫁罷了。誰知漢帝本是一個喜怒無常的人物，又因瞧張敖不起，見了他便箕踞謾罵，發了一番泰山的脾氣，自顧自地起程走了。

到了洛陽，忽見他的次兄劉仲狼狽進謁道：「匈奴寇代，抵敵不住，因此來請援兵，守候陛下已月餘了。」

漢帝大怒道：「爾只配田間耕種，怪不得見敵便逃。爾可知匈奴已經收兵回去了麼？」

劉仲答稱：「來此已久，卻未知道。」說著，便想回國。

漢帝冷笑道：「慢著，朕不看手足之情，應該將爾斬首。現在且降為合陽侯以觀後效。」

劉仲挨了一頓臭罵，還要失去王位，只得忍氣吞聲的退去。

漢帝因為寵戚姬，其子如意雖僅八歲，先封為代王，覆命陽夏侯陳豨為代相，替如意前往鎮守。陳豨去後，漢帝又接到蕭何的奏報，咸陽宮闕大致告成，請御駕乘便往視。漢帝乃由洛陽至櫟陽，復由櫟陽至咸陽，蕭何接駕，導入遊觀。最大的一座，叫做未央宮，周圍約在二三十里，東北兩方，闕門最廣。殿宇規模，亦皆高敞。前殿尤為壯麗。武庫太倉，分建殿旁，也是崇閎輪奐，氣象巍峨。

漢帝巡視未畢，便佯怒道：「朕的起義，原為救民而來，現在民窮財盡，天下未定，怎將這座宮殿造得如此奢侈。」

蕭何見責，卻不慌不忙地奏道：「臣正為天下未定，不得不把宮室造得略事堂皇，藉壯觀瞻，若是因陋就簡，後世子孫仍要改造。與其多費一番周折，倒不如一勞永逸，較為

得宜。」

漢帝聽到此地，轉怒為笑道：「這樣說來，朕未免錯怪你了。」

第十六回　以假作真

蕭何見漢帝轉怒為喜，已在安慰他了，反又慄慄危懼起來，肅然答道：「微臣此事，雖蒙陛下寬宥。但為日方長，難免有誤，尚望陛下有以教之！」

漢帝復微笑道：「汝作事頗有遠見，朕記得從前此地城破時，諸將乘亂入宮，未免各有攜取，惟汝只取書籍表冊而去，目下辦事有條不紊，便宜多了。」

蕭何亦笑道：「臣無所長，一生作吏，對於前朝典籍視為至寶。平日得以借鏡，今為陛下一語道破，天資穎慧，聖主心細，事事留意，真非臣下可及萬一也！」

漢帝聽了大喜，便指著未央宮的四圍，諭蕭何道：「此處可以添築城垣，作為京邑，號稱長安便了。」

蕭何領命去辦。漢帝乃命文武官吏，至櫟陽、洛陽兩處迎接后妃，一齊徙入未央宮中，從此皇宮已定長安久住，不再遷移了。不過漢帝生性好動，不樂安居，過了月餘，又往洛陽一住半年，隨身所帶的妃嬪，第一寵愛戚夫人，其次方是薄姬。

至八年元月，聞得韓王信的黨羽出沒邊疆，復又親率人馬出擊，及到東垣，寇已退去，南歸過趙。至柏人縣中過宿，地方官吏早已預備行宮。漢帝趨入，忽覺心緒不寧起來，便顧左右道：「此縣何名？」

左右以柏人縣對。漢帝愕然道：「柏人與迫人同音，莫非朕在此處，要受人逼迫不成？朕決不宿此，快快前進！」

左右因為每每看見漢帝喜怒無常，時有出人意外的舉動，便也不以為異。

漢帝到了洛陽之後，左右回想，在途甚覺平安，方才私相議論道：「是不是萬歲爺在柏人縣裡，那種大驚小怪的樣兒，差不多像發了瘋了，其實都是多事！」

大家互相議論，不在話下。

漢帝住在洛陽，光陰易過，又屆殘年，當下就有淮南王英布、梁王彭越、趙王張敖、楚王劉交，陸續至洛，預備朝賀正朔。漢帝適欲還都省親，即命四王扈蹕同行。及抵長安，已是歲暮。沒有幾天，便是九年元旦。

漢帝在未央宮中，奉太上皇登御前殿，自率王侯將相等人一同叩賀。拜跪禮畢，大開筵宴，太上皇上坐，漢帝旁坐，其餘群臣，數人一席，分設兩邊，君臣同樂，倒也吃得很有興致。

酒過數巡，漢帝起立，捧了一只金爵，斟滿御酒，走至太上皇面前，恭恭敬敬地為太上皇祝壽。

太上皇含笑接來，一飲而盡，不覺脫口道：「皇帝已有今日，爾亡母昭靈夫人的龍種之言，真應驗了。」

群臣不解，都起立請求太上皇說出原委。此時的太上皇微有醉意，並不瞞人，就將當年昭靈夫人堤上一夢，講與群臣聽了。

群臣聽畢，一個個喜形於色道：「如此說來，萬歲萬世之基，早已兆於當時的了，臣等早知此事，那時戰場之上，心有把握，何必擔驚受怕呢。」

漢帝也有酒意，便去戲問太上皇道：「從前大人總說臣兒無賴，不及仲兄能治稼穡之事，今日臣兒所立之產，與仲兄比較起來，未知孰優孰劣？」

太上皇聽了，無詞可答，只得付之一笑。

群臣聽了，連忙又呼萬歲，大家著著實實恭維一陣，才把戲言混了過去，直至夕陽西下，尚未盡興。漢帝便命點起銀燭，再續夜宴。後來太上皇不勝酒力，先行入內，漢帝方命群臣自行暢飲，自己來至後宮，再受那班后妃之賀。

後宮的家宴，又與外殿不同。外殿是富麗堂皇，極天地星辰之象。後宮是溫柔香豔，具風花雪月之神，於是漢帝坐在上面正中，右面是呂后。

那時重右輕左，凡是降謫的官吏，所以謂之左遷，——左面是戚夫人，薄夫人坐在呂

后的肩下，曹夫人坐在戚夫人的肩下。宮娥斟過一巡，呂后為首，先與漢帝敬酒。漢帝笑著接到手內，一飲而盡，也親自斟上一杯，遞與呂后。呂后接了，謝聲萬歲，方才慢慢兒喝下。

戚夫人卻將自己的酒杯斟得滿滿的，遞到漢帝的口邊，漢帝並不用手去接，就在戚夫人的手內湊上嘴去把酒呷乾，漢帝也把自己杯內斟滿，遞與戚夫人，戚夫人見了，便嫣然一笑，也在漢帝手中呷乾。

此時呂后在旁，見漢帝不顧大局，竟在席上調情起來，又恨戚夫人無恥，哪兒像位皇妃的身分，此種舉動，直與粉頭何異。原想發揮幾句，既而一想，今天乃是元旦，一年的祥瑞要從今天而起，不要掃了漢帝高興。漢帝與呂后多年夫婦，哪能猜不透她的心理？因此對於薄曹兩位夫人的敬酒，只得規規矩矩起來。

大家敬酒之後，漢帝忽然想起一個人來，略皺其眉地向呂后說道：「朕已貴為天子，今日后妃滿前，開懷暢飲，可惜少了一個，她若在此，那時首占沛縣之功，似在諸將之上呢。」

呂后忙答道：「萬歲所言，莫非記起那個袁姣佩夫人來了麼？她真走得可惜，賤妾說她真稱得起能文能武，又賢又淑的夫人，現在宮中，人數卻也不少，誰能比得上她呀！」

漢帝聽了，復長嘆了一聲道：「咳！朕何嘗不惦記她呢！未知她還是尚在人間，抑已仙去？果在人間，四海之內，為朕所有，未必一定不能夠尋她轉來。」

呂后道：「恐怕未必，她從前每對妾說，她只想把劍術練成，便好去尋她仙去的親娘。她又是一位未破身的童女，練習劍術，自然比較別人容易，並且家學淵源，有其母必有其女。照妾看來，自然已經仙去的了！不然，陛下與她如此恩愛，賤妾也與她情意相投，若在人間，她能忍心不來看視陛下一次的麼？」

漢帝道：「她就仙去，朕已做了天子，已非尋常人物，她就來看我一看，似乎也不煩難的呀！」

呂后道：「妾聞始皇要覓神仙，曾令徐福帶了三千童男，三千童女，去到海上求仙。誰知一去不還，大概也已仙去。妾以此事比例，大概一做神仙，就不肯再到塵凡來了。」

不佞作到此地，想起秦史中所記徐福求仙一節，因與徐福同宗，安知徐福不與不佞有一線之關。不佞於遜清光緒末葉，曾赴日本留學，暇時即至四處考察古蹟，冀得一瞻徐福的遺墓，以伸欽仰之心。果於熊野地方新宮町，得見二千年以前那位東渡的徐福之墓。墓地面積凡四畝又二十一步，墓前有石碑一，相傳海川賴宣藩主於元文元年立。附近有楠樹二枝，墓旁原有徐福從者之墳七所。惟不佞去時，僅見二塚，蔓草荒煙，祭謁而返。熊野即是蓬萊，蓬萊山之麓，有飛鳥神在，中有徐福祠一。至於徐福之遺物，早已散失無存。

該地濱海洋，多鯨魚出沒，捕鯨之法，猶是徐福遺教。該地又產徐福紙，亦徐福發明的。如此名貴的古蹟，竟淪於異域，可慨也夫！

不佞作書至此，因以記之，這是閒文，說過丟開。

再說當時漢帝聽了呂后之言，甚為欷歔。薄夫人見漢帝惦記前姬，便請漢帝將那位仙去的袁家姊姊一生事蹟諭知朝臣，立朝致祭，使她好受香煙。漢帝搖頭道：「這可不必，朕知她素惡鋪張，如此一來，反而褻瀆她了。」

戚夫人最是聰明，能知漢帝心理，忙接嘴湊趣道：「婢子之意，也與萬歲相同。袁家姊姊既是埋名而去，她的行徑自然不以宣布為是。不過萬歲苟有急難，她豈有坐視之理，聖天子有百靈護衛，何況同床合被的人呢？」

漢帝聽了，方有喜色。戚夫人又想出許多歌功頌德之詞，揀漢帝心之所好的說話盡力恭維。漢帝此時就不像起先那般頹唐了，有說有笑，大樂特樂。這天因是元旦，漢帝只好有屈幾位夫人，自己扶著呂后安睡去了。

第二天起來，忽接北方警報，乃是匈奴又來犯邊。但是往來不測，行止自由，弄得戰無可戰，防不勝防。漢帝無法對付，急召關內侯劉敬，與議邊防事宜。

劉敬道：「天下初定，士卒久勞，若再興師動眾，實非易事。冒頓如此凶頑，似非武力可以征服，臣有一計，但恐陛下不肯照行。」

漢帝道：「汝有良策，能使匈奴國子子孫孫臣服天朝，這是最妙之事，汝儘管大膽奏來！」

劉敬道：「欲令匈奴世世臣服，惟有和親一法。陛下果肯割愛，將長公主下嫁冒頓，他必感謝高厚，立公主為閼氏。將來公主生男，即是彼國單于，天下豈有外孫敢與外公對抗的麼？還有一樣，若陛下愛惜公主，不忍使她遠嫁，或令後宮子女冒充公主，遣嫁出去，冒頓刁狡著稱，一旦敗露，反而不美。伏乞陛下三思！」

漢帝聽完，連點其首道：「此計頗善！朕只要國可久安，何惜一個小小女子呢？」

漢帝說畢，即至內宮，將劉敬之策告知呂后。

呂后還未聽完，便大罵：「劉敬糊塗，做了一位侯爵，想不出防邊計策，竟敢想到我的公主身上，豈不可醜？」

呂后邊罵，邊又向漢帝哭哭啼啼地說道：「妾身惟有一子一女，相依為命。陛下打定天下，從無一個畏字。怎麼做了天子，反忍心將自己親女棄諸塞外，配與番奴？況且女兒早已許字趙王，一旦改嫁，豈不貽笑萬邦！妾實不敢從命。」

漢帝一見呂后珠淚紛飛，嬌聲發顫，已是不忍；又見她都是理直氣壯的言詞，更覺無話可說。

呂后等得漢帝往別宮去的時候，忙喚審食其到來密議。審食其聽了，也替呂后擔

憂，即向呂后獻計道：「趙王張敖現正在此，不如馬上花燭，由他帶了回國，那才萬無一失呢。」

呂后聽了大喜，真的擇日令張敖迎娶，張敖也怕他的愛妻被外國搶去，趕忙做了新郎。漢帝理屈詞窮，只好做他現成丈人，悶聲不響。

公主嫁了張敖，倒也恩愛纏綿，芳心大慰，不及滿月，夫妻便雙雙回國去了。呂后在他們夫妻結婚之際，已將女兒的封號向漢帝討下，叫做魯元公主，公主一到趙國，自然是一位王后。

漢帝眼看女兒女婿走了，也不在心上，只是注重和親一事，不忘於懷，便將曹夫人的一位義女詐稱公主，使劉敬速詣匈奴，與冒頓提親。

劉敬去了回來，因為冒頓正想嘗嘗中國女子風味，自然一口應允。漢帝命劉敬為送嫁大臣，劉敬倒也不辭勞苦。

番邦喜事，不必細敘。劉敬有功，漢帝又加封他食邑千戶。

劉敬又奏道：「現在我們以假作真，難免不為冒頓窺破，邊防一事，仍宜當心。」

漢帝點首稱是。劉敬復道：「陛下定都關中，非但北近匈奴，必須嚴防。就是山東一帶，六國後裔及許多強族豪宗散居故土，保不住意外生變，覬覦大器。」

漢帝不待劉敬說畢，連連地說道：「對呀！對呀！你說得真對！這又如何預防？」

劉敬答道：「臣看六國後人，惟齊地的田、懷二姓，楚地的屈、昭、景三族，最算豪強，今可徙入關中，使其屯墾，無事時可以防胡，若東方有變，也好命他們東征。就是燕、趙、韓、魏的後裔，以及豪傑名家，都應酌取入關，用備差遣。」

漢帝又信為良策，即日頒詔出去，令齊王肥、楚王交等飭徙齊楚豪族，西入關中。還有英布、彭越、張敖諸王已經歸國，也奉到詔令，調查豪門貴閥，迫令挈眷入關。統計入關人口，不下二十餘萬。幸得兵荒以後，人民流難，半未回來，否則就有人滿之患了。

漢帝辦了這兩件大事，心中自覺泰然，終日便在各宮像穿花蝴蝶一般，真是說不盡朝朝寒食，夜夜元宵。況且身為天子，生殺之權由他，誰敢不拚命巴結，博個寵眷呢？

誰知他的令坦國中，趙相貫高的仇人，忽然上書告變。漢帝閱畢，頓時大發雷霆，親寫一道詔書付與衛士，命往趙國，速將趙王張敖、趙相貫高、趙午等人，一併拿來。

究竟是件什麼事情呢？原來漢帝從前征討匈奴回朝，路經趙國的時候，曾將張敖謾罵一場。張敖倒還罷了，偏偏激動貫高、趙午二人心下不平，竟起逆謀。

他二人都已年當花甲，本是趙王張敖父執，平時好名使氣，到老愈橫，自見張敖為漢帝侮辱之後，互相私語，譏誚張敖庸弱無能。一日，膽敢一同入見張敖，屏去左右，逼著張敖，使反漢帝。張敖當時聽了不禁大駭，且嚙指見血，指天為盟，哪敢應允。

二人見張敖不從，出而密商道：「我王忠厚，沒有膽量，原不怪他。惟我等身為大

臣，應該抱君辱臣死之義，偏要出此一口惡氣，成則歸王，敗則歸我等自去領罪如何？」

二人計議一定，便暗暗地差了刺客，候在柏人縣中。不料那時漢帝命不該絕，一入行宮，忽然心血來潮起來，其實那時那個刺客，早已隱身廁壁之中，只等漢帝熟睡，就要結果他的老命。偏偏漢帝似有神助，不宿即去，以致貫高、趙午所謀不成。

這是已過之事，忽被貫趙二人的仇人探悉，便去密告。漢帝即差衛士前來拿他們君臣三人。張敖不知其事，更叫冤枉，只得束手就綁。趙午膽小，自刎而亡。惟有貫高大怒道：「此事本我與趙午二人所為，我王毫不知情，趙午尋死，大不應該；我若再死，我王豈不是有口難分了麼！我本來說過敗則歸我自去領罪之語，現在只有一同到京，力替我王辯護，就是萬死，我也不辭。」

當時還有幾個忠臣，也要跟了趙王同去，無奈衛士不准，那班忠臣卻想出一個法子，自去髡鉗，假充趙王家奴，隨同入都。漢帝深惡張敖，也不與之見面，立即發交廷尉訊究。廷尉因見張敖是位國王，且有呂后暗中囑咐，自然另眼看待，使之別居一室，獨令貫高對簿。

貫高朗聲道：「這件逆謀，全是我與趙午所為，與王無涉。」

廷尉聽了，疑心貫高袒護趙王，不肯赴供，便用刑訊，貫高打得皮脫骨露，絕無他言。接連一訊、二訊、三訊，貫高情願受刑罰，只替趙王呼冤。廷尉覆命以鐵針燒紅，刺入貫高四肢，可憐貫高年邁蒼蒼，哪裡受得起如此嚴刑，一陣昏暈，痛死過去。及至蘇醒轉來，仍是咬定自己所為，不能冤屈趙王。廷尉沒法，只將貫高入獄，暫緩定獄。

其時魯元公主早已回來求她母親，呂后見了漢帝，竭力代張敖辯誣道：「張敖已為帝婿，決不肯再有逆謀，求你施恩將他赦出。」

漢帝聽了，怒責呂后道：「張敖得了天下，難道還要少了你女兒活寶不成！」

呂后無法，只好暗去運動廷尉。

廷尉一則要賣呂后人情，二則貫高一口自承，何必定去冤枉趙王，即去據實奏知漢帝。漢帝聽了，也不禁失聲道：「好一位硬漢，倒是張敖的忠臣！」又問群臣：「誰與貫高熟識？」

後知中大夫洩公，與貫高同邑同窗，即命他去問出隱情。

洩公來至獄中，看貫高通體鱗傷，不忍逼視，乃以私意軟化道：「汝何必硬保趙王，自受此苦！」

貫高張國道：「君言錯矣！人生在世，誰不愛父母，戀妻子？今我自認首謀，必誅三族，我縱癡呆，亦不至此！不過趙王真不知情，我等卻曾與之提及，彼當時嚙指見血，指天為誓。君不信，可驗趙王指上創痕，我如何肯去攀他？」

洩公即以其言返報。漢帝始知張敖果未同謀，赦令出獄，復語洩公道：「貫高至死，

尚不肯誣及其主，卻也難得，汝可再往獄中告之，趙王已釋，連他亦要赦罪了。」

洩公遵諭，親至獄中，傳報聖意。貫高聞言，躍然起床道：「我王果真釋放了麼？」

洩公道：「主上有命，還不僅赦趙王一人呢。」

貫高不待洩公辭完，大喜道：「我的不肯即死者，乃是為的我王。今我王既已昭雪，我的責任已盡。」說著，扼吭竟死。

洩公復報漢帝，漢帝也為惋惜，命厚葬之。又知趙王家奴都是不畏死的忠臣，概授郡尉，以獎忠直，惟責趙王馭下無方，難膺重寄，降為宣平侯，改封代王如意為趙王，並把代地併入趙國，使代相陳豨守代，另任御史大夫周昌為趙相。

第十七回　驚人之舉

漢帝奪了愛婿張敖的王位，改畀他愛姬戚夫人之子如意，還要把原有代地一併歸他。在漢帝的心理，可算得巴結戚夫人至矣盡矣的了。誰知戚夫人卻認作無論甚麼王位，總是人臣，無論甚麼封土，怎及天下？必須她的愛子立為太子，方始稱心。漢帝又知御史大夫周昌正直無私，忠心對主，命他擔任趙地作相，同往鎮守。

這個周昌，乃是漢帝同鄉，沛縣人氏，素病口吃，每與他人辯論是非時，弄得面紅耳赤，青筋漲起，必要把己意申述明白，方肯罷休。但他所說，都是一派有理之言。盈廷文武將吏無不懼他正直，連漢帝也怕他三分。

因他是前御史大夫周苛從弟，周苛殉難滎陽，就任他繼任兄職，並加封為汾陰侯。他就位之後，很能稱職，夙夜從公，不顧家事，大有「禹王治水三過其門不入」之概。

一日，同昌有封事入奏，趨至內殿，即聞有男女嘻笑之聲，抬頭一瞧，遙見漢帝上坐，懷內擁著一位嬌滴滴的美人，任意調情，隨便取樂，使人見了，肉麻萬分。那位美

人，就是專寵後宮的戚夫人。

周昌原是一個非禮勿視的正人，一見那種不堪入目的形狀，連忙轉身就逃，連封事也不願奏了。不料已被漢帝看見，撇下戚夫人，追出殿門，在後高呼他道：「汝為何走得如此快法？」

周昌不便再走，只得重復返身跪謁。漢帝且不打話，趁勢展開雙足，跨住周昌頸項，作一騎馬形式，始俯首問他道：「汝來而復去，想是不願與朕講話，究屬當朕是何等君主看待，情實可惡！」

周昌被問，便仰面看著漢帝，盡把嘴唇亂動，一時急切發不出聲音，嘴唇張合許久，方始掙出一句話來道：「臣臣臣看陛下，卻似桀紂。」

漢帝聽了，反而大笑，一面方把雙足跨出周昌頭上，放他起來，一面問他有何奏報。周昌乃將事奏畢，揚長而去。

漢帝既被周昌如此看輕，理該改了行徑。豈知他溺愛戚夫人，已入迷魂陣中，雖然敬憚周昌，哪肯將床笫私情一旦拋棄。實因為那位戚夫人，生得西施品貌，弄玉才華尚在其次，並且能彈能唱，能歌能舞，知書識字，獻媚邀憐，當時有出塞、入塞、望婦等曲，一經她度入珠喉，抑揚宛轉，縱非真個亦已銷魂，直把漢帝樂得手舞足蹈，忘其所以。戚夫人既博殊寵，便想趁此機會，要將太子的地位奪到手中，異日兒子做了皇帝，自己即是國母，於是晝夜只在漢帝面前絮聒。你們想想看，如意雖封趙王，她如何會滿意的呢？

漢帝愛母憐子，心裡已經活動起來，又見已立的那位太子盈不及如意聰明，行為與之不類，本想就此辦了廢立之事，既可安慰愛姬，又能保住國祚。無奈呂后刻刻防備，究屬糟糠之妻，又不便過甚，因循下去，直到如今。及至如意改封趙王，其時如意已經十歲，漢帝便欲令他就國。

戚夫人知道此事，等得漢帝進她宮來的時候，頓時哭哭啼啼，如喪考妣的情狀，伏在地上，抱著漢帝雙腿道：「陛下平日垂憐婢子，不可不謂高厚，何以今天要將婢子置諸死地？」

漢帝失驚道：「汝瘋了不成？朕的愛汝早達至境，汝又無罪，何至把汝處死，這話從何說起？」

戚夫人聽了，又邊拭淚邊啟道：「陛下何以把如意遠遣趙國，使我母子分離？婢子只有此子，一旦遠別，婢子還活得成麼？」

漢帝道：「原來為此。朕的想令如意就國，乃是為汝母子將來的立足，汝既不願如意出去，朕連那周昌也不叫他去了。有話好說，汝且起來呢！」

戚夫人起來之後，便一屁股坐到漢帝的懷內，又說道：「陛下只有將如意改為太子，婢子死方瞑目。」說著，仍舊嚶嚶地哭泣起來。

漢帝此時見戚夫人宛如一株帶雨梨花，心裡不禁又憐又愛，忙勸她道：「汝快停住哭聲，朕被汝哭得心酸起來了，我準定改立如意為太子，汝總如意了。」

戚夫人聽了，方始滿意地帶著淚痕一笑道：「我的兒子本叫如意，陛下子就將他取了這個名字，顧名思義，也應該使我母子早點如意呀。」

次日，漢帝臨朝，便提出廢立的問題。

群臣聽了，個個伏在地上，異口同聲地奏道：「廢長立幼，乃是不得已之舉，今東宮冊立有年，毫無失德，如何輕談廢立，以致搖動邦基？」

漢帝聞奏，也申說自己理由。

話尚未完，陡聽得一人大呼道：「不，不，不，不可！」

漢帝看去，卻是口吃的周昌，便微怒道：「爾僅說不可，也應詳說理由。」

周昌聽了，越加著急，越是說不出來。那種猴急的樣兒，已是滿頭大汗，喘氣上促，群臣見了，無不私下好笑。

過了一霎，周昌方才掙出數語道：「臣口不能言，但期期知不可行！陛下欲廢無罪太子，臣偏期期不敢奉詔！」

漢帝見此怪物，連說怪話，竟忍不住聖貌莊嚴，大笑起來。

這期期二字，究竟怎麼解釋？楚人謂極為綦，周昌口吃，讀綦如期，連綦期期，故把漢帝引得大笑。就此罷議退朝，群臣紛紛散出。周昌尚在人叢之中，邊走邊在揩他額上的汗珠。

甫下殿階，忽一個宮監抓住他道：「汝是御史周昌麼？娘娘叫你問話。」話未說完，也不問好歹，拖著周昌便向殿側東廂而去。周昌不知就裡，不禁大嚇一跳，想問原委，話還未曾出口，已被那個宮監拖至東廂門口。

周昌一見呂后娘娘站在那兒，自知那時帽歪袍皺不成模樣，忙去整冠束帶，要向呂后行禮，不料呂后早已朝他「撲」的一聲，跪了下來。此時只把這位周昌又嚇又急，兩顆眼珠睜得像牛眼睛一般，慌慌忙忙地回跪下去。

誰知跪得太促，帽翅又觸著呂后的鬢花，幸得呂后並不見怪，反而嬌滴滴地對他說道：「周君儘管請起，我是感君保全太子，因此敬謝！」

周昌聽了，方知呂后之意，便把他的腦袋趕緊抬起答道：「臣是為公，不不不是為私，怎怎怎麼當得起娘娘的大禮！」

呂后道：「今日非君期期期期的力爭，恐怕太子此刻早已被廢了。」說畢回宮，周昌亦出。

原來呂后早料戚姬有奪嫡之事，每逢漢帝坐朝，必至殿廂竊聽，這天仍是一個人悄悄地站在那兒。起初聽見漢帝真的提出廢立問題，只把她急得三魂失掉了兩魂，金鑾殿上，

自己又不便奔出去力爭。正在無可如何的當口，忽聽得周昌大叫不可，又連著期期期期的，竟把漢帝引得大笑，並寢其事，這一來，真把呂后喜得一張櫻口合不攏來，忙命宮監速將周昌請至，及至見面，呂后便跪了下去。

呂后從前並不認識周昌。因他口吃，一開口便要令人失笑，容易記得他的相貌。還有一班宮女，只要看見周昌的影子走過，大家必爭著以手遙指他道：「此人就是周昌，此人就是周昌。」因此宮娥彩女，內監侍從，無老無幼，沒有一個不認得周昌的。所以呂后一聽見他在力爭，急令宮監把他請來，使他受她一禮。至於宦監去抓周昌，累他吃嚇，這是宮監和他戲謔慣了，倒不要怪呂后有藐視周昌的意思。

呂后那時心裡感激周昌，差不多替死也是甘心，何至嚇他。惟有那位最得寵愛，想做皇太后的戚夫人，得了這個青天霹靂，自然大失所望，只得仍去逼著漢帝。

漢帝皺眉道：「並非朕不肯改立如意，其奈盈廷臣子，無一贊成此事，就是朕違了眾意，如意眼前得為太子，後日也不能安穩的，朕勸你暫且忍耐，再作後圖罷！」

戚夫人道：「婢子也並非一定要去太子，實因我母子的兩條性命懸諸皇后掌中，陛下想也看得出來。」

漢帝道：「朕知道，決不使爾母子吃虧便了。」

戚夫人無奈，只得耐心等著。漢帝卻也真心替她設法，但是一時想不出萬全之計，連日弄得短嘆長吁。真正悶極的當口，惟有與戚夫人相偎相倚，以酒澆愁而已。

那時掌璽御史趙堯，年少多智，已經窺出漢帝的隱情，乘間入問道：「陛下每日悶悶不樂，是否為的趙王年少，戚夫人與皇后有嫌，慮得陛下萬歲千秋之後，趙王將不能自全麼？」

漢帝聽了，連連點首道：「朕正是為了此事，卿有何策，不妨奏來！」

趙堯道：「陛下本有趙王就國，又命周昌前往為相之意，後來因為立太子一事，因罷此議。照臣愚見，還是這個主意最妙。臣並且敢保周昌這人，只知有公，不知有私，決不因不贊成趙王為太子，就是於趙王不忠心了。」

漢帝聽了大喜，便將周昌召至，語他道：「朕欲卿任趙相，保護趙王。卿最忠心，當知朕的苦衷。」

周昌泫然流涕道：「臣自陛下起兵，即已相隨，陛下之事，勝於己事，凡力所及必當善事趙王，決不因秩類左遷，稍更初衷。」說完，便去整頓行李，陪同趙王出都。

如意拜別其母，大家又灑了不少的分離之淚。漢帝在旁力為勸解，戚夫人無法，眼睜睜地看著兒子走了。

周昌既為趙相，所遺御史大夫一缺，接補之人，漢帝頗費躊躇，後來想著趙堯，便自言自語道：「看來此缺，非趙堯也無人敢做。」說著，即下一道諭旨，命趙堯升補周

昌之缺。

從前周昌任御史的時候，趙堯已為掌璽御史。周昌一日，有友趙人方與公語他道：「趙堯雖尚年少，乃是一位奇才。現在屬君管轄，君應另眼看待，異日繼君之職者，非彼莫屬。」

當時周昌答道：「趙堯不過一刀筆吏耳，小有歪才，何足當此重任！」

後來周昌出相趙國，得著消息，繼其職者，果是趙堯，方才佩服方與公的眼力。這也不在話下。

單說漢帝十年七月，太上皇忽然病逝。漢帝哀痛之餘，便把太上皇葬於櫟陽北原，因為櫟陽與新豐毗連，使他魂兮歸來，也可夢中常與父親相見。這也是漢帝的孝思，不可湮沒。皇考升遐，自然熱鬧已極。諸侯將相，都來會葬，獨有代相陳豨不在。及奉棺告窆，特就陵寢旁邊建造一城，取名萬年，設吏監守。漢帝因在讀禮，朝中大事均命丞相負責，自己只與戚夫人以及薄、曹各位夫人飲酒作樂。

有一天，忽聞趙相周昌說有機密大事，專程前來面奏，忙令進見，問他有何大事。

周昌行禮之後，請屏退左右，方秘密奏道：「臣探得代相陳豨，交通賓客，自恃擁有重兵，已在謀變，臣因趙地危急萬分，因來密告。」

漢帝愕然道：「怪不得皇考升遐，陳豨不來會葬。他既謀反，怎敢前來見朕。汝速回趙，小心堅守，朕自有調度。」

周昌去後，漢帝尚恐周昌誤聽了人言，一面密派親信至代探聽，一面整頓兵馬，以備親征。原來陳豨為宛朐人氏，前隨漢帝入關，累著戰功，得封陽夏侯，授為代相。他與淮陰侯韓信極為知己，當赴代時，曾至韓信處辭行。

韓信握住陳豨的手，引入內庭，屏退左右，獨與陳豨對立庭中，仰天嘆息道：「我與君交，不可謂不深。今有一言，未知君願聞否？」

陳豨忙答道：「弟重君才，惟君命是遵。」

韓信道：「君現在任代相，代地兵精糧足，君若背漢自立，主上必親率兵親討，那時我在此地作君內應，漢朝天下，垂手可得，好自為之！」

陳豨大喜而去，一到代地，首先搜羅豪士，次第佈置，預備起事。事被周昌探知，親去密告漢帝，漢帝派人暗查屬實，尚不欲發兵，僅召陳豨入朝。

陳豨此時已與投順匈奴的韓王信聯絡，膽子愈大，聲勢愈壯，舉兵叛漢，自稱代王。派兵四出脅迫趙代各城守吏附己。

各處紛紛向漢帝告急，漢帝始率大兵直抵邯鄲。周昌迎入，漢帝升帳問道：「陳豨之兵，曾否來過？」

周昌答稱未來。漢帝欣然道：「朕知陳豨原少將略，今彼不知先占邯鄲，但恃漳水為

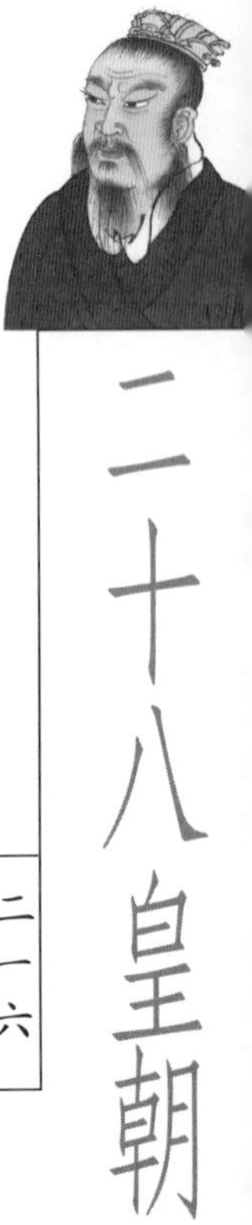

阻，未敢輕出，不足慮矣。」

周昌復奏道：「常山郡共計二十五城，今已失去二十城了，應把該郡守尉拿來治罪。」

漢帝笑道：「你這話未免是書生之見了，守尉無兵，不能抗拒，原與謀反者有別，若照汝言，是逼反了。」

周昌聽了，方始暗服漢帝果是一位英明之主，萬非自己之才可及。漢帝一面立下赦令，凡是被迫官民，概准自拔來歸，決不問罪，一面又命周昌選擇趙地壯士，令作前驅。周昌趕忙揀了四人，帶同入見。

漢帝見了四人，略問數語，突又張目怒視四人道：「鼠子怎配為將！」四人嚇得滿面羞慚，伏地無語。

漢帝卻又喝令起來，各封千戶，使作前鋒將軍。

四人退出，周昌不解漢帝之意，乃跪問道：「從前將士，累積戰功，方有升賞，今四人毫無功績，便畀要職，得毋稍急乎？」

漢帝道：「此事豈爾所知！現在陳豨造反，各處徵調之兵，尚未趕集，只憑邯鄲將士為朕用命，若不優遇，何以激勵人心？」

周昌聽了，更加拜服。

漢帝又探知陳豨手下半是商賈，乃備多金，四出收買。至十一年元月，各路人馬已經到齊，漢帝引兵往攻陳豨，連戰皆捷。陳豨飛請韓王信自來助戰，亦被漢將柴武用了誘敵之計，一戰而斃韓王信；二戰並將韓部大將王黃、曼邱臣二人活擒過來，斬首示眾；三戰便把陳豨殺敗，逃奔匈奴去了。

漢帝平了代地，知道趙代兩地不能合併，回至都中，正想擇一子弟賢明者，封為代王，當下就有王侯將相三十八人，聯銜力保皇中子恆，賢智仁勇，足膺此選。漢帝依奏，即封恆為代王，使都晉陽。

這位代王恆，就是薄夫人夢交神龍所得的龍種。薄夫人因見呂后擅權，莫如趕緊跳出危地為妙，便求漢帝，情願隨子同去。漢帝那時心中所愛，只有一位戚夫人，薄夫人已在厭棄之列，一口應允，薄夫人便安安穩穩地到代地享受富貴去了。

呂后為人雖然陰險，那時單恨戚夫人一個，薄夫人的去留，倒還不在她的心上。她因漢帝出征陳豨，把朝廷大權交她執掌，她便想趁此做幾件驚人之舉，好使眾人畏懼。

適有淮陰侯韓信的舍人欒說，探知韓信與陳豨密作內應之事，不及等候漢帝回朝，先行密報丞相蕭何。蕭何即來奏知呂后。呂后聽了，不動聲色，即與蕭何二人如此如此，商定計策。

蕭何回至家中，暗暗地叫著韓信名字道：「韓信韓信！你從前雖是我將你力保，現在你既謀叛，我也不能顧你的了。」

次日，便命人去請韓信駕臨相府私宴。韓信稱病謝絕。蕭何又親到韓府，以問疾為由，直入內室。韓信一時不及裝病，只得與蕭何寒暄。

蕭何道：「弟與足下，素稱知己，邀君便餐，乃是有話奉告。」

韓信問其何話。蕭何道：「連日主上由趙地發來捷報，陳豨已經逃往匈奴，凡是王侯，無不親向呂后道賀。足下稱疾不朝，已起他人疑竇，所以親來奉勸，快快隨我入宮，向呂后道賀，以釋眾疑。」

韓信因為蕭何是他原保之人，自然認作好意，跟了蕭何來至長樂殿謁賀呂后。呂后一見韓信，即命綁了，韓信連連口稱無罪，要找蕭何救他，蕭何早已不知去向。

只聽得呂后嬌聲怒責道：「汝說無罪，主上已抄陳豨之家，見你給他願作內應的書信，你還有何辯？」

韓信還想辯白，早被武士們把他拖到殿旁鐘室中，手起刀落，可憐他的尊頭，已與頸項脫離關係了。

呂后殺了韓信，並滅了他的三族。呂后辦畢此事，趕緊奏報漢帝行營。漢帝見了此奏，大樂特樂。及至回朝，見了呂后，並不怪她擅殺功臣，僅問韓信死時，有何言語。呂后道：「他說悔不聽蒯徹之言，餘無別語。」

漢帝聽了失驚道：「蒯徹齊人，素有辯才，此人怎好讓他漏網？」急遣使至齊，命曹參將蒯徹押解至都。曹參奉諭，怎敢怠慢，即把蒯徹拿到，派人押至都中。
漢帝一見蒯徹，喝命付烹。蒯徹大聲呼冤。漢帝道：「汝教韓信造反，還敢呼冤麼？」
蒯徹朗聲答道：「臣聞蹠犬可使吠堯，堯豈不仁，犬但為主，非主即吠，臣當時只知韓信，不知陛下。」
漢帝聽到此地，不禁微笑道：「汝亦可算得善辯者矣，姑且赦汝。」即令回營。

第十八回　衣錦還鄉

呂后誘殺淮陰侯韓信之後，漢帝愛她有才，非但國家大計常與商酌，連廢立太子之事，也絕口不提了。呂后一見其計已售，自然暗暗歡喜。正想再做幾件大事，給臣下看看，預為太子示威的時候，可巧又有一個送死鬼前來，碰到她的手裡。

這人是誰？乃是梁王彭越。

彭越佐漢滅楚，他的功勞雖然次於韓信，但也是漢將中的一位翹楚。他自從韓信降為淮陰侯之後，已有兔死狐悲之感。及見陳豨造反，漢帝親征，派人召他，要他會師，他更加疑懼，因此托疾不至。

嗣被漢帝遣使詰責，始想入都謝罪，又為部將扈輒阻止道：「大王前日未曾應召，今日再去，必定遭擒。倒不如就此舉事，截斷漢帝歸路，真是上策。」

可笑彭越只聽扈輒一半計策，僅僅仍是藉口生病，不去謝罪。不料被他臣子梁大僕聞知其事，從此大權獨攬，事事要挾。彭越正想將他治罪，他已先發制人，密報漢帝。

漢帝生平最惡這事，出其不意，即將彭越、扈輒二人拘至洛陽，發交廷尉王恬開審訊。恬開審了幾堂，雖知彭越不聽扈輒唆反之言，無甚大罪，因要迎合漢帝心理，不得不從重定讞。奏報上去，說的是謀反之意雖出扈輒，彭越若是效忠帝室，即應重治扈輒之罪，奏報朝廷，今彭越計不出此，自當依法論罪等語。

漢帝見了這道奏報，適聞韓信伏誅，自己急於離洛回都，去問呂后原委，因將彭越之事耽擱下來。及至再來洛陽，又恐連殺功臣，防人疑懼，所以僅斬扈輒，赦了彭越死罪，廢為庶人，謫徙蜀地青衣縣居住，以觀後效。

彭越押解行至鄭地，中途遇見呂后。呂后正為漢帝不殺彭越，遺下禍根，特地由都趕赴洛陽，要向漢帝進言。誰知彭越當她是位慈善大家，想她代求漢帝，赦去遠謫，恩放還家。於是叩謁道旁，力辯自己無罪，苦求呂后援救。呂后當面滿口應允，且命彭越同至洛陽。彭越這一喜，以為他們祖宗必有積德，方能中途遇見這位救命大王。

他到洛陽了，正在廷尉處候信的當口，有人前去問他，他也不瞞，直將呂后已經允他，力向漢帝說情的話說了出來，別人聽了，自然替他賀喜。

誰知他受人之賀尚未完畢，忽聞傳出一道旨意，乃是「著將彭越斬首」六個大字。總算未殺以前，幸有一位友人前來報信給他，他方知呂后見了漢帝，非但不去替他救赦，反而說道他是歹人，謫徙蜀中，乃是縱虎歸山，必有後患，不如殺了來得放心。

彭越知道這個消息，尚不至於死得糊裡糊塗，否則見了閻王老子，問他何故光臨，他還答不出理由來呢。

漢帝既殺彭越，還有三項附帶條件：第一是滅其三族，說道斬草不除根，防有報復；第二是把他屍體醢作肉醬，分賜諸侯，以為造反者戒；第三是將他的首級示眾，他首級之旁，貼著詔書，有人敢收越首，罪與越同。這三項花樣，都是呂后的裁剪。

豈知竟有一個不畏死的，前來祭拜。

漢帝正在誇獎呂后的時候，忽見軍士報道：「頃有一人滿身素服，攜了祭品，對於越首，哭至暈去，現已拿下，特來奏聞。」

漢帝聽了，也吃了一驚道：「天下真有這樣不畏死的狂奴麼？朕要見見此人，是否生得三頭六臂，快把這個狂奴帶來。」

一時帶到，漢帝拍案大罵道：「汝是何人？敢來私祭彭越！」

那人聽了，面不改色，聲不喘氣，卻朗朗地答道：「臣是梁大夫欒布。」

漢帝更加厲聲問他道：「汝為大夫，識得字否？」

欒布微笑道：「焉得不識？」

漢帝道：「汝既識字，難道朕的詔書，汝竟熟視無睹不成？汝既如此大膽，定與彭越同謀！」說罷，即顧左右道：「速將此人烹了！」

那時殿旁正擺著湯鑊，衛士等一聞漢帝命令，立將欒布的身體高高舉起，要向湯鑊中擲去。欒布卻顧視漢帝道：「容臣一言，再入鑊中未晚。」

漢帝道：「准汝說來！」

欒布道：「陛下前困彭城，敗走滎陽成皋之間，項王帶領雄兵向陛下追逼，若非梁王居住梁地，助漢扼楚，項王早已入關。今陛下已有天下，如此慘殺功臣，實使天下寒心，臣恐不反的也要反了。臣既來此，自然是為梁王盡忠而來。」

來意還未說出，便要向鑊中投去。漢帝見他說得理直，且有忠心，便命將他釋放，授為殿前都尉。欒布方向漢帝大拜四拜，下殿自去。漢帝遂將梁地劃分為二：東北仍號為梁，封皇庶子名恢的為梁王；西南號為淮陽，封皇庶子名友的為淮陽王。

這兩位皇子，究是後宮哪位夫人所出，史書失傳，不佞也不敢妄說。

單說呂后見漢帝在洛，無所事事，勸他返都休養。漢帝便同呂后回至咸陽。到了宮中，休息沒有幾時，忽然生起病來，乃諭宮監，無論何人，不准放進宮門，一連旬日，不出視朝。

卻把那班臣下急得無法可施，於是公推舞陽侯樊噲入宮視疾。

樊噲本與漢帝是內親，及進宮去，誰知也被宮監阻住，樊噲大怒，狂吼一聲，硬闖進宮。門簾啟處，就見漢帝在戲一個小監。漢帝見了樊噲，倒還行所無事，獨有那個小監，只羞得滿面通紅，搶了衣裳，就急急地逃入後宮去了。
樊噲不禁大憤道：「陛下起兵，大小百戰，這個天下，也是九死一生之中取而得來。今天下初平，理應及時整理，以保萬世之基，乃與小閹嬉戲宮中，不問朝事，難道陛下不聞趙高故事麼？」
漢帝聽了，一笑起身道：「汝言甚是，朕明日視朝便了。」
次日，漢帝坐朝，見第一本奏摺，就是淮南王英布的臣下中大夫賁赫密告英布造反的事情，不覺大驚失色道：「這還了得！」說著，擬命太子率兵往擊英布。
原來太子有上賓四人：一位叫做東園公；一位叫做夏黃公；一位叫做綺里季；一位叫做角里先生。這四位上賓，向居商山，時人稱為商山四皓。
呂后因懼戚姬奪嫡，特用重禮，聘為輔佐太子。那天四皓聞得漢帝要命太子出征，忙去通知呂后親兄建成侯呂釋之道：「皇后聘吾等輔佐太子，現在太子有難，不得不來告知足下。」
呂釋之聽了，一驚道：「太子有何危難，我怎不知？」
四皓道：「主上現擬命太子率兵往擊英布，太子地位，有功不能加封，無功便有害處。足下速去告知皇后，請皇后去與主上說，英布乃是天下猛將，朝中諸將半是太子父執，若命太子駕馭他們，必然不聽號令。中原一動，天下皆危。只有主上親征，方於大事

有益，此乃危難關頭，務請皇后注意。」

呂釋之聽了，忙去告知呂后，呂后自然依計而行。

漢帝聽了，喟然道：「朕早知豎子無能，仍要乃公自去，我就親征便了。」

正待出兵，可巧汝陰侯夏侯嬰適薦薛公，稱他才智無雙，可備軍事顧問。漢帝召入，始知薛公為故楚令尹，問計於他道：「汝看英布果能成事否？」

薛公道：「不能！不能！彼南取吳，西取楚，東併齊魯，北收燕趙，堅壁固守，是曰上策；東取吳，西取楚，並韓取魏，據敖倉粟，塞成皋口，已是中策；若東取吳，西取下蔡，聚糧越地，身歸長沙，這是下策。臣知英布必用下策，陛下可以高枕無憂。」

漢帝聽了大喜稱善，即封薛公為關內侯，食邑千戶；且立趙姬所生之子名長的，為淮南王，預為代布地步。

出征之日，群臣除輔太子的以外，一概從軍。張良送至霸上道：「臣因病體加劇，只好暫違陛下，惟陛下此行須要慎重。」

漢帝點頭說是。

張良又道：「太子留守都中，陛下可命太子為大將軍，統率關中兵馬，方能鎮服人心。」

漢帝依議，又囑張良道：「子房為朕故交，今雖有恙，仍宜臥輔太子，免朕懸念。」

張良道：「叔孫通已為太子太傅，才足輔弼，陛下放心。」

漢帝乃發上郡北地隴西車騎，及巴蜀將官，並中尉卒三萬人，使屯霸上，為太子衛軍。部署既定，始啟程東行。

那時英布已出兵略地，東攻荊，西攻楚，又號令軍中道：「漢帝的將士，只有韓信、彭越二人可以與寡人對抗，今韓、彭已死，餘子不足道也。」

諸將聽了，自覺膽壯。英布遂先向荊國進攻。荊王劉賈，迎戰死之。英布既得荊地，復移兵攻楚。

楚王劉交，分兵三路出應，雖然抵擋幾陣，仍是敗績，只得棄了淮西都城，帶了文武官員出奔薛地。英布以為荊、楚既下，正好西進，竟如薛公所料，用了下策。及至他的兵馬進抵新州屬境會甀地方，正遇漢帝親引大兵，浩浩蕩蕩殺奔前來。

英布遙望漢軍裡面高高豎起一面黃色大纛，方始大大地吃了一驚，忙顧左右道：「漢帝春秋已高，難道親自引兵前來拒我麼？汝等速去探明報我，休被那張良、陳平兩賊，假張漢帝親征旗號前來誑人。」

左右奉命去後，英布急召隨軍謀士商議道：「漢帝若自己前來，倒要仔細一二。」

當下有一個謀士袁袓，微笑答道：「臣只怕漢帝未必親來，他真親來，這是大王的福命齊天，應該垂手而得漢室的天下了。」

英布道：「寡人除韓信、彭越二人之外，不知怎的，對於漢帝似乎有些懼他，汝說寡人應得天下，據何觀察而言？」

袁衵道：「漢帝已經名正言順地做了幾年天子了，海內諸侯畏其威勢，自然都在觀望，不敢貿然附和大王。漢帝若不親自出戰，只命各路諸侯前來敵我，大王一時也不能即將諸侯殺盡，久戰不利，人所共知。若漢帝自來，我們只要設法能把漢帝一鼓而擒，這就是擒賊擒王的要著。不然，漢帝死守咸陽，我軍就是連戰皆捷，也要大費時日呢。」

英布聽了道：「汝言固是，但宜小心！」

袁衵正要答話，左右已經探明回報道：「漢帝果然自引大軍三十萬，已在前面紮下營盤了。」

英布聽罷，因有袁衵先入之言，便覺膽子大了不少，急以其目注視袁衵道：「汝有何計，快快說來！」

袁衵聽了，便與英布咬了幾句耳朵。英布聽罷大喜，急命照計行事。

誰知那位漢帝，也在那兒畏懼英布的行軍陣法頗似項羽，暗想：這次的敵兵恐非陳豨可比。兼之此次一路行來，輒有亂夢，莫非竟是不祥之兆麼？因即策勵諸將，有人取得英布首級前來報功，朕即以淮南王位畀之。請將聞命，人人思得這個王位，軍威陡然大震。

漢帝見了，心中暗暗高興。因即下書，要與英布當面談話。英布批回允准。

漢帝率領諸將出了營門，遙語英布道：「朕已封汝為王，也算報功，何苦猝然造反？那陳豨、彭越諸賊，如何出奔，如何被獲，汝尚不知不聞麼？」

英布素無辯才，聽了漢帝之言，索性老老實實地答道：「為王哪及為帝？我的興兵，也非想做皇帝而已。」

漢帝見他無理可答，急將所執之鞭向前一揮，隨見左有樊噲，右有夏侯嬰，兩支人馬衝至英布陣前，大戰起來。這天直殺到紅日西沉，兩面未分勝敗，各自收兵，預備次日再戰。

就在這天晚間，忽有英布部將馮昌，私率所部前來歸降漢帝。漢兵不知是計，未敢阻攔，奔報漢帝。漢帝聽了，急道：「來將恐防有詐，不得使他逼近營門。」

豈知漢帝話猶未完，陡聽來軍一連幾聲信炮，即見馮昌首先一馬殺進營來，霎時敵兵漫山遍野地圍了攏來。漢兵一時未防，所紮營寨早為敵人衝破。漢帝見事不妙，躍上那匹御騎，急向後營逃走。

甫出後門，不知何處飛來一箭，竟中前胸。幸虧披有鐵甲，未傷內腑，但已痛不可忍。漢帝暗想道：「我若因痛而遁，我軍無主，必然全潰，我的性命仍在未定之天，只有死裡求生，或能轉敗為勝，也未可知，即使再敗，我也甘心。」

漢帝想罷，趕忙忍痛，奔至一處高阜之上，大呼道：「諸將聽著！朕雖中箭，不肯罷

休，汝眾若有君臣之義，快快隨朕殺入敵陣。一人拚命，萬夫難當，今夜乃是朕與汝眾的生死關頭。」

諸將見漢帝已經受創，還要親自殺入敵陣，為人臣的，自應為主效力，於是爭先恐後的一齊轉身殺入敵陣。大家殺了一條血路，又換一條血路。人人拼死，個個忘身，真是以一當百，竟把敵陣中人殺得七零八落，銳氣全消，弄得打勝仗的反成了敗仗，軍心一散，便像潮湧般地潰了起來。

此時英布雖是主帥，哪裡還禁止得住，自己要保性命，只得領了殘軍帶戰帶退，一路路的敗了下去。

漢帝乘勝追趕，直逼淮水。英布不敢退守淮南，便向江南竄逃。中途忽遇長沙王吳臣遣來助戰的將士，見他如此狼狽，便勸他還是暫避長沙，再作計議。

吳臣即吳芮之子。吳芮病歿，由子吳臣嗣位。吳臣雖與英布為郎舅至親，見其膽敢造反，因懼罪及三族之例，早已有心思害英布，以明自己並無助逆行為，一時急切不得下手，正在那兒想法之際，一日接到英布書信，邀其派兵相助，吳臣便趁此機會，面子上發兵遣將，算來助布，其實暗中早有佈置。

英布哪裡防到，一見來將勸他逃往長沙，以為是至親好意，決不有疑，趕忙改了路程，直投吳臣。誰知行至鄱陽，宿在驛館，夜間安睡，正在好夢蘧蘧的時候，壁間突出刀斧手數十人，不費吹灰之力，這位已叛的淮南王英布，早已一命嗚呼，卻與韓信、彭越一班人在陰曹相對訴苦去了。壁間的刀斧手，自然不是別人所派，閱者也該知道是那位大義滅親的吳臣所為的了。

吳臣既殺英布，持了他的首級，親自去見漢帝報功。漢帝面奬幾句之後，又從吳臣口中知道那個假借詐降為名，乘機衝破漢營的英布部將馮昌，乃是奉著謀士袁昶的密計而來的。袁昶那時與英布所咬的耳朵，自然就是這個計策了。

漢帝平了英布，知道天下英雄已無其敵，心中豈有還不坦然之理。那時因近故鄉，索性順道來至沛縣訪謁故老。這明是漢帝衣錦還鄉的舉動。沛縣官吏冷不防地忽見聖駕光臨，無不嚇得屁滾尿流，設備行帳，支應伙食，忙個不停。無如沛縣城池不大，漢帝人馬又多，弄得滿坑滿谷，毫無隙地。哪知漢帝是日所帶隨身親兵，比較他的隊伍不過十成中只帶了二三成來了罷。等得漢帝駕至城內，所有官紳沿途跪接，異常恭敬。

漢帝因是故鄉官吏，倒也客氣三分，接見父老，更是和顏悅色；及見香花敷道，燈彩盈街，心裡雖然萬分得意，臉上卻不肯現出驕矜之色。進得行宮，自己坐了御座，復將從前認識的那班父老子弟一一召入，概免跪拜，溫語相加，悉令兩旁坐下。縣中官吏早備筵宴，一時擺上。漢帝又命他們同飲，同時選得兒童二百二十人，使之皆著彩衣，歌舞侑酒。

這班兒童，滿口鄉音，都是呀呀地鬧了一陣。漢帝大樂特樂，此時已有酒意，遂命左右取筑至前，親自擊節，信口作樂道：

「大風起兮雲飛揚，威加海內兮歸故鄉，安得猛士兮守四方？」

漢帝歌罷，大家莫不湊趣，於是又爭著恭維一番。

漢帝當場覆命那班兒童，學習他所唱的歌句，兒童倒也伶俐，一學即會，唱得抑揚入耳，更把漢帝樂得手舞足蹈，居然忘了天子尊嚴，下座自舞。

他雖隨便而舞，可憐累得那班父老，竟把各人的喉嚨喝彩喝啞。

漢帝忽然回憶當年的苦況，不禁流下幾點老淚，眾人見了，自然大為驚慌，忙去恭問原因。

漢帝咽然道：「我今日雖已貴為天子，回想當年，幾無啖飯之處。」說著，即命左右持千金分贈王媼、武婦，為了當年留餐寄宿之情。

其時兩婦已歿，由其子孫拜領去訖。漢帝又對眾人說道：「朕起兵此邑，得有天下，為人不可忘本，應將此邑賦役永遠豁免。」

大家聽了，群又伏地拜謝。

漢帝尚未盡興，直吃到午夜方散。

次日，漢帝復召各家婦女，無論老幼，均來與宴。那班婦女不知禮節，弄得個個局促不安，漢帝又命免禮，放心痛飲，這一場筵席，更鬧出百般笑話，漢帝視以為樂，並不計較，一連十餘日，方始辭別父老，啟行返都。

父老又請道：「沛縣已蒙豁免賦役，豐鄉未沐殊恩。」

漢帝道：「非朕不肯，實恨雍齒叛我，今看父老之面，一視同仁可也。」

父老等送走御駕之後，便在沛中建造一臺，名曰「歌風」。

第十九回　商山四皓

漢帝從沛邑返都，剛剛行至中途，忽又心中轉了一個念頭。便命左右，傳諭隊伍，各歸本鎮，自己先到淮南，辦理善後諸事。

行裝甫卸，適接周勃發來的捷報。見是周勃追擊陳豨，至當城地方，剿滅豨眾，豨亦死於亂軍之中。代地、雁門、雲中諸地，均已收復，聽候頒詔定奪。乃將淮南封與其子名長的鎮守，又命楚王交仍回原鎮去訖。又因荊王劉賈戰死以後，並無子嗣，特改荊地為吳國，立兄仲之子濞為吳王。

劉濞原封沛侯，年少有勇力智謀之人，此次漢帝征討英布。劉濞亦隨營中，所有戰績，為諸將之冠。漢帝因為吳地人民凶悍，決非尋常人物，可以震懾，因此想到劉濞。劉濞入謝，漢帝留心仔細一看，見他面目獰惡，舉止粗莽，一派殺氣，令人不可逼視，當時就有懊悔之意，悵然語劉濞道：「汝的狀貌，生有反相，朕實不甚放心。」

劉濞聽了，甚為懼怕，趕忙跪在地上，不敢陳說。

漢帝又以手撫其背道：「有人語我，漢後五十年，東南方必有大亂，難道真的應在汝的身上不成？汝應知道朕取天下，頗費苦心。汝須洗心革面，切切不可存著異心。」

劉濞聽了，連稱：「不敢，不敢！陛下盡紓聖慮。」

漢帝聽了，始命起去。

劉濞去後，漢帝說過此事，便也不在他的心上。

那時漢帝共封子弟，計有八國，乃是齊、楚、代、吳、趙、梁、淮陽、淮南。除楚王劉交，吳王劉濞二人之外，餘皆是他親子。漢帝以為骨肉至親，諒無異志；就是劉濞，雖有反相，但是猶子如兒，無可顧慮，詎知後來變生不測。這是後事，暫且不談。

單說漢帝見淮南大事已妥，便啟蹕東行，途經魯地，正想備具太牢，親祀孔子，陡然箭創復發，一刻不能熬忍，乃命大臣代祭，匆匆入關，臥於長樂宮中，一連數日，不能視朝。

戚夫人日夜伺候，見漢帝呻吟不已，勢頗危殆，急得一把眼淚，一把鼻涕地求著漢帝，總要設法保全她們母子性命。漢帝聽了，暗忖道：「此姬為朕平生鍾愛，她又事朕數年，也算忠心。她慮朕一有長短，母子二人性命極可擔憂，倒有道理，並非過甚之辭。朕想惟有廢去太子，方能保全她們。」

想完之後，決計廢立，凡是來保太子的諫章，一概不閱。連他生平言聽計從的那位張子房先生，也碰了一鼻子灰，掃興而去。

當時卻惱了那位太子太傅叔孫通，也不繕寫奏章，貿然直入漢帝寢宮，朗聲諫道：「陛下乃是人中堯舜，何以竟有亂命頒下？陛下要知道廢長立幼一事，自古至今，有善果的，十不得一。遠如晉獻公寵愛驪姬，廢去太子申生，因此晉國亂了許久；近如秦始皇不早立扶蘇，自致滅祀。今太子仁孝，天下臣民，誰不讚揚，皇后與陛下久共甘苦，只有太子一人，即以糟糠而論，此舉亦屬不應；況關於天下社稷的麼？陛下真欲廢長立少，臣情願先死，就以項血灑地罷！」說完，撲的一聲，拔出腰間佩劍，即欲自刎。

漢帝見了，嚇得連連用手拍著病榻，慌忙止住他道：「汝快不必如此！朕不過偶爾戲言，何得視作真事，竟來屍諫呢！」

叔孫通聽了，始將手中之劍插入鞘中，復說道：「太子為宗社根本，根本一搖，天下震動，陛下何苦將辛辛苦苦得來的天下，欲以兒戲視之麼？」

漢帝惶然道：「朕准卿言，不易太子便了。」

叔孫通聽罷，拜謝道：「如此，則社稷可安矣！陛下聖體欠安，也應善自珍重，以慰人民之望，萬勿胡思亂想，實於聖躬有害的呢！」

漢帝點頭稱是。叔孫通趨出。

過了幾天，漢帝病體稍痊，誰知戚夫人還不心死，仍是只在漢帝耳邊嘰咕。

一日，漢帝特召太子盈至戚夫人宮中侍宴，太子奉命而至，四皓緊隨左右，等得太子向漢帝行禮之後，四皓亦皆上前叩謁。漢帝一面命起，一面問太子：「此輩為誰？」

太子謹奏道：「此即商山四皓，皇后聘為臣兒輔佐。」

漢帝一聞此四人就是四皓，不覺愕然而起，驚問四皓道：「公等都是年高有德之人，朕曾徵召數次，公等奈何避朕不見，今反來從吾兒遊？」說著，又微笑道：「得毋輕視乃公乎？」

四皓齊聲答道：「陛下輕士善侮，臣等義不受辱，因此違命不來。今聞太子賢孝，更能敬重山林之士，天下且歸心，臣等敢不竭力輔助太子乎？」

漢帝聽了，徐徐說道：「公等肯來輔佐吾兒，亦吾兒之幸。惟望始終保護，使吾兒不致失德，朕有厚望也。」

四皓唯唯。便依次入座，來與漢帝奉觴上壽。漢帝飲了一陣，乃命太子退去。

太子離座，四皓亦起，跟著太子謝宴而出。漢帝急呼戚夫人從幃後出來，邊指著方才出去的四皓，邊欷歔對她說道：「此四位老人，就是望重山林，久為天下所敬仰的四皓。今來輔佐太子，翼羽已成，勢難再廢矣。」

戚夫人聞言，頓時眼淚簌落落地掉了下來，一頭倒入漢帝懷內，只傷心得天昏地暗，亂箭攢心，甚而至於幾乎暈死過去。

漢帝見了這種形狀，又急又憐，只得譬喻地說：「人生在世，萬事本空。我今勸汝得過且過，何必過於認真？我此時尚在與汝說話，只要一口氣不來，也無非做了一場皇帝的幻夢而已。」說著，也不禁眼圈微紅，搖頭長嘆。

戚夫人此時一見漢帝為她傷感，暗想主上現在病中，如何可以使他受著深刻刺激，想至此地，無可奈何，只得收起她已碎的一片勞心去勸慰漢帝。

漢帝見戚夫人知道體諒自己，便對她道：「汝既這般慰朕，汝可為朕作一楚舞，朕亦為汝作一楚歌，先把這團憂愁推開，再談別的如何？」

戚夫人聽了，便離開漢帝懷內，下至地上，於是分飄翠袖，娟動纖腰，忽前忽後，忽低忽高，輕輕盈盈地舞了起來。

漢帝想了一會兒，歌詞已成，信口而唱。正在悽愴無聊之際，忽見幾個官人慌慌張張地走進來奏道：「娘娘前來問候萬歲爺的聖安來了。」

戚夫人剛剛停下腳步，呂后已經走了進來，一見漢帝斜臥御榻，面有愁容，開口便怪戚夫人道：「聖躬有恙，汝何得使其愁悶？」

戚夫人無語，索性賭氣退到後房去了。呂后又向漢帝似勸非勸，似譏非譏的絮聒一番，方始趨出。

漢帝一等呂后去後，忙向戚夫人安慰。戚夫人泣語道：「萬歲在此，娘娘尚且這般，

倘聖躬萬歲千秋以後，婢子尚能安居此宮一日麼？」

漢帝道：「朕病尚不至如此，汝且安心，容長計議。」

又過數日，漢帝雖然不能視朝，所有大政尚欲親裁。

一日，為了丞相蕭何做了一件錯事，漢帝便不顧自己有病，忽然震怒起來。

你道何事？諒來那時蕭何，位至相國，及死韓信，更加封五千戶，在漢帝手裡，也算得寵眷逾分的了。

這天蕭何奉到進爵詔書，即在府中大其酒筵。眾賓紛紛道賀，獨有故秦東陵侯召平往弔。召平自秦亡後，隱在郭外家中種瓜，時人因其所種之瓜，味極甘美，故號為東陵瓜。蕭何入關，聞其賢名，招至幕下，每有設施，悉與計議，得其益處，卻也不少。

這天正是喜氣盈庭，座上客滿的時候，忽見召平素衣白履，昂然入弔道：「公勿喜樂，從此後患無窮呢！」

蕭何聽了不解道：「君豈醉乎？我進位丞相，主上聖眷方隆，且我遇事小心翼翼，未敢稍有疏虞；今君忽出此語，難道有見怪於我的地方不成？」

召平道：「主上南征北討，親冒矢石，此次甚至中箭臥床，而公安居都中，不與戰陣，反得加封食邑，我揣度主上之意，恐在疑公。試觀淮陰侯，百戰殊功，尚且難保首領；公自思之，能及淮陰麼？」

蕭何聽至此處，一想召平之言，確是深知漢帝腹內的事情，連忙求計於他道：「這且如何？君應教我以安全之道。」

召平道：「公不如辭讓封邑，且盡出私財，移作軍糈，方可免難。」

蕭何稱是，便只受職位，謝絕封邑，並出家財，撥入內庫。漢帝果然心喜，獎勵有加。從前漢帝征討英布時，蕭何每次使人輸送糧餉，漢帝屢問來使，蕭何近做何事。來使答言，蕭相愛民如子，除辦軍需之外，無非撫循百姓而已。當時漢帝聽了，默然無語。來使回報蕭何，蕭何亦未識漢帝用意所在，偶爾問及門客。一客道：「公不久要滿門抄斬了。」

蕭何大駭，問其何法解救。

門客道：「公位至丞相，功列百僚之首，尚有何職可以加封？主上背後屢屢問公的意思，乃是防公久居關中，深得民心，一旦乘虛號召，閉關自守，據地稱尊，豈非使主上進不能戰，退無可歸？這樣關他死生的事情，哪能不日日存諸胸中的呢？今公還要孳孳為民，以為邀功地步，真如有病而不求醫，反去與鬼為伍，豈非自入死境？現在第一須解釋主上的疑忌，對症下藥。惟有使民間稍起謗公之謠，才能轉危為安。」

蕭何道：「主上最惡剝削小民的官吏，這事我不敢做。」

門客聽了微哂道：「公何明於治人，昧於治己乎？尋常官吏，職位卑小，主上並不

畏其蓄有野心，所以略失官箴，必遭譴謫，如公地位，豈比他人，主上防公作亂，搖動社稷，自然認為大大刺心的問題。至於貪贓枉法那些小事，又自然認為個人溺職，反不足輕重了。」

蕭何聽了，方始佩服這位門客有見，便依了客言，故意做些侵奪民間財物之事。不到幾時，就有人將蕭何所為密報漢帝。漢帝聽了，行所無事，並不查問。

已而淮南告平，漢帝返都，中途百姓遮道上書，爭控蕭何有強買民田等事。漢帝接書，僅不過令蕭何自向民間謝罪，補償田價了事。及至漢帝臥病在床，忽見蕭何上一奏章，請將御苑隙地，撥給民間耕種，便又恨他取悅於民，恐有深意，立刻降了一道諭旨，命廷尉將蕭何拘到，剝去冠服押入天牢待罪。

群臣以為蕭何必犯大逆不道之事，恐惹禍祟，都不敢替他呼冤。幸虧有一位王衛尉，平日素敬蕭何為人。一天適值侍宴宮中，便乘間探問漢帝道：「相國蕭何現押天牢，不知身犯何罪？」

漢帝聽了道：「汝提到這個老賊，朕便生氣。朕聞李斯相秦，有善歸主，有惡自承。今相國受人賄賂，向朕請放御苑之地，給民耕種，這是明明示好於民，不知當朕何等君王看待？」

衛尉道：「陛下未免錯疑了。臣聞百姓足，君孰與不足，相國為民興利，化無益為有益，正是宰相調和鼎鼐應做的職務。就是民間感激，也只感激陛下，斷不是單獨感激相國一人，因為朝中良相，必是宮內賢君選用的。還有一層，相國果有異志，陛下從前拒楚數年，相國是時若一舉足，即可坐據關中。乃相國反命子弟隨營效力。近如陛下討陳豨，平英布，當時人心搖動之際，相國更以私財助餉，陛下因而連戰皆捷。照臣說來，都是相國之功。相國亦人傑，何至反以區區御苑示好百姓，想去收買人心乎？前秦致亡，正因君臣猜忌，以授陛下的機會。陛下若是疑心相國，非但淺視相國，而且看輕自己了。」

漢帝聽了，仔細前後一想，蕭何果沒甚麼不是，於是笑了一笑，即命左右赦出丞相。

那時蕭何年紀已大，入獄經旬，械繫全身，害得手足麻木，困疲難行，雖然遇赦，已是蓬頭赤足，穢汙不堪。但又不敢回府沐浴再朝天子，只得裸身赤體地入朝謝恩。

漢帝見蕭何那種形狀，不覺失笑道：「相國不必多禮，此次之事，原是相國為民請願，致被冤抑。如此一來，正好成汝賢相之名，百姓知朕過失，視為桀紂之主罷了。」

蕭何更是惶恐萬分，伏地叩首，漢帝始命左右扶他出宮，照常辦事。從此以後，蕭何益加恭謹，沉默寡言，漢帝也照舊相待，不消細說。

一天，漢帝偶與戚夫人話及趙王如意在外之事。戚夫人道：「我兒年幼，遠出就國，雖有周昌相佐，政事或者不致有誤。衣食起居，婢子萬不放心。」

漢帝道：「且待朕病稍痊，出去巡狩，帶汝同行就是。」

戚夫人聽了，倒也願意，她的臉上便現出高興的顏色來了。漢帝近來長久不見她的笑容了，喜得連命擺宴。他們二人正在暢飲的當口，忽見周勃前來覆命。漢帝就命召進宮來，詢問之後，始知陳豨死後，所有部將多來歸降，因而知道燕王盧綰，與陳豨卻有通謀情事。漢帝素來寵任盧綰，不甚相信，便命周勃退去，一面去召盧綰入朝，察觀動靜，次日即派廷尉羊管赴燕。

誰知盧綰果有虛心，不敢入朝。說起這事，又要倒敘上去。先是陳豨造反時，曾遣韓王信撥與他的部將王黃，奔至匈奴國求援。那時匈奴雖與漢室和親，初則尚想應允發兵相助，禁不起那位假公主在枕上一番勸止，因此對於王黃便以空言敷衍。事為盧綰所知，也派臣屬張勝親往匈奴，說是陳豨已敗，切勿入援。

張勝到了匈奴，尚未去見冒頓，忽在逆旅之中，遇見故燕王臧荼之子衍，兩下敘談，衍思報復父仇，乃誘張勝道：「燕與胡近，宜早自圖，漢王連殺功臣，所有封地盡與子弟；盧王究屬異姓，漢帝現無暇顧及，所以燕國尚能苟存。欲保國基，惟有一面援救陳豨，一面和胡，方算計出萬全。」

張勝聽了道：「燕國若失，我的官兒不保，只有用衍之說，才是上策。」於是違背盧綰之命，反勸冒頓助豨敵漢。

冒頓偏被說動，發兵援豨。盧綰久等張勝不歸，又見匈奴已去助豨，心裡甚為著急。

及至張勝回報，查知張勝違反使命，便要把他問斬。

豈知盧綰為人最是耳軟，張勝又與盧綰妃子有私，弄得結果張勝非但沒有問罪，僅將獄中一個犯人提出，替他斬首。他還秘密奉了盧綰之命，再赴匈奴，辦理聯和的事情去了。

盧綰復令近臣范齊，往謁陳豨，叫他大膽敵漢，燕與匈奴都是他的後援。不料陳豨太不爭氣，在盧綰未去壯膽以前，倒還能夠與漢帝打上幾仗，等得盧綰去壯膽以後，反而一敗塗地，甚至馬革裹屍，總算應了那個「名將從來不白頭」的詩句。

盧綰一見陳豨敗死當城，只嚇得拉了他的那位愛妃道：「你與張勝兩個，害死寡人了！」那位妃子又勸他裝病不見外客，以觀動靜，所以對於廷尉羊管只說有病，容緩入朝謝罪。羊管回報漢帝。漢帝再命辟陽侯審食其，御史大夫趙堯，侍臣劉沅，一同入燕，察看是否真病，以及促其入朝。

三位使臣到了燕地，不問真病假病，一齊闖入宮去，看見盧綰臉上雖有愁容，肌肉甚是肥壯，都責其不應假病欺君。

盧綰勉強辯說道：「現在主上有病，一切大權盡操呂后之手，我若入朝，豈非要與韓信、彭越他們鼎足而三了麼？且俟主上聖躬復元，那時我方敢入朝。」

趙堯、劉沅二人聽了，尚想相勸。無奈審食其一聽盧綰的說話，大有不滿呂后之意，

一時替他情人代怒起來，逼著趙、劉二使立即回都覆命。

漢帝聽了三人奏語，已是憤怒，適又接到邊吏的奏報，知道張勝並未問斬，且為和胡的使臣，漢帝自然怒上加怒，立命樊噲速引騎兵萬五千人，往討盧綰。

樊噲去後，漢帝便又臥倒在床，一因怒氣傷肝，二因箭創迸裂，三因深怪呂后不該衛護太子，勸他親征英布，以致病入膏肓。每逢呂后母子進宮問疾，沒有一次不瞑目大罵。

呂后索性避不見面，日日夜夜反與審食其一敘巫山雲雨之情，二商龍馭上賓以後之事。照呂后毒計，恨不得以進藥為名毒死漢帝，好使兒子從早登基，反是審食其力說不可，方始打消此念。

誰知天下之事，無獨有偶。呂后之妹呂嬃貌雖不及乃姊，才更不及乃姊，風流放蕩卻與乃姊相埒。她的情人，就是樊噲的家臣，姓商名沖，洛陽人氏，生得面如冠玉，目若明星。惹草拈花的手段更比審食其高強，損人利己的心腸尤較審食其厲害。一天為著公事，被樊噲責了他幾句，心中自然大不願意，一等樊噲去討盧綰，他就來到一家勾欄之中，與一位名叫醉櫻桃的妓女商量一件密事。

第二十回　醉櫻桃

咸陽東門胭脂橋畔，地段幽雅，景致天然，原為始皇別院。嗣被項羽焚毀，瓦礫灰堆，已成荒煙蔓草之地，蕭何建造漢宮，劃作民間市廛。

當時就有一位名妓，人稱醉櫻桃。單以這個芳標而觀，便知此妓的豔麗無倫了。

她愛胭脂橋來得鬧中取靜，即自建一角紅樓，用為她的妝閣。樓前種上一堤楊柳，隨風飄舞，婀娜迎人，曲徑通幽。兩旁咸植奇花異草，一到豔陽天氣，千紅萬紫似在那兒獻媚爭妍。樓中白石為階，紅錦作幕，珍珠穿就簾籠，瑪瑙製成杯盞。金鴨添香，燒出成雙之字，銅壺滴漏，催開夜合之花，以故王孫公子腰纏十萬，不惜探豔之資，詞客才人珠履三千，來沾尋春之酒。弄得醉櫻桃的香巢門庭如市，櫻桃花下，游驄接踵，也像後來的山陰道上，應接不暇。

這位名妓醉櫻桃，在三個月以前，接著一位如意郎君，真是「潘呂鄧小閒」五字皆全。她既是做的神女生涯，只要獻得出纏頭的人物，就可作入幕之賓，何況這位風流俊俏

的郎君呢。她自然與他說不盡的海誓山盟，表不出的情投意合了。

此客是誰？便是舞陽侯家臣商沖。

商沖既與呂嬃有染，暇時復輒至醉櫻桃妝閣消遣。這天，他忽又想起樊噲奉命出征盧綰的前幾天，他偶然誤了一樁公事，就被樊噲罵得狗血噴頭。他想害死樊噲，以洩羞辱之憤，因知醉櫻桃雖屬妓女，素有奇才，所以來此問計於她。

他一到她的房內，醉櫻桃立刻設了盛筵，和他二人低斟淺酌，作樂調情。商沖喝了一會兒，始對醉櫻桃說道：「此處不甚秘密，我與你將酒肴移到那繡月亭上去。我有一件大事要與你去商量呢。」

醉櫻桃聽了，尚未開言，先就嫣然一笑。這一笑，真有傾城傾國之容。從前褒姒的那一笑未必勝她。

醉櫻桃一笑之後，又向商沖微微地斜了一眼道：「你是一位侯府官員，國家大事你也可從旁獻議。今兒有甚事故，反來下問我這個纖弱無能的小女子呢？」

商沖也笑道：「這件事情，說大不大，說小不小，且到繡月亭上，自然會告訴你聽。」

醉櫻桃便命丫鬟們重添酒筵，擺到後花園裡的繡月亭中，丫鬟遵命去辦。她便與商沖二人，手挽手地出了臥房，走到園中。

其時夕陽已墮，皓月初升，一片清光，把那一園的樓臺亭閣，竹木花草，照得格外生色。他們二人走到亭前的沼邊，立定下來，賞了一會兒月色，約計時候，酒菜諒已擺好，方才走進亭去。一面命丫鬟們統統退出，未奉呼喚，不得進來；一面關上亭門，誰將窗簾捲起，借著月光，免得點燭麻煩。

佈置已畢，那些酒筵早已擺在近窗的那張桌上。他們二人，東西向的對面坐下，醉櫻桃先替商沖滿斟一杯，自己也斟上了，邊喝著邊問商沖道：「商郎究屬何事，為何說得如此鄭重？」

商沖聽了道：「我與你的恩愛本是至矣盡矣的了，所缺者不過沒有夫妻的名義而已。這件事情，除你以外，我也不敢與第二個人商量。我與我們舞陽侯夫人本有關係，我並不瞞你。」

醉櫻桃聽到這句，便插嘴道：「商郎呀，奴一開口奉勸你，總說奴吃醋，大凡吃醋的問題，是對於她的情人不准再去與第二個女子愛好，這是普通的習慣。奴勸郎快與那位呂媭斬斷情絲。公的是為若被樊侯知道，郎的性命必定難保，私的是為道德關係，既為他的家臣，豈可再犯主婦？一個人在世上總要憑良心做事，郎偏說奴吃醋。奴若吃醋，何以又任郎在各處惹草拈花呢。」

商沖聽到此處，忙止住她的話頭道：「我只說了一句，你就嘰哩咕嚕起來，快快莫響，聽我和你且談正事。」

醉櫻桃笑道：「你說你說，奴聽你講就是了。」

商沖道：「我本是頂天立地的大丈夫，做個家臣，似乎已經對不住自己了，樊侯不過運氣好些，碰見一位真命天子；我若那時也能跟著皇帝打仗，恐怕如今還不止僅僅封侯而已呢。我前幾天偶誤小事，即被樊侯當面糟蹋，我實氣憤不過，打算害死姓樊的，因為你有才情，我所以要你替我想出一個萬全之計。你有法子麼？」

醉櫻桃聽了，陡地瞪著眼珠子問商沖道：「你這說話，還是真的呢，還是說著玩的？」

商沖道：「自然真的，我若不殺姓樊的，誓不為人！」

醉櫻桃聽了，氣得柳眉倒豎，杏眼圓睜地責商沖道：「我本想將我終身託付於你，誰知你竟是一個人面獸心的小人，你既汙他的妻子，又想害死他的性命，你也是吃飯喝水的人呀，怎麼虧你說出這種話來？」

說完，便把她手中一隻酒杯向地上一擲，只聽得「匡啷」一聲，倒把商沖嚇了一跳，一時老羞成怒，便紅了他的那一張臉，大發脾氣道：「你這賤婢，身已為娼，不是我這沒眼的人抬舉你，恐怕早被巡查官員趕走的了，我好意問問你，你竟罵起人來！」

說著，順手一掌，只打得醉櫻桃粉頰暈紅，珠淚亂迸，正想一把拖住商沖，要與他拚命，不料商沖接著又是兩腳，已把醉櫻桃一個嬌滴滴的身材踢倒在地，他卻大踏步自顧自地走了。

不言醉櫻桃自怨所識非人，哭著回她房去，單講商沖出醉櫻桃門來，越想越氣，忽然被他想到一個內侍。

這位內侍，名叫英監，乃是戚夫人的心腹，從前曾經看中商沖祖傳的一座白玉花瓶。商沖知他是最得寵的太監，不取瓶價，情願奉贈與他，英監大喜，便和商沖結了朋友。此時商沖既然想到英監，立刻來至他的私宅。

見了英監，假裝著氣憤不過的樣子，甚至下淚，向英監哭訴道：「樊侯無禮姦污我的妻子，還要凌辱於我。此次出征盧綰，他一回來，我的性命必難保全。」

英監本來對於商沖尚未還過那座花瓶的人情，便答商沖道：「你不必害怕，我自有計，叫樊噲決不生還咸陽便了。」

商沖忙問何法。英監道：「將來自知，此時莫問。」

英監送出商沖之後，既去告知戚夫人道：「臣頃間得著一個不好的消息，舞陽侯樊噲本是皇后的妹婿，已與皇后設下毒計，一俟萬歲歸天之後，要將夫人與趙王殺得一個不留，就是連臣也難活命，夫人不可不預為防備。」

戚夫人本來只怕這一著棋子，一聽英監之言，頓時哭訴漢帝。漢帝這幾天正不愜意呂后，聽完戚夫人的哭訴，立將陳平、周勃兩人召至榻前，親書一道密詔，命他兩人乘驛前往，去取樊噲之首回來覆旨。兩人聽了，面面相覷，不敢發言。

漢帝又顧陳平道：「汝可速將樊噲之首持回見我，愈速愈妙。莫待朕的眼睛一閉，不能親見此人之頭，實為恨事。」復諭周勃道：「汝可代領樊噲之眾，去平燕地。」

漢帝說罷，忽然雙頰愈紅，喘氣愈急。戚夫人慌得也不顧有外臣在室，趕忙從幃後鑽出，一面用手連拍漢帝的背心，一面又對陳平、周勃兩人道：「二位當體主上的意思，速去照辦，且須秘密。」

陳平、周勃兩人聽了戚夫人的說話，又見漢帝病重，更是不敢多講，只得唯唯而出，立刻起程。

陳平在路上私對周勃道：「樊噲是主上的故交，且是至戚，平楚之功，他也最大，不知主上聽了何人的讒言，忽有此舉。以我之意，只有從權行事，寧可將樊噲拿至都中，聽候主上發落，足下以為何如？」

周勃道：「我是一個武夫，君有智士之稱，連留侯也服君才，君說如何，我無不照辦。」

陳平道：「君既贊成，準定如此行事。」

誰知他們二人尚未追著樊噲，漢帝已經龍馭上賓了。

原來漢帝自從陳平、周勃二人走後，病體一天重似一天，至十二年春三月中旬，自知創重無救，不願再去醫治。戚夫人哪肯讓漢帝就死，自然遍訪名醫，還要將死馬當作活馬醫治。

一天由趙相周昌送來一位名醫，入宮診脈之後，漢帝問道：「疾可治否？」

醫士答道：「尚可醫治。」

漢帝聽了，便拍床大罵道：「我以布衣，提三尺劍，屢戰沙場，取得天下，今一病至此，豈非天命，天要我亡，即令扁鵲復生，亦是無益。」說完，又顧戚夫人道：「速取五十斤金來，賜與此醫，令他即去。」

戚夫人拗不過漢帝，只得含淚照辦。

漢帝遂召群臣至榻前，並命宰殺白馬宣誓道：「諸卿聽著！朕死之後，非劉氏不准封王，非有功不准封侯。如違此諭，天下兵擊之可也。」

誓畢，群臣退出。漢帝復密諭陳平，命他斬了樊噲之後，不必入朝，速往滎陽與灌嬰同心駐守，免得各國乘喪作亂。佈置既畢，方召呂后入內，吩咐後事。

呂后問道：「陛下千秋以後，蕭何若逝，何人為相？」

漢帝道：「可用曹參繼之。」

呂后又問道：「曹參亦老，此後應屬何人為相？」

漢帝想了一想道：「只有王陵了。王陵太嫌愚直，可以陳平為輔。陳平才智有餘，厚重不足，最好兼任周勃。欲安劉氏，捨周勃無人矣。就用周勃為太尉罷！」

呂后還要再問。漢帝道：「此後之事，非我所知，亦非汝所知了。」

呂后含淚而出。

漢帝復拉著戚夫人的手，長嘆道：「朕負汝，奈何奈何！」

戚夫人哭得糊裡糊塗，除哭之外，反沒一言。

又過數日，已是孟夏四月，漢帝是時在長福宮中瞑目而崩，時年五十有三。自漢帝為漢王後，方才改元，五年稱帝，又閱八年，總計得十有二年。後來諡稱高帝，亦稱高祖。

漢帝既崩，一切大權盡歸呂后掌握，她卻一面秘不發喪，一面密召審食其進宮。

審食其一見呂后面有淚痕，忙去替她揩拭道：「娘娘莫非又與戚婢鬥口不成？」

呂后一任審食其將她的眼淚揩乾，一看房內都是心腹宮娥，始向審食其說道：「主上駕崩了，爾當盡心幫助我們孤兒寡母。」

審食其一聽漢帝已死，只嚇得抖個不住，呆了一會兒，方問呂后道：「這這這樣怎麼得了呢？」

呂后卻把眼睛向他一瞪道：「你勿嚇，我自有辦法。我叫你進宮，原想望你替我出些主意，誰知你一個七尺昂藏，反不及我的膽大，豈不可恨！」

審食其道：「娘娘是位國母，應有天生之才，怎好拿我這平常之人來比呢？」

呂后聽了，忽然忍不住噗哧一聲笑了出來，又用她的那雙媚眼盯住審食其的臉上，似嗔非嗔，似笑非笑了一會兒，方始開口說道：「我不要你在這裡恭維我，現在你們主上既已丟下我歸天去了，你卻不許負心的呢！」

審食其聽了，連忙撲的朝天跪下罰誓道：「皇天在上，我審食其若敢變心，或是一夜不進宮來陪伴娘娘，我必死在鐵椎之下。」

呂后聽他發了這樣血咒，一時捨不得他起來，急去一把將他的嘴摀住道：「嘴是毒的，你只要不負心，何必賭這般的血咒！我願你以後逢凶化吉，遇難呈祥就是了。」說完，便把他拉了起來，一同坐下道：「主上去世，那班功臣未必肯服從少帝，我且詐稱主上病榻托孤，召集功臣入宮。等他們全到了，我早預備下刀斧手，乘大眾不備，一刀一個，殺個乾淨。只要把這班自命功高望重的人物去掉，其餘的自然畏服。」

呂后說至此地，便又去拉著審食其的手，問他道：「你看我的計策如何？」

審食其被她這樣一問，急忙連連搖著頭道：「不好！不好！這班功臣都是力敵萬夫的人物，幾個刀斧手哪是他們的對手，就是如心如意的真被我們殺盡，那班功臣手下都有善戰的勇士，一旦有變，那還了得。」

呂后不慌不忙道：「你不贊成麼？」

審食其道：「我大大的不贊成。」

呂后道：「你的別樣功夫倒還罷了，你的才學，我卻不服。」

審食其道：「娘娘既然不服我的才學，可請國舅呂釋之侯爺進來商量。」

呂后果然將釋之請到，釋之聽了呂后的主意，也是不甚贊成。但比審食其來得圓滑，只說容長計議，不可太急。呂后因見他們二人都不贊成，一時不敢發作。

轉眼已閱三日，外面朝臣已經猜疑，惟因不得確實消息，大家未敢多嘴。獨有曲周侯酈商之子酈寄，平時與呂釋之的兒子呂祿鬥雞走狗，極為莫逆。呂祿年少無知，竟把宮中秘事告知酈寄。酈寄聽了，回去告知其父。

酈商聽了，細問其子道：「此等秘密大事，呂祿所言，未必的確。」

酈寄道：「千真萬確，兒敢哄騙父親麼？」

酈商始信，慌忙徑訪審食其，一見面就問道：「閣下的棺材，可曾購就？」

審食其詫異道：「君胡相戲？」

酈商乃請屏退左右，方對審食其言道：「主上駕崩，已是四日，宮中秘不發喪，且欲盡害功臣，請問功臣誅得盡否？現在灌嬰領兵十萬，駐守滎陽；陳平又奉有詔令，前往相助；樊噲死否，尚未一定；周勃代噲為將，方征燕地。這班都是佐命元勳，倘聞朝內同僚有被害消息，必定抱兔死狐悲之恨，殺入咸陽。閣下手無縛雞之力，能保護皇后太子否？閣下素參宮議，人人盡知，我恐全家性命，尚不僅一刀之苦的呢！」

審食其囁嚅而答道：「我卻不知此事，外面既有風聲，我當奏聞皇后便了。」

酈商道：「我本好意，當為守秘。」說完，告辭別去。審食其急去告知呂后。呂后見事已洩，只得作罷，一面叮囑審食其轉告酈商，切勿宣揚，一面傳令發喪，朝中大臣方得入宮舉哀。

忙亂了十幾天，乃由朝臣公議遵照遺囑，將漢帝御棺葬於長安城北，號為長陵。以太子盈嗣踐帝位，尊呂后為皇太后。朝廷大政，均奉皇太后懿旨行事，新皇帝年幼，那時尚只十有七歲，未諳政事，只能隨著太后進退而已。後來廟謚曰惠，不佞書中稱呼，便用惠帝二字。

那時惠帝登基，照例賞功赦罪，喜詔頒到各國，各處倒也平安。惟有燕王盧綰，前聞樊噲率兵出擊，原不敢與漢兵相敵，自領宮人家屬數千騎，避居長城之下，擬俟漢帝病癒，入朝辯明，希冀赦罪。及聞惠帝嗣立消息，料知權操太后，何苦自往送死，一時進退為難，弄得沒有法子。後來仍聽妃子的主張，投奔匈奴。匈奴命為東胡盧王，暫且安身，等得樊噲到了燕地，盧綰早已不在那兒，燕人並未隨之造反，毋勞征討，自然畏服。

樊噲進駐薊南，正擬出追盧綰，忽有使者到來，叫他臨壇接詔。樊噲急問壇在何處，使者答稱壇在郊外。樊噲武人，本來不諳禮節，又恃功高眾將，兼為國戚，毫不疑慮，即隨使者前去受命。及至郊外，遙望築有土壇，又見陳平已登壇上，忙至壇前跪下聽詔。甫聽數語，突有武士數名奔出壇來，把他拿下。

樊噲正要喧鬧，那時陳平詔已讀完畢，急忙走近樊噲身前，與他耳語數句。樊噲方始無言，一任陳平指揮武士將他送入檻車。同時周勃早已馳入樊噲營內，出詔宣諭。將士素重周勃，又是聖意，群皆聽命。周勃代掌將印，自有奏報，暫且不提。

先說陳平押了樊噲，直向關中進發，正在中途，又接漢帝後詔，命他自往滎陽，幫助灌嬰堅守，所有樊噲首級，交付來使攜回都中。陳平奉詔之後，因與此使本是熟人，暗將他的辦法告知此使。此使並不反對，但說道：「既是如此，我且與君在中途逗留數日，且看主上病體如何，再定行止。」

陳平甚以為然。居然不到三天，已得漢帝駕崩消息。陳平眉頭一皺，計上心來，急將檻車託付那使押解，自己乘馬，漏夜入都。他的計策是要速見呂后，以炫未斬樊噲之功。他雖知道呂后為人凶悍，但對大事尚能分出好歹，只有她的妹子呂嬃，性素躁急，防她先向呂后進讒，不要反將好心弄成歹意。誰知陳平果有先見，幸虧早見呂后一步，否則真要受呂嬃的中傷呢！

那時漢帝棺木尚未安葬，陳平一至宮中，伏在靈位之前，且哭且拜，幾乎暈去。呂后一見陳平到來，急從幃中走出，怒詢樊噲下落。

陳平暗暗歡喜，自讚他主意不錯，邊拭淚邊答道：「臣知樊侯本有大功，不敢加刑，僅將樊侯押解來都，聽候主上親裁。不料臣已來遲一步，主上駕崩，臣不能臨終一面主上，真可悲也。」

呂后一聽陳平未斬樊噲，心裡一喜，即將怒容收起，誇獎陳平道：「君真能顧大局，不遵亂命，樊噲今在何方？」

陳平又答道：「樊侯不日即到，臣因急於奔喪，故而先來。」

第二十一回　罄竹難書

呂太后聽見樊噲不日可到，不禁大悅，便含笑對陳平道：「君沿途辛苦，可先回家休息。」

陳平復道：「現值宮中大喪，臣願留充宿衛。」

呂太后道：「君須擔任大政，守衛之事令數武士足矣。」

陳平聽了，又頓首固請道：「新立儲君，國是未定，臣受先帝厚恩，理應不離儲君左右，事無巨細，臣須目睹儲君飲食興居等事，方始放心！」

呂太后聽他口口聲聲顧念嗣君，既感他未斬樊噲之恩，又喜他忠於兒子之意，於是不絕於口地溫諭嘉獎道：「忠誠如君，舉世罕有。現在嗣主年少，處處需人指導。先帝臨終，曾言君才可用，敢煩君為郎中令，傳相嗣主，使我釋憂。」

陳平一再叩首謝恩，真的不回私宅，就去隨伴惠帝去了。

陳平剛剛趨出，舞陽侯夫人呂嬃已進宮來，向她乃姊哭訴樊噲被冤，都是陳平主唆，

須速將他問斬。呂太后聽了，佛然道：「我曾說你魯莽，一絲不錯。陳平乃是好人，你的丈夫若非陳平，恐怕一百個也死了，還待此時！」

呂嬃道：「這是陳平聽得先帝駕崩，因而變計，又來討好。他的狡猾，我卻深知。」

呂太后聽了，且怒且笑道：「此地距燕，路程不下數千，往返至少也要一月半月，當時先帝尚存，本是命他去立斬汝夫之首，他若照辦，也不能怪他，你怎麼說他變計？那時你我在都，尚且不能設法相救。幸他能顧大局，保全你夫之命，此等大恩，應當世世不忘。我是國母，身分關係未便捨公言私。你有夫婦之情，怎能恩將仇報起來，如此行為？」

呂太后說到此地，便微微冷笑一聲道：「你以後須要改換才好呢，你切不可自恃是太后妹子，遇事任性，國法難赦，不要後悔。」

原來呂嬃本想乃姊聽她的說話，斬了陳平，替她示威，以後別人便不敢來惹著樊府之事了，哪知偏偏碰了一個大大釘子，不禁滿面含羞的一言不發，立在一旁。

呂太后見她羞愧之容堆滿一臉，一時想起姊妹之情，方將此事丟開不談。命她趕快回去，等我赦了樊噲，一場險事總算平安，應該謝謝祖宗。

呂嬃去後，樊噲已經解到，待罪之臣，未便擅自入宮，呂太后下了赦令，樊噲進來拜謝。呂太后問他道：「汝的性命，究是何人保全，汝知道否？」

樊噲道：「自然是太后的恩典，臣當以死圖報。」

呂太后笑道：「我不敢以他人之功據為己有，也不勞你當面恭維。汝再想想看，到底是誰？」

樊噲明知是陳平幫忙，因是私事，不敢直認，現見太后一定要他說出，沒有法子，只得老實道：「臣那時聽了陳平宣讀詔書，詔中有立即斬首字樣，自知命已不保，縱有冤抑，路隔數千，何能插翅飛到先帝面前訴冤？幸而陳平與臣耳語他的辦法，臣始放心。陳平冒死違旨相救，真是可感！」

呂太后笑道：「汝還老實，尚有良心，不比汝妻糊塗已極，竟來逼我降罪陳平，汝以後倒要好好的管教她才是。」

樊噲聽畢，連連代他妻子認罪。呂太后道：「汝快去謝過陳平，往後不論公私事務，與陳平商量商量，多有益處。」

樊噲聽了退出，回至家中，吩咐家臣商沖，立刻預備上等酒宴，單請陳平一人。陳平接到請帖，自然赴宴。

誰知到了樊侯府第，那桌酒宴不設正所，卻設在內室，陳平受寵若驚，先與樊噲寒暄之後，樊噲也謝過救命之恩，陳平方始力辭道：「執事為國戚皇親，此地內室，太后嘗來私宴，晚輩外臣，怎敢無禮！」

樊噲聽了，呵呵大笑道：「我是武夫，不會客套，荊人嘗受太后教訓，尚長詞令，我今日請先生在內室飲宴，原是以至親骨肉相待。」說完，即命丫鬟快請夫人出來，拜謝先生。

陳平急去阻止，早見呂嬃已經嫋嫋婷婷的輕移蓮步，走至他的面前，口稱：「恩公在上，受我一禮。」邊說邊已盈盈地拜了下去。

陳平只得慌急跪下回禮道：「夫人請起，如此折死晚輩了！」

呂嬃拜完，又去親自執杯，與陳平遞酒。陳平還要謙讓，卻被樊噲大喝一聲，一把將他撳在首位座上。陳平那時一個冷不防的，不覺大大地嚇了一跳。就在這一嚇之中，他們夫妻二人已經左右坐下，一同吃了起來。

陳平只得告罪道：「賢夫婦如此錯愛，晚輩恭敬不如從命了。」

樊噲聽了，復大笑道：「先生本是風流才人，何必拘拘學那班腐儒的行為，這樣最好。」

酒過三巡，樊噲又笑問陳平道：「先生曾在先帝面前獻過六次奇計，這是人人欽佩的。不過此次承先生相救，我卻有一樁事情不解，今日既成忘形之交，可否明白宣布，以釋我的疑團？」

陳平道：「從前之計，乃是偶然猜中，一則是先帝的洪福，二則諸位的功勞，何消掛齒。執事何事不懂，晚輩自當解釋。」

樊噲道：「我的蒙先生不照詔書行事，現在是有太后恩赦，對於先生的辦法，公私俱足稱道。但那時先帝尚在，先帝為人，說行就行，誰人敢去違他聖旨？先生偏敢毅然相救，難道預知先帝駕崩的日子麼？若是不能預知，豈不是捨了自己的性命救我麼？」

呂嬃也接口道：「我也是這個意思，務請先生不要見怪。我們夫妻敢認先生知己，因此無語不談，也無事不可問了。」

陳平當下答道：「晚輩當時與周將軍同奉面諭之後，本想當場即替執事求赦，實因那時先帝滿面怒容，又在病中，求也無益，兼之戚夫人在側，晚輩更不便多言。」

陳平說至此地，呂嬃又微蹙雙眉，接口道：「那個賤婢，連太后也不在她的眼中，我們是太后一方面的人，她自然應該進讒的了。」

陳平道：「此事先帝究聽何人之言，不敢臆度，但也不好一定疑心是戚夫人進的讒言。」

樊噲道：「這且不提，先生只說那時的意思。」

陳平道：「晚輩那時沒有法子，然已打定這個主意，中途即與周將軍商議，周將軍只要我肯負責，也很贊同。我將執事押解入都，乃是讓先帝自行辦理，騰出機會，一則希望先帝回心轉意，赦了執事之罪；二則內有皇后，外有同僚，大眾力保，未必無望。至於我縱因此獲罪，因為國家留將材起見，卻也甘心。說到先帝賓天之期，我非神仙，何能預

知？且先帝待我甚厚，斷無望他速死之意。」

樊噲、呂嬃聽畢，一齊稱道：「如此說來，這是先生實心相救的了，我夫婦有生之年，皆先生所賜。」

陳平接口道：「晚輩為國為才，非為執事，何敢承譽？不過說起先帝的病症，卻有一段小小奇聞。」

樊噲問其何事。陳平道：「山荊隨我有年，平生極孝父母，她因為祖父、父親有病，常去求神問卜，我因她是孝思，也未阻止。山荊有一天，在此間東郭外，一家先覺庵裡，無意中遇見一位有道的老尼，法號苦女。據云她已百有十歲，尚是童身，親見列國紛爭。那時連始皇也未出世，她避兵災，入山遇仙，因此略知過去未來之事。山荊見她童顏鶴髮，道貌岸然，即以她的祖父、父病為問。那尼微笑答道：『二人無礙，惟母氏可憂。』山荊當時不甚為然，因那時她的母親身體康健，毫無小病，何至可憂。豈知未到半月，即接家報，母氏果得急病而亡。山荊至是始服那位老尼，真有道行，因以語我。我即偕山荊前去拜謁老尼，那時我適奉了命捕執事的詔書。不辦呢，有違旨之罪，若辦呢，執事乃國家梁棟，豈不可惜。便以這樁疑難問題，取決老尼。老尼即寫出四句隱語，那隱語是：

『山中虎，不必捕；窟內龍，至此終。』

陳平述完隱語，又接說道：「我當時仍不相信，總之欲救執事，卻是南山可移，此志決不更改。現在事後想來，此尼真有道行了。據說張留侯辟穀之術，就是此尼所教。」

樊噲聽了，倒還不以為奇，惟有呂嬃聽了這件奇事，笑得一張櫻桃小口合不攏來，急問陳平：「我們此刻便去將此尼請來，問問吉凶如何？」

樊噲本寵這位貴妻，真的差了商沖，親自去請。稍頃回報，老尼拒絕來府。呂嬃問他何故不來，商沖答道：「老尼說世人喜聞吉語，惡聽凶詞；萬一因此觸犯貴人之忌，反多麻煩等語。」

呂嬃道：「煩君再去相請，就對此尼說，我要罹千刀萬剮之罪，是我命中註定，我也決不怪她就是。」

商沖去後，不到半個時辰，果然同了老尼來了。陳平因是熟人，便與她為禮，呂嬃就請此尼坐在席上，略道寒溫，戲以杯中之物相敬。

老尼接了酒杯微笑道：「夫人所賜，不敢違命，惟貧尼絕食已久，哪能破戒。」說著，即把眼睛四處一望，乃笑指几上一座翡翠花瓶道：「這瓶現在未曾插花，可以替代貧尼飲這美酒。」邊說邊以杯中之酒，向空一灑之後，始朝呂嬃申謝道：「貧尼拜領矣。」

呂嬃不信，趕忙命丫鬟將那座花瓶捧至面前，先以她的鼻子向瓶口一聞，果有芬芳馥郁的酒氣，不禁稱奇。復把瓶口覆地，那酒就汩汩的流了出來。

說也奇怪，瓶中之酒不過兩匙，那座花瓶，卻有一尺五寸高低，那酒竟會源源地流出

不絕。又命丫鬟接以巨盆，盆滿三次，瓶中之酒猶多。此刻連樊噲也奇怪起來。他本洪量，便笑將那瓶接在手中。舉得極高，以瓶口置諸他的唇邊，一口一口地喝在肚內。誰知喝了許久，覺已微醺，那酒仍未倒罄。同時又見那尼以指向空中一指，道了一聲「疾！」那座瓶裡頓時告罄。忽見家人進來稟說：「府中所存十巨甕的美釀，不知何故，突然自會點滴俱無。」

老尼接口笑道：「此酒已入侯爺腹中矣，哪得還有！」

樊噲大樂，敬禮有加。呂嬃方以終身的禍福相詢，老尼輪指良久，忽然目注呂嬃的臉上，微訝道：「夫人急宜力行善事，以避災星。」

呂嬃急問道：「莫非我有不祥之兆麼？」

老尼搖首不語。

呂嬃記起方才商沖傳語，便笑對老尼道：「仙姑毋懼，任何凶兆，務乞明示！」

老尼方囁嚅道：「貧尼亦不解，夫人貴為國戚，縱有不幸，亦何至裸體去受官刑乎？貧尼屢卜均有奇驗。不驗之事，或者自此始矣！」說完，告辭而出，堅留不住，贈金不受。

呂嬃亦不在意，惟當時因有貴客在座，微現羞容罷了。陳平便也告謝辭出。次日，即將舞陽侯留宴之事，遇便奏知太后。

呂太后聽了，喜他戔微私務亦不相瞞，對於國家大事自然更加忠心，因此十分寵信。一日，呂太后召陳平至，詢以欲害戚夫人，廷臣有閒話否？陳平奏道：「宮中之事，廷臣哪好干涉。」

陳平退後，呂太后即將戚夫人喚至，數以罪狀道：「爾狐媚先帝，病中不戒房事，一罪也；欲廢太子，以子代之，二罪也；背後誹謗國母，三罪也；任用內監，致有不法行為，四罪也。此四樣乃其大者，其餘之罪，罄竹難書。爾今日尚有何說？」

戚夫人聽畢，自知已失靠山，哪敢言語。呂太后便顧左右道：「速將髡鉗為奴的刑罰，加她身上。」於是就有幾個大力宮奴，走上來先把戚夫人身上繡服褪去，換上粗布衣裳，然後把她頭上的萬縷青絲拔個乾淨。

呂太后見了，又冷笑一聲道：「爾平日擅作威福，且讓爾吃些苦頭再講。」說完，即令戚夫人服了赭衣，打入永巷內圈禁，每日勒限舂米一石，專派心腹內監管理此事，若少半升，即杖百下。可憐戚夫人十指尖尖，既嫩且白，平日只諳彈唱，哪裡知道井臼之事，而且沒有氣力，嬌滴滴的身材，如何禁得起那個石杵？但是怕挨御杖，只得早起晏眠地攢眉工作。

一天委實乏了，便一面流淚，一面信口編成一歌，悲聲唱道：

子為王，母為虜。終日舂，薄暮常與死相伍。相離三千里，誰當使告汝！

她歌中寓意，明是思念她的兒子趙王如意，不料已有人將歌詞報知呂太后。呂太后憤然暗想道：「不錯，她拚命的只望兒子做帝，這個禍根留在世上，自然不是我們母子之福。」想到此地，急命使者速往趙國，召趙王如意入朝。

使者去後，一次不至，二次不來，呂太后愈加動怒。正欲提兵遣將，去拿趙王，就有一個心腹內監奏道：「臣知趙王不肯應召入朝，全是趙相周昌作梗。只要用一個調虎離山之計，把周昌先行召入朝來，那時趙王一個乳臭小兒，我們要他至東，他也不敢往西了。」

呂太后依奏，即把周昌徵召入都。周昌接到詔書，不敢不遵，只得別了趙王，單騎來見太后。呂太后一見周昌，頓時怒容滿面地叱之道：「我與戚婢有嫌，汝應知道。何故阻止趙王，不使前來見我？」

周昌聽畢，仍是急切說不出話來。掙了半天，方始斷斷續續地掙出幾句說話。

不佞將他的說話湊接攏來，乃是先帝以趙王託臣，明知臣雖無才，尚覺愚直，為人不可無信，況已去世的主上麼？所以臣從前在朝的時候，只知主上與太子二人。那時主上要廢太子，臣情願冒犯主上，力保太子。自從奉先帝命作趙相之後，臣只知一個趙王，不知有他。這是臣阻止趙王入都，以防不測的意思。說到現在的嗣帝，乃是趙王之兄。趙王為先帝鍾愛，太后與嗣帝也應該仰體先帝之心，善視趙王，方才不負先帝。今太后恨臣不使趙王入都，以此測度，太后不是有不利趙王的心思麼？臣意嗣帝已為天子，趙王原屬臣下，不比先帝在日，或防趙王有奪嫡之事。況且先帝有誓，非劉氏不准封王。趙王乃是先帝親子，尚望太后速棄私怨。臣奉先帝遺命，刀斧加項，不敢相辭等語。

當時呂太后聽畢，原想將周昌從重治罪，後來聽他提起從前爭儲一事，念他前功，故而赦他違抗之罪，但是不使他回趙，一面復召趙王入謁。

趙王既已失去周昌，無人作主，只得乖乖應命入都，朝謁太后。那時惠帝年雖未冠，卻是存心仁厚，與他母親的性情大不相同。每見其母虐待戚夫人，曾經哭諫，無奈太后不理。他究是她的親生之子，只得空替戚夫人嗟嘆而已。現見太后召入趙王，知道不懷好意，一俟趙王謁過太后，他便命趙王和他同寢同食，一刻不使離開左右。好在他尚沒有立后，他的宮中也用不著避嫌。趙王見惠帝如此相待，自然感激涕零。

有一天，他趁便求著惠帝，思見其母一面。惠帝好言安慰，允他隨時設法，急則反為不妙。趙王無法，只得日以眼淚洗面，一天一天的只在愁城度日。呂太后的召入趙王，當然是要害他，因被兒子頃刻不離的管住，倒也一時不好下手。

光陰易過，趙王在宮中一住數月，已是惠帝元年十二月中旬了。惠帝近見太后不甚注意趙王，以為已經打消毒意。一天出去打獵，因見時候尚早，天氣又寒，趙王既在夢中，

不忍喚他醒來，於是一個人出宮而去。待至打獵回來，心中惦記趙王，尚未去見太后，卻先回至寢宮，及見趙王還在蒙頭高臥，非但自己不去喚他，且令侍從也不許驚動。直至午膳開出，方去揭開錦被一看，不看猶可，這一看，只把惠帝傷心得珠淚紛拋起來。

你道為何？原來趙王如意何嘗如意，早已七竅流紅的死了多時了。

惠帝明知這個辣手定是太后幹的，只得大哭一場，吩咐左右，用王禮殮葬。後來查得幫助太后酖死趙王的人物，內中有一個是東門外的官奴，惠帝便瞞了太后，立將那個官奴暗暗處死。其餘的呢，都是日伴太后身邊，也只好敢怒而不敢言，付之一嘆罷了。

趙王既死，可憐戚夫人仍在永巷舂米，毫未知道，還巴望她的愛子前去救她呢。

第二十二回　人彘酷刑

呂太后酖殺趙王如意之後，忽又悶悶不樂起來。

那時審食其總在宮中的時候居多，看見呂太后似有不豫之色，忙問她道：「太后何故不樂？照臣說來，現在你以太后行天子事，賞罰由你，生殺由你，怎麼還有愁悶的事情？」

呂太后道：「戚婢為我生平第一個仇人，她的兒子雖然已死，她還活在世上，我實在不大稱心。」

審食其道：「我道何事，原來為了這一些些小事。馬上把她處死，真是不費吹灰之力，你也未免太多愁了。」

呂太后聽了，微微含嗔道：「處死這個賤婢，自然容易，我因為想不出她的死法，因此煩惱。」

審食其道：「要殺要剮，悉聽你的吩咐。怎的說想不出她的死法呢？」

呂太后道：「你既如此說，你就替我想出一個特別的死法來。我要從古至今，沒人受過這樣刑罰，方始滿意，你若想得一個最毒最慘，而又沒人幹過的法子，我便從重賞你。」

審食其笑道：「我這個人本無才學，限我三天，方能報命。」

呂太后聽了，也被他引得笑了起來。

等得飯後，呂太后偶至後園閒逛，忽聽得有殺豬的聲音，甚是淒慘，便踱了過去。尚未走近御廚，遙見一隻母豬，滿身之毛雖已鉗去，當胸的致命一刀，尚未戳進，那豬未死而先拔毛，豈不可慘。原來這個殺豬法子，也是呂太后始作俑的，她說，先戳死而後拔毛，肉味是死的。先拔毛而後戳死，肉味是活的。她的命令，誰敢不遵。不過當時宮內的豬，也算受了無妄之災，同是被人吃肉，還要多受這個奇慘的痛苦，未免冤枉。

呂太后那時看了那豬之後，頓時心有所得，趕忙回至宮裡，跨進房去，卻見審食其一個人昂首腦袋，似乎還在那兒想那法子，她便笑對食其道：「你這傻子，可以不必費心了。我老實對你說，我想不出的法子，你便休想。我此刻偶然看見一樁事情，那個賤婢的死法，卻已有了。」

食其忙問何法，呂太后又微笑道：「你看了自會知道，何必我來先說。」說完，便來至堂前，自己往上一坐，吩咐宮娥彩女，速把戚婢帶來。

頃刻之間，戚夫人已被帶至。此時戚夫人已知呂太后的威權，不由得不向呂太后雙膝跪下，只是不敢開口，悄悄地抬眼朝上一望。只見呂太后滿面殺氣，危坐堂中，兩旁侍立數十名宮娥彩女，肅靜無嘩。可憐她在腹中暗忖道：「今天這場毒打，一定難免。」

哪知並非毒打，真要比毒打厲害一百萬分呢！當下只聽得呂太后朝她冷笑一聲道：「你這賤婢，萬歲在日，我自然不及你，如今是你可不及我了。」說完，便向兩旁的宮娥喝道：「速把她的衣服先行洗剝。」

戚夫人一聽呂太后此時說話的聲音宛如鴞鳥，未曾受刑，先已心膽俱碎，這時候沒有法子，只得低聲叫著太后可否開恩，讓我連衣受杖罷。只見呂太后正眼也不睬她，只是把她一雙可怕的眼珠子盯著那班宮娥，那班宮娥自然擁上前來，頃刻之間，已把戚夫人剝個裸蟲一般，先以聾藥熏聾耳朵，次以啞藥灌啞喉嚨，再挖眼珠，復剁四肢。可憐戚夫人受著這種亙古未有的奇刑，連嘴上也喊叫不出，她心裡如何難受，可想而知的了。

當時臥在地上的戚夫人，哪裡還像一個人形，不過成了一段血肉模糊的東西，這種名目，呂太后別出心裁，叫作人彘。有史以來，人彘之名，真是創聞。

呂太后此時既出心頭之氣，一面命人將這個人彘投入廁中；一面去與審食其開懷暢飲，以慶成功。

他們二人你一杯，我一盞的，喝了一會兒，呂太后又想起一事，便對食其道：「嗣帝居心長厚，我要害死如意，他卻拚命保護。如此母子異途，很於我的心思不合，將來若被

臣下進些讒言，我雖然不懼他，你這個人的命運，便有危險。」

審食其聽到此地，果然有些害怕起來。過了一陣，越想越怕，撲的一聲，站了起來，似乎要想逃出宮去，從此與太后斬斷情絲的樣子。

無奈呂太后中年守寡，情意方濃，哪肯就讓食其潔身以去。當下便恨恨地朝食其大喝一聲道：「你往哪兒走，還不替我乖乖地坐下。」

食其一見太后發怒，只得依舊坐下，口雖不言，他的身子卻在那兒打顫。呂太后見他那種侷促尷尬的形狀，不禁又生氣，又好笑地對他說道：「虧你也是一個男子漢大丈夫，連這一點點的膽子都沒有，以後我還好倚你做左右手麼？」

審食其聽了，仍是在邊發抖，邊說道：「太后才勝微臣百倍，總要想出一個萬全之計，方好過這安穩日子。」

呂太后微笑道：「你莫嚇！我自有辦法。」說著，即令宮娥去把嗣帝引去看看人彘，使他心有警惕，以後就不敢生甚麼異心了。

宮娥當時奉了太后之命，便去傳諭內監照辦。內監忙至惠帝宮中。那時惠帝正在思念少弟趙王，忽見太后宮裡的內監進來，問他是否太后有甚麼傳諭。內監道：「奴婢奉了太后面諭，命奴婢前來領陛下去看人彘。」

惠帝正在無聊，一聽人彘二字，頗覺新穎，便命內監引路，曲曲折折，行至永巷。內監開了廁門，指示惠帝：「這個就是人彘，陛下請觀。」

惠帝抬頭往內一望，但見一段人身，既沒手足，又是血淋淋的兩個眼眶，眼珠已失所在，餘著兩個窟窿，聲息全無，面目困難辨認，血腥更是逼人。除那一段身子尚能微動之外，並不知此是何物。看得害怕起來，急把身子轉後，問內監道：「究是何人？犯了何罪，受此奇刑？」

內監附耳對他說道：「此人就是趙王之母戚夫人，太后惡其為人，因此命作人彘。」那個內監「人彘」二字剛剛出口，只見惠帝拔腳便跑，一口氣跑回自己宮裡，伏在枕上，頓時號陶大哭起來。

內監勸了一番，惠帝一言不發。

那個內監回報太后，說道：「皇帝看了人彘，嚇得在哭。」

呂太后聽了，方才現出得色，對審食其道：「本要使他害怕，那才知道我的厲害，不敢違反我的意旨了。」

次日，忽據惠帝宮中的內監前來稟報道：「皇帝昨天看了人彘之後，回得宮去，哭了一夜，未曾安眠。今兒早上，忽然自哭自笑，自言自語，似得呆病，特來稟聞。」

呂太后聽了，到底是她親生兒子，哪有不心痛之理，便同內監來至惠帝宮中。只見惠帝臥在床上，目光不動，時時癡笑。問他言語，答非所問。趕忙召進太醫，診脈之後，說

是怔忡之症，一連服了幾劑，略覺清楚。

呂太后回宮之後，常常遣人問視。過了幾天，惠帝更是清醒，便向來監發話道：「汝去替我奏聞太后，人彘之事，非人類所為，戚夫人隨侍先帝有年，如何使她如此慘苦？我已有病，不能再治天下，可請太后自主罷！」

來監返報太后。太后聽畢，並不懊悔慘殺趙王母子，但悔不應令惠帝去看人彘。後來一想，惠帝不問國事也好，到底大權執在自己手中，便當得多，從此連惠帝也不在她的心上了。翌日視朝，遂從淮南王友為趙王，並將後宮所有妃嬪或打或殺，或錮或黜，任性而為，不顧旁人議論，朝中大臣個個懼她威權，反而服服貼貼，竟比漢高帝在日還在平靜。

獨有周昌，聞得趙王慘死，自恨無法保全，深負高帝付託，因此稱疾不朝。呂太后也不去理他。周昌到了惠帝三年，病死家中，賜諡悼侯。這還是呂太后不忘他當日爭儲之功，若照他近日的行為，就有一萬個周昌，恐也不會壽終正寢的了。

那時呂太后還防列侯有變，降詔增築都城，迭次徵發丁夫，數至百萬之眾，男丁不足，益以婦女。可憐那時因為怠工的婦女，被殺之數，何止盈萬。那座都城直造了好幾年，方才築成，周圍共計六十五里，城南為南斗形，城北為北斗形，造得異常堅固，時人稱為斗城。所有工程費用，似也不下於秦始皇的萬里長城。

後之人只知始皇造長城的弊政，竟不提起呂雉築斗城的壞處。這是史臣袒護她的地方，不必說她。

惠帝二年冬十月，齊王肥由鎮入朝。肥是高帝的庶長子，要比惠帝年長數歲。惠帝友愛手足，自然城誠懇懇地以兄禮事之，陪同入宮，謁見太后。太后佯為慰問，又動殺機。

這天正值惠帝替齊王接風，內庭家宴，自無外人，惠帝不用君臣之禮，要序兄弟之情，於是請太后上坐，請齊王坐了右邊，自己在左相陪。

齊王因未辭讓，又惹呂太后之怒。呂太后當下心中暗罵道：「這廝無禮，真敢與吾子認為兄弟，居然上坐。」勉強喝了一巡，便借更衣為名，返入內寢，召過心腹內監，密囑數語。內監自去佈置，呂太后仍出就席。

惠帝存心無他，已忘乃母害死趙王母子之事，只與齊王樂敘天倫，殷勤把盞。兄弟二人正在開懷暢飲的當口，惠帝忽見一個太后宮中的內監，手捧一只巨杯，向齊王行過半跪之禮，將那巨杯敬與齊王道：「此酒係外邦所獻，味美性醇，敬與王爺，藉作洗塵之禮。」

齊王接到手內，不敢自飲，慌忙站了起來，恭恭敬敬地轉獻太后。呂太后自稱量窄，乃令齊王自飲。齊王復去獻與惠帝，惠帝接了那只巨杯，剛剛送到唇邊，正要呷下的時候，突見太后似露驚慌之色，急向他的手內，把那只巨杯奪去，將酒傾在地上。不料忽來一隻項繫金鈴小犬，竟在地上把那酒舔個乾盡。不到半刻，只見那犬兩眼發紅，咆哮亂

叫，旋又滾在地上，口吐毒血而死。

齊王至此，始知那酒有毒，幸而自己沒有喝入腹內，不然，豈不是與那犬一樣了麼？嚇得詐稱已醉，謝宴趨出，四至旅邸，心中猶在狂跳不止，忙將此事告知左右。

當下就有一位隨身內史獻計道：「大王若欲回國，惟有自割土地獻與魯元公主，為湯沐邑。公主係太后親女，公主歡心，太后自然也歡心了。」

齊王依計行事，上表太后，願將城陽郡獻與公主，增作食采，果奉太后褒詔。齊王忙趁此機會申表辭行。誰知不得批答，仍是未能回國，又與內史商酌。內史續想一法道：「臣有一策，但恐大王不屑為此，否則必發必中。」

齊王道：「我只要能夠回國，又能保全性命，無論何事，我都肯做。」

內史道：「臣的計策，是請大王上表太后，情願尊奉魯元公主為王太后，那時魯元公主必助大王，自然可以安然回去了。」

齊主躊躇道：「公主乃是寡人的親妹，如何可以稱之為母呢？」

內史道：「大王要救性命，哪能顧此！趙王如意之事，大王莫非不知麼？」

齊王一聽趙王如意二字，不禁顏色陡變道：「快快上表！快快上表！」

結成之後，遞了進去，果有奇效。只隔一宵，齊王正在旅邸梳洗，忽見許多宮娥彩女，嘻嘻哈哈，各攜酒肴走了進來，口稱太后皇上、魯元公主隨後就到，前來替大王餞行，齊王大喜，趕忙厚饋宮女。稍頃，即聞鑾駕已經到門，齊王跪接入內。呂太后上坐，惠帝姊弟二人左右分坐。齊王先與呂太后行禮之後，再去向魯元公主行了母子禮節，引得呂太后呵呵大笑，乃戲謂魯元公主道：「吾女得此佳兒，我又獲一外孫兒了。」

其實魯元公主與齊王年齡相若，以姊弟作母子，真是亙古未有之奇聞！

魯元公主一喜之下，倒也破費不少。當下便給齊王見面禮黃金十斤。齊王拜謝，也孝敬這位新王太后明珠百粒，玉盞一雙。魯元公主真也無恥，自命為母，口呼：「王兒少禮！為娘生受你了！」

惠帝雖然不甚贊可，但能因此保全齊王，免步趙王後塵，倒也假言湊趣。

呂太后一見兒子今天不比往常，時有笑容，更是大悅，忙命擺上酒肴，自己上坐，惠帝居右，魯元公主居左，齊王下坐侍宴。這一席酒，吃得非常有趣，卻與前日那桌接風酒，險些兒害了齊王性命，便大大不相同了，一直吃到日落西山，方始散席。齊王跪送外祖母、王太后、惠帝等人出門之後，漏夜收拾行裝。不待天明，已離咸陽回國去了。

是年春正月，蘭陵井中，忽傳有雙龍現影，呂太后認為祥兆，大賞廷臣。不久，卻聞隴西地震數日，到了夏天，各地大旱。呂太后並不在意，仍是汙亂宮幃，窮奢極欲，過她的安閒日子。到了秋天，丞相蕭何忽罹重病，醫藥無效，似已難治。

惠帝親至相府視疾，見他骨瘦如柴，僅屬呼吸，料知不起，便問他道：「君百歲後，

何人可繼君位？」

蕭何頓首道：「先帝臨終，曾有遺囑，知臣莫若君，陛下可用曹參為相便了。」

惠帝返報太后，太后也為欷歔。過了數日，蕭何竟歿府中，蒙諡為文終侯，使其子蕭祿襲封侯。

蕭何一生勤慎節儉，每置私產，皆在窮鄉僻壤，牆屋毀壞，不准修治，嘗語家人道：「後世有賢子孫，應學我儉約；如或不賢，亦免為豪家所奪。」後來子孫繼起，世受侯封；有時縱有犯罪致譴，尚不至身家絕滅。這也是蕭何勤儉的積德。

齊相曹參一聞蕭何病歿，即命舍人治裝。

舍人問：「將何往？」

曹參道：「我不日要入都為相了。」

舍人不信，姑為治裝。不數日，果奉朝命，召曹參入都為相，幸已行裝早備，不致匆促，舍人方服曹參果有先見，驚嘆不休。

曹參本是一員戰將，未嫻吏治。及出任齊相，乃召入齊儒百數十人，遍詢治國大道，誰知言人人殊，無所適從。後又訪得膠西地方，有一位蓋公，望重山林，不事王侯，倒是飽學之士，特備厚禮，專人聘請。蓋公也聞曹參是位名將，既是降尊求賢，當然是想把齊國治得太平，居然應命而至。

曹參見是一位鬚眉皓白的老者，更是敬其年高有德，殷勤相詢。蓋公答道：「老朽素治黃帝老子之學，應以他們二位的遺言為標準，治道毋煩，出以清靜。大臣之心既定，民心自然隨之而定，如此，未有國之不治者。」

曹參甚為敬服，當下以師禮相待。自己避居側屋，正堂讓與蓋公居住，一切舉措，無不遵教施行。果然民心翕服，齊地大治。曹參因得賢相之名。

曹參做了九年齊相，那天奉到召入都中為相的詔書，別了齊王，來至咸陽，見過呂太后、惠帝之後，接印任事。當時朝中大小官吏私相議論，都以為蕭何、曹參同是沛吏出身，後來曹參積有戰功，反而不及蕭何，防他定與蕭何有隙。舊令尹之政，必被新令尹翻案，誰知曹參視事已久，毫無更變，甚至揭出文告，索性書明凡是用人行政，概照前相舊有章程辦理。

有些自命有才的官吏，想去上上條陳，倘蒙相國採擇，便好露出頭角，不料曹參早知來意，並不拒絕。但是一見面後，即設宴入座，只命喝酒不使開言。後來那些人始知曹相國請他們吃酒，乃是借酒阻言，免談政事的意思，只得各將一團興致，付諸東流去了。那曹相國府中，上上下下，無不飲酒作樂，所有政事只要照章辦理，毋作操心。

一日，曹參偶至花園之中觀玩景致，忽聞嬉笑聚飲之聲送至耳中，便踱了過去。那班

屬吏一見相國到來，大家因在席地飲酒，自然有些侷促不安，慌忙站了起來，垂手侍立。曹參正色問他們道：「青天白日，諸君不辦公事，反在此地聚飲，未免荒疏職務！」

大家同聲答道：「無事可辦，備此消磨長晝，還要相國原諒！」曹參假意失驚道：「諸君只要不誤公事，飲酒取樂，我本不禁，但是何至無事可辦呢？」大家又答道：「相國視事以來，一切公務悉由舊章，照例而行，皆無掣肘，因此故有暇晷。」

曹參聽了，方始微笑道：「如此說來，諸君已知不必改弦易轍為便當了，朝臣尚在疑我，似乎未肯勵精圖治，不知振作，殊不知蕭相國早已斟酌盡善，何必多事！」說完，即令眾人仍自縱飲，自己也去加入，吃得盡歡而散。

第二十三回　蕭規曹隨

曹參治齊九年，已有經驗。再加那位蓋公也同入都，見了蕭何的治國章程，極為讚美，每謂曹參道：「蕭相國當時一入秦宮，百物不取，惟將人口戶籍，錢糧國稅等等簿據盡攜而歸，後來悉心斟酌，應增應刪，成為治國的良規。相國照舊行事，必無貽誤也。」曹參本是奉蓋公如神明的，自然贊同。

誰知那班朝臣反而怪他因循苟且，似乎偷懶，再加他縱令家臣人等飲酒取樂，很失大臣體統，於是就有人將曹參所行所為密奏惠帝。

惠帝本因母后專政，自己年幼未便干涉，每每借酒消遣，及聞曹參也去學他，疑心曹參倚老賣老，或者瞧自己不起，故作此態。正在懷疑莫釋的時候，適值曹參之子曹窋，現任中大夫之職，因事進見。

惠帝與他談完正事，再語他道：「汝回家時候，可為朕私問汝父，你說：『先帝升遐，嗣帝年幼，國事全仗相國維持。今父親但知飲酒，無所事事，如何能夠治國平天下呢？』

這般說法，看他如何回答，即來告朕。」

曹窋應聲欲出，惠帝又叮囑道：「汝回家切不可說出是朕之意，要作為是汝的意思，方才能夠探出真相。」

曹窋聽畢回家，即以惠帝所教，作為己意，進問乃父。其言甫畢，曹參就大怒道：「汝懂什麼，敢來多說！」說著，不問情由，竟把曹窋責了二百下手心。

曹窋被責，真弄得莫明其妙，但又不敢再問理由。正在遲疑之際，又被乃父叱令入侍，不准再歸。曹窋只得入宮，一句不瞞地告知惠帝。惠帝聽畢，更比曹窋還要莫明其妙。

翌日視朝，乃令曹參近前語之道：「君何故責打你的兒子？所詢之語，實出朕意，使來諫君。」

曹參聞言，慌忙免冠伏地，叩首請罪。

惠帝見其無語，復問道：「君果有言，但講不妨，朕不怪君就是。」

曹參聽了，方始反問惠帝道：「陛下自思聖明英武，能及先帝否？」

惠帝被問，愕然稍頓，便紅了臉答道：「朕年未成冠，且無閱歷，如何及得先帝！」

曹參又問道：「陛下視臣及得蕭前相否？」

惠帝復答道：「朕看來似乎也不能及。」

曹參道：「誠如聖論！伏思先帝以布衣起家，南征北討，方有天下。若非大智慧，大勇毅，焉能至此。蕭前相明訂法令，備具規模，行之已久，萬民稱頌。今陛下承先人之蔭，垂拱在朝，用臣為相。只要能夠奉公守法，遵照舊章，便是能繼舊業，已屬幸事，尚欲勝於前人麼？若思自作聰明，推翻成法，必致上下紊亂，恐欲再求今日的安逸，已無可得矣。」

惠帝聽了，恍然大悟，急揮手令退道：「朕知之矣，相國可照舊行事，朕當申斥進讒之人便了。」

曹參退後，惠帝與曹參問答之語，朝臣均已目睹耳聞。從此敬服曹參，再不敢進讒，或是腹誹了。

一日，曹參上了一道表章，大意是內亂易平，外侮難禦，臣現擬注意守邊，惟人才難求等語。惠帝批令照辦去後。誰知曹參果有先見，不到數月，匈奴國冒頓單于竟有侮辱呂太后的書函到來。

原來冒頓自與漢朝和親以後，按兵不動，忽已數年，及聞高帝駕崩之耗，即派人入邊密探。據探回報，始知新帝年稚，且來得仁柔寡斷，呂太后荒淫無度，擅殺妃嬪，因此藐視漢室。一天，他便親筆亂寫幾句戲語，封緘之後，外批漢太后呂雉親閱字樣，專差一位番使來至長安，公然遞入。

那時惠帝已在縱情酒色，雖未立有后妃，只與漂亮內監、標緻宮人陶情作樂。所有國家大事統歸太后主持，尋常事務亦交丞相辦理，樂得快活。

這天惠帝忽見送進一封匈奴國冒頓單于致太后的書信，且須太后親閱，心裡納悶，便悄悄地偷展一看，不看則已，那一看之後，便把他氣得三屍暴躁，七孔生煙，也不顧擅拆之嫌，拿了那書，一腳奔至太后寢宮。及至走到，只見房門緊閉，簾幕低垂，門外幾個宮奴倚在欄干之上，垂頭睡熟。

惠帝那時的耳中，早已隱約聽得太后房內，似有男女嬉笑之聲。他急轉至窗下，口吐涎沫，沁濕一個小小的紙洞，把眼睛湊在洞邊朝內一望，一見內中的形狀，更是氣上加氣，只因兒子不能擅捉母后之姦，卻也弄了一個小小蹊蹺，將手中所執的那一封書信，從窗洞裡塞了進去。

豈知房內的太后正在有所事事，一時沒有瞧見。惠帝又低聲呼道：「母后快收此書，臣兒不進來了。」說完這話，飛奔回宮。

等得呂太后聽見她兒子的聲音，急來開門，已經不見她親兒子的影蹤。當下先將那班偷睡的宮奴一個個的活活處死，方才怒氣稍平，正要再去呼喚惠帝，卻見審食其拿了一封書信，面現慌張之色地呈與她道：「這封書信，就是方才嗣皇帝從窗子外面塞進來的，你我之事被他看見，如何是好？」

呂太后聽了，恨得把心一橫道：「這有什麼要緊！他究是我肚皮裡養出來的。你若害怕，你就馬上出宮去，從此不准見我！」

審食其一見太后發怒，又嚇得連連告饒道：「太后何必這般動氣，我也無非顧全你我的面子起見。你既怪我膽小，我從此決不再放一屁，好不好呢？」

呂太后又盯了食其幾眼，方始去看那信。正想去拆，見已拆過，心知必是惠帝所拆，也不查究，及看那信上的言語，也被氣得粉面緋紅，柳眉直豎地將信摔在地上。

食其忙拾起一看，只見信中寫的是：

孤僨之君，生於沮澤之中，長於平野牛馬之域；數至邊境，願遊中國。陛下獨立，孤僨獨居，兩主不樂，無以自娛，願以所有，易其所無。

食其看完，不禁也氣得大罵：「番奴無禮，竟敢戲侮天朝太后！」說完，又問呂太后道：「這事怎樣處治？臣已氣憤得心痛難熬了！」

呂太后此時正在火星迸頂，也不答話，想了一會兒，急出視朝，召集文武大臣，將書中大略告知眾人。話猶未畢，兩頰早已滿掛盈盈的珠淚起來。

當下就有一員武將閃出班來，聲如洪鐘地奏道：「速斬來使！臣願提兵十萬，往征

小丑。」

這位武將話尚未完，眾將都也一齊應聲道：「若不征討這個無禮番奴，天朝的顏面何存？臣等情願隨征。」

呂太后抬頭一看，起先發言的乃是舞陽侯樊噲，其餘的人眾口雜，也分不清楚何人。正想准奏，尚未開言，又聽得有人朗聲道：「樊噲大言不慚，應該斬首！」

呂太后急視其人，卻是中郎將季布。季布不待太后問他，已向太后奏道：「從前高皇帝北征，率兵多至三四十萬之眾，以高皇帝之英勇，尚且被圍七日。樊噲那時本為軍中大將，不能打敗番奴，致使高皇帝坐困，弄得竟起歌謠。臣還記得歌謠之語是『平城之下亦誠苦，七日不食，不能彀弩。』目下歌謠未絕，兵傷未瘳。樊噲又欲去開邊釁，且云十萬人足矣，這明明是在欺太后女流之輩了。況且夷狄之邦，等於禽獸，禽鳴獸嗷，何必理它？以臣愚見，斷難輕討。」

呂太后被季布這樣一說，反把怒容易了懼色，連那個雄赳赳氣昂昂的樊噲，也被季布駁得默默無言，弄得沒有收場。

幸有陳平知機，出來解他急難，向呂太后奏道：「季將軍之言，固屬能知大勢。樊侯之忠，更是可嘉。愚臣之見，不妨先禮後兵，可先覆他一書，教訓一場，若能知罪，也可省此糧餉，否則再動天兵征討，並不為晚。」

陳平真是可人，這一番說話，只說得季布滿心快活，樊噲感激非常，連那呂太后也連連點頭讚許，當下便召入大謁者張釋，命他作書答報。

又是陳平來出主意道：「既然先禮後兵，書中詞意不妨從謙，最好索性贈些車馬之物給他，以示聖德及遠之意。」

張釋本來正在難於落筆之際，及聽陳平之言，有了主意，自然一揮而就，呈與太后。太后接來一看，是：

單于不忘敝邑，賜之以書。敝邑恐懼，退日自圖。年老氣衰，髮齒墮落，行步失度。單于過聽，不足以自汙。敝邑無罪，宜在見赦。竊有御車二乘，馬二駟，以奉常駕。

呂太后看畢，稍覺自貶身分，然亦無法，乃付來使而去。

冒頓單于見了回書，詞意卑遜，已經心喜。又見車乘華美，名馬難得，反覺得前書過於唐突，內不自安，便又遣人入謝，略言僻居塞外，未聞中國禮義，還乞陛下赦宥等語。此外又獻野馬數匹，另乞和親。呂太后大喜，乃厚賞陳平、張釋二人。並將宗室中的女子充作公主，出嫁匈奴。冒頓見了，方才罷休。

不過堂堂天朝，位至國母，竟被外夷如此侮辱，還要卑詞厚禮，奉獻公主進貢，公主

雖是假充，在冒頓方面，總認為真。幸而那時只有一個冒頓，倘使別處外夷也來效尤，要求和親，漢朝宮裡哪有許多公主，真的要將太后湊數了。

這個侮辱，自然是呂太后自己尋出來的。若因這場糟蹋之後，從此力改前非，免得那位大漢頭代祖宗，在陰間裡做死烏龜，未始不美。豈知這位呂太后外因強夷既已和親，邊患可以暫且平靜，內因她的秘事又被兒子知道，背後並無一言，呂太后便認作大難已過，樂得風流自在，好免孤衾獨宿之愁，於是索性不避親子，放膽胡為。

有一天，因為一樁小事，重責了一個名叫胭脂的宮娥。不料那個胭脂，生得如花之貌，復有詠絮之才，早與惠帝有過首尾，胭脂既被責打，便私下去哭訴惠帝。

惠帝聽畢，一面安慰胭脂一番，一面忽然想出一計，自言自語地道：「太后是朕親生之母，自然不好將她怎樣。審食其這個惡賊，朕辦了他，毫無妨礙，但是事前須要瞞過母后，等得事後，人已正法。太后也只得罷了！」

惠帝想出這個主意，便趁審食其出宮回去的時候，命人把他執住，付諸獄中。又因不能明正其罪，卻想羅織幾件別樣罪名加他身上，始好送他性命。無如惠帝究屬長厚，想了多時，似乎除了汙亂宮幃的事情以外，竟無其他之罪可加，只得把他暫時監禁，慢慢兒再尋機會。這也是審食其的狗運，遇見這位仁厚主子，又被他多活幾時；或者竟是他與呂太后的孽緣未滿，也未可知。

審食其既入獄中，明知是惠帝尋釁，解鈴繫鈴，惟有他的那位情人設法援救。候了數日，未見動靜，他自然在獄中大怪呂太后無情。其實呂太后並非無情，可憐她自從審食其入獄之後，每夜孤眠獨宿的時候，不知淌了多少傷心之淚。只因一張老臉，在她親子面前難以啟齒，但望朝中諸臣曲體她的芳心，代向惠帝求情。誰知朝中諸臣，誰不深恨食其做此犯上之事，不來下井投石，已是看在太后那張嬌臉分上；若來救他，既怕公理難容，且要得罪惠帝，所以對於食其入獄一事，大家裝做不知不聞，聽他自生自滅罷了。

食其又在獄中等了幾時，自知太后那面已是絕望，還是自己趕緊設法，姑作死裡逃生之望。後來好容易被他想出一個人來，此人是誰？乃是平原君朱建。

朱建曾為淮南王英布的門客，當時英布謀反，他曾力諫數次，英布非但不從，且將他降罪，械繫獄中。及至英布被誅，高帝查知朱建因諫入獄，是個忠臣，把他召入都中，當面嘉獎，賜號平原君之職。朝中公卿因他曾蒙高帝稱過忠臣，多願與之交遊，朱建一概謝絕，獨欽中大夫陸賈為人，往來甚暱。

審食其向來最喜趨炎附勢，因見朝中公卿願與朱建相交，他也不可落後，於是備了重禮，親去拜謁，誰知也遭閉門之羹。他心不死，輾轉設法，始由陸賈答應代為介紹，但叫食其不可性急，食其無法，只索靜候。過了許久，方接陸賈一封書信，急忙拆開一看，上面寫的是：

執事所委，屢為進言，朱公不敢與遊，未便相強；俟諸異日，或有緣至。所謀不忠，執事宥之！執事入宮太勤，人言可畏；倘知自謹，有朋自遠方來，胡患一朱某不締交耶？然乎否乎？君侯審之！

食其看完那信，只索罷休。

又過幾時，忽然聞得朱建母死，喪費無著，又因硜硜小信，不肯貶節，竟至陳屍三日，尚未入殮。食其得了這個消息，便重重地送了一筆賻敬，朱建仍不肯受，原禮璧還。食其又寫了一封信給他，大意是食其素欽君母教子有方，大賢大德，舉世無雙。戔戔薄敬，與君母者，非助君者，烏可辭謝。且不孝矣，實負賢名等語。

朱建正在為難之際，復見責以大義，方始受下。次日，親至食其處謝孝，不久即成莫逆之交了。及至食其下獄。連日昏昏沉沉，竟將朱建這人忘記。既已想起，趕忙派人去求朱建。朱建回覆使者，必為設法，請食其毋庸心焦，食其得報，當然喜出望外。不到幾天，果蒙赦罪，並還原職。

食其出獄，見過太后，即去叩謝朱建。朱建為之設宴壓驚。食其問起相救的手續，朱建屏退左右，始悄悄地說道：「這件事情，惠帝因恨執事入宮太勤而起，我思欲救執事，無論何人，不便向惠帝進言，除非是惠帝嬖幸之人，方才能有把握，我便想到閎孺身上。」

食其聽了，忙問道：「閎孺不是嗣帝的幸臣麼？你怎麼與他相識？」

朱建道：「此話甚長，執事寬飲幾杯，待我慢慢講與君聽。閎孺之母，昔與寒舍比鄰，其母生他的時候，夢見月亮裡掉下一隻玉兔，鑽在她的懷內，因而得孕。養下之後，十分聰明，其母愛同拱璧。不久其父病歿，其母不安於室，從人而去，不知所終。閎孺到了十二三歲的時候，貌似處女，不肯讀書。後為一個歹人所誘，做了彌子瑕的後身。從前屢至我家借貸，我亦稍稍資助；後見其既與匪人為伍，同寢同食，儼如夫婦，我惡其為人，因此不與往來。後來我蒙先帝召進京來，恩賜今職。一日，閎孺忽來謁我，我仍拒絕。閎孺乃在我的大門之外號泣終日，淚盡繼之以血。鄰人詢其何故如此？閎孺說：『朱某為近今賢人。』」

朱建說至此處，微笑道：「其實我乃一孤僻之人，烏足稱賢！」

食其道：「君勿自謙，賢不賢，自有公論。我的交君，本是慕名而來的呢。」

朱建聽了，甚有得色，又續說道：「當時鄰人又問閎孺道：『朱某縱是賢人，彼不願見君，哭亦無益。』當下閎孺又說道：『朱公待我有恩，我從前無力報答，迄今耿耿於心；我現為太子盈伴讀，極蒙太子寵眷，方想一見朱公之面，得聆教益。俟太子登基之後，我擬懇求他重用朱公。今朱公拒人於千里之外，我從何報答他呢？』後來閎孺仍是常來請

謁，我聞他有報恩之語，越加不願見他，他便漸漸地來得疏淡了。及執事派人前來，要我設法援救，我想閎孺既為嗣帝寵幸，這是極好的一條路子。我為執事的事情，只好違背初衷，反去尋他，他在南城造有一所華麗住宅，聞已娶妻，其妻即中郎將恆頗之女，生得極美，聞與嗣帝亦有關係。」

食其聽到此地，忙又插嘴道：「如此說來，閎孺不僅自己失身於嗣帝，且及妻子了，未免太沒廉恥！」

朱建笑道：「這是論他品行，另一問題；但因此而蒙嗣帝言聽計從，否則執事沒有他來幫忙，危險孰甚。我既要去尋他，自然只好到他的私宅，誰知我去見他的時候，竟鬧了一場不大不小的笑話。」

第二十四回　甥舅聯婚

朱建與食其說到他去見閎孺的時候，鬧一個笑話。這個笑話，且讓不佞來代朱建說罷。

原來閎孺自蒙惠帝寵幸之後，惠帝愛他不過，便由惠帝作伐，將中郎將恆頗的愛女，小字叫恆嫦娥的，許與閎孺。嫦娥原負美名，世家閥閱，無不想她去作妻子。她卻目空一切，數年來沒有一位乘龍快婿選中。後來惠帝作伐，她始不敢峻拒，但也要求先須與新郎一見，及見之後，果然稱心。結褵以來，閨房燕好，不佞這枝禿筆實在無法描寫，只好一言以蔽之。鶼鶼鰈鰈，如魚得水，似鳥成雙罷了。

一天，惠帝戲謂閎孺道：「朕的寵愛你，究竟至如何程度，你倒說說看，可能猜中朕的心理？」

閎孺笑答道：「臣知陛下恨不能身化為泥，與臣的賤體揑做一團。」

惠帝聽了，樂得手舞足蹈地道：「你真聰明，真說到朕的心裡去了。」

閎孺又說道：「臣的心理，只想將臣的身子磨骨揚灰，灑於地上，那就好使陛下日日行路，履上總沾著臣所化的泥塵。」

惠帝說道：「此言該打。」

閎孺道：「何以該打呢？難道天下還有比臣對於陛下再忠誠的麼？」

惠帝也笑道：「你既如此忠心，怎麼不死呢？這不是明明當面巴結朕的話說麼？」

閎孺聽了，正色答道：「臣並非不忠心，也並非不肯死。現在活著，只恐怕陛下傷心臣死後，沒人陪伴陛下了。」

惠帝聽了，卻呆了一會兒，驀然一把將閎孺的纖纖玉手緊緊捏住道：「你這一句話，已經說得朕傷心起來，倘使真的死了，朕也不願為人，不願為帝了！」

惠帝說至此處，忽又微笑道：「朕還有一件事情命你去做，恐你未必應命。」

閎孺道：「微臣死也情願，尚有何事不肯應命呢？陛下請快宣布！」

惠帝聽了，便與閎孺耳語數語。閎孺聽了，半晌低了頭，默默無言。

惠帝道：「你莫發愁，這件事情本在人情之外。你若愛朕肯做，朕自然歡喜無限，不肯做呢，朕也決不怪你。」

閎孺聽畢，方始答道：「陛下未免錯會微臣之意了，臣的不答，並非不肯，但有所思耳，因為臣婦乃是平民，未曾授職，如何可以冒昧進宮？」

惠帝道：「這件事情有何難！朕馬上封她一職就是。」

閎孺道：「這還不好，太后倘若知道，微臣吃罪不起，要麼可使臣婦扮作男子，偕臣進來，方才萬無一失。」

惠帝大喜，急令照辦。

閎孺回至私宅，將惠帝之意告知嫦娥。嫦娥初不肯允。後經閎孺再三譬解，嫦娥聽了，口雖不言，雙頰漸漸紅暈起來了。閎孺知她意動，忙令穿上男子衣服。等得裝扮之後，果然變為一個美男子模樣，夫妻二人儼然像是同胞弟兄。閎孺大喜，便將嫦娥悄悄地引進宮內，於是達了惠帝大被同眠的目的。

一住幾天，惠帝賞賜種種珍玩給嫦娥作遮羞之錢。閎孺、嫦娥謝過惠帝，閎孺道：「我妻可以易釵而弁，我就可以易弁而釵。」

惠帝不待他說完，便笑說道：「你肯與你妻子互易地位，朕更有賞賜。」

閎孺笑道：「臣不望賞賜，只求陛下歡心足矣！」說完，真的扮作婦人，惠帝自然喜之不盡。

一天，閎孺夫妻二人偶然回至私宅，閎孺因為要固惠帝之寵，便在家中用了一面巨鏡，照著自己影子，要使一舉一動與婦女無異，於是竟成輕盈巧笑，朱唇具別樣功夫，嫋娜纖腰，翠袖飄新鮮態度；鳴蟬之髻，獨照青燈；墮馬之鬟，雙飛紫燕；芳容酒困，須如

二月之桃；媚臉情生，恰似三秋之月；斜倚豆蔻之窗，調琴詠雪；醉眠茱萸之帳，傍枕焚香；綠減紅添，妒煞陌頭之柳，珠圓翠繞，渾疑樓上之人；惱時恨水愁煙，淚灑湘妃之竹；喜時飛花舞絮，聲傳笑婦之城。閎孺這一來，彷彿在婦女學校卒了業的樣子。

他還恐怕有時忘記，平時在家，也著女裝。

這天他正與嫦娥對酌的時候，忽聽得家人報進，說是平原君朱建親來拜謁。他這一喜，非同小可，也來不及再去改裝，慌忙命丫鬟們，將朱建引入中堂，自己站在門前迎迓。朱建久與閎孺不見，哪裡還會認得，及見一位二九佳人出來款待，必是閎孺在宮未回，他的妻子嫦娥前來會他，趕忙上前一揖，口稱嫂嫂不已。

閎孺正想有個外人，前來試驗試驗他的程度如何，便不與朱建說穿，當下嬌聲答道：「朱家伯伯，快請上坐。」

朱建坐下，寒暄幾句，便問道：「嫂嫂可知閎孺見何時回家？我有要事，特來通知。」

閎孺又假裝答道：「拙夫在宮伺候主上，三天兩天方始回家一次，朱家伯伯有話，儘管請說便了。」

朱建恐怕一則誤事，一則托她轉言，也是一樣，便說道：「辟陽侯審食其入獄之事，外人都說是閎孺兄向嗣帝進的讒言，未知嫂嫂可知此事？」

閎孺聽了，也吃了一驚道：「兒夫與辟陽侯素無嫌隙，何至與他作對？外人之話，定是謠言。」

朱建道：「我也不信此事。但是眾口悠悠，若辟陽侯一死，太后必定要怪著閎孺兄的。我是好意，前來關照，嫂嫂何不轉達閎孺兄，請他去求嗣帝，速將審食其赦了。在嗣帝方面，何必得罪太后，在閎孺兄方面，也好免眾人之疑。此事於人於己，兩有利益，似乎宜早為佳。」

閎孺聽了道：「朱家伯伯既如此說，奴當轉達兒夫便了。」

朱建道：「嫂嫂既允轉達，我要告辭了。」

閎孺聽了，忙把他頭上的假髻一去，對著朱建狂笑道：「朱恩公數年不見，真的不認得我麼？還是我裝著女人模樣，一時辨別不出。」

朱建此時驀見這位閎孺夫人一變而為男子，倒把他大大地嚇了一跳，及聽閎孺的口音，方知閎孺扮了女人，與他鬧了半天，不禁也大笑道：「留侯少時，人家說他像個處女；陳平面如冠玉，人家也說他像個好婦人，其實不過說說而已。我兄易弁而釵，真是一位天生美人呢！」

閎孺聽了，知道自己的程度已達登峰造極，心中自然大樂，忙去將他的妻子喚出，拜見恩人道：「這才是真正的內人嫦娥呢。」

朱建慌忙一面與嫦娥行禮，一面也戲閎孺道：「君夫婦真是邢尹難分了。」於是又談

了一陣，方始辭別回家。

不到幾天，就聞知惠帝赦了審食其。後來審食其前去謝他，他提起笑話之事，不佞故替他代說出來。當時食其聽畢，謝了朱建轉託之勞，急去親謝閎孺。

那時閎孺是否仍是女裝見他，毋庸細敘。單表呂太后一見情人出獄，恍似久旱逢甘雨一般，愈加有情，愈加得意。惟見食其的興致不如往常，呂太后問他何事煩悶，食其又不肯言。食其的不言，明是因為只要開口，即被呂太后發出雌威，令人難受，還是做個息夫人無聲無息，免得淘氣。

呂太后明知食其的悶悶不樂，是怕她的兒子作梗，好在她自命滿腹奇才，只須眉頭一皺，頃刻就有一妙計。她便又用一條調虎離山之計，把惠帝似乎軟禁起來。不過這個軟禁，不像她從前在楚營中作質那樣。乃是將惠帝娶一妻子，使他有床頭人牽絆，便無暇來管她的私事，而且還要把惠帝新房做得離開甚遠，更使消息不靈，兩不相見，於是越加清靜了。

那時正是惠帝四年元月，惠帝年已弱冠，所聘的皇后，不是別人，卻是惠帝嫡親甥女，胞姊魯元公主的千金。魯元公主雖比惠帝大了數歲，可是這位千金卻比惠帝小著一半，新娘芳齡僅僅十有一歲。以十一歲的小姑娘來主中宮，已屬大大奇事，還要甥舅配為夫婦，更是亂倫。無奈呂太后立意要做此事，誰人敢來多嘴。惠帝本是儒弱，也不敢反對母后的主張。

那天已屆惠帝冊立皇后喜期，新房做在未央宮中，一切大典自然異常富麗堂皇。只是新郎已經成人，新娘尚是幼女，交拜的時候，旁人看了這位新娘與新郎並立一起，她的身材僅及新郎的肩上。如此的一個小姑娘行此大禮，宛似一個東瓜在紅氈上面滾動而已，竟有人笑得腹痛，不過不敢出聲，怕惹禍祟，反去向呂太后湊趣道：「一對璧人，又是至親，將來伉儷情深，可以預卜，都是太后的福氣。」

呂太后聽了，當然萬分高興。

這天晚上，乃是合巹之期。惠帝睡到龍鳳帳內，一把將那位新娘皇后嬌小玲瓏的身體抱入懷中，覺得玉軟香柔，又是一番風味。

誰知那位皇后，年紀雖輕，已知人事，一任惠帝倒鳳顛鸞，成了百年好合之禮。這也是天生異人，彷佛老天特地製造出一位早開花的奇樹，真正好算一件奇文。

次日，新郎新娘去謁呂太后的時候，由未央宮到長樂宮，也有幾里的路程，於是同坐御輦，數百名宮娥彩女簇擁著慢慢行去。

豈知皇后身材究竟太小，不知何時跌出路旁，惠帝竟未覺著，驀然看見並坐之人失其所在，不禁一嚇。正在命把御輦停下，口稱皇后失蹤的當口，忽見一群宮娥彩女笑嘻嘻的，已將皇后抱著送進輦中來了。皇后經此一跌，便去緊緊偎著惠帝懷內，惠帝也把她牢

牢掰住。總算到了長樂宮中，並未第二次跌出。

這件笑史，卻非不佞杜撰，淵博君子自然知道。不過不佞寫得不甚莊重，略有輕侮皇后之意罷了。

及至呂太后見了這一對新兒新婦，高興得摩挲老眼，儘管抱著新娘不放。一時天良頓現，便笑對新娘說道：「汝從此以後，切莫稱我為外祖母了，汝的輩分現已提高一輩，見我的時候呢，自然以婆媳稱呼。不必因為稱我婆婆，防汝母親與我同輩不便，只要各歸各的稱呼就是。」

皇后奉命，坐了一會兒方始回宮。

誰知皇后一天看見嫦娥在與惠帝調情，同時又見一個男扮女裝的閎孺，夾在裡面混鬧，居然把一個小小醋瓶打得粉碎，且向惠帝哭鬧道：「臣妾年紀雖小，明明是位正宮，今陛下令此等無恥男女混在深宮，是否有意蔑視臣妾！」

惠帝只得好言相勸，又命閎孺夫婦跪向皇后告饒。不知閎孺夫婦究有如何手段，不多幾時，這位小皇后非但不以惡聲相加，且令長在宮中伴駕。太后方面，她會代為遮瞞。惠帝喜出望外，索性和皇后說明，太后宮中還有兩宮女：一名胭脂，一名翡翠，均與自己有過關係，要請皇后成全她們。皇后一口答應，去向太后討來。

太后只要兒子不來干涉她的私事，一兩個宮人算得甚麼，於是准了皇后之奏，冊立為妃。惠帝有此數人相伴，朝朝寒食，夜夜元宵，大樂特樂，便把身子糟蹋得不成模樣了。

呂太后只知自己行樂，情願少見兒子之面。偶爾前來朝見，匆匆數語，也看不出兒子得了弱症。呂氏一生的罪惡，單是這椿事情，已經無面目見她劉氏祖宗。這且不說。

有一天，惠帝命將未央宮與長樂宮的中間，由武庫南面，築一復道，以便他去朝見太后的時候，毋須經過市巷。一則鑾蹕出入，往往斷絕交通，使民間不便；二則膽小，生怕路上或有刺客，那還了得。

這個主意，皇后已經反對，因為皇后仰體外祖母而兼婆婆的心理，自然不願皇帝常至長樂宮中，攪擾太后的閒情逸致。無奈拗不過皇帝，便去運動帝傅叔孫通出面諫阻。

叔孫通也是一位善於拍馬的人物，一口應允，真的趨至未央宮中，諫惠帝道：「陛下新築的復道，正當高皇帝衣冠出遊的要路，奈何將它截斷，瀆慢祖宗，未免有失孝思！」

惠帝聽了，果然大驚失色道：「朕一時失卻檢點，致有此誤。」

叔孫通道：「陛下既知有誤，何不即命停工呢！」

惠帝道：「朕素來無所舉動，偶築小小復道便要取消，朕亦不願。可在渭北地方另建原廟，高皇帝衣冠出遊渭北，省得每月到此。且多建宗廟，也是人子應為之事。」

叔孫通的諫奏，本非此意，不過想借這個大題，阻止惠帝築道的意思，今見阻止不住，自然還要再諫。

惠帝又道：「高皇帝的陵寢，本在渭北，陵外有園，所有高皇帝留下的衣冠法物，並皆收藏一室，按月取出衣冠，出遊一次，不必定經朕所築的復道。朕意已決，師傅毋庸多言！」

叔孫通碰了一鼻子灰，只得掃興退下。

皇后密告太后，太后也無法阻止，只得比較的留心一點，省得露出馬腳。這樣一來，無非宮娥彩女多些忙碌。

誰知宮娥彩女愈加小心，宮中愈出災異，總計自惠帝春天起至秋天止，宮內失火三次。第一次是長樂宮中的鴻臺，第二次是織室，第三次是未央宮中凌室，這還是宮內的火災，後來外地也跟著鬧出別樣怪象。外地又是甚麼怪象呢？宜陽地方，一天忽然雨起血來，腥穢無比。十月裡響起大雷，長雨不止，人民損失不發。近都地方，冬天桃李生花，棗樹結實。有人說，這都是陰盛陽衰的不祥之兆。老天雖是警告呂太后，無如呂太后毫不在意。還有那班貪圖祿位的臣子，反說這些事情都是祥瑞，國運方興的表示。

又過一年，曹參一病身亡，予諡曰懿，其子曹窋襲爵平陽侯。呂太后不忘高皇帝遺囑，擬用王陵、陳平為相。一混半年，至惠帝六年，始任王、陳二人。但將相國名義廢去，添設左右兩個丞相：王陵為右，陳平為左。又任周勃為太尉，國家幸而無事。

又過數月，留侯張良在府病終。張良本來多病，又見高皇帝、呂太后，次第屠殺功臣，生怕輪到自己頭上，借學仙為名，深居簡出，不談國事。及至高皇帝歸天，呂太后念其從前力保太子之功。每每將他召進宮中，強令酒食，並且勸他道：「人生在世，無非白駒過隙，樂得要吃便吃，要穿便穿，何必自尋苦惱。」

張良卻情不過，只好稍稍飲食。誰知辟穀之人苦再重食，就有大害。張良之死，也可以說是呂太后栽培他的。張良既歿，呂太后贈以厚資，並謚為「文成」。張良曾隨高皇帝至穀城，無意中得著一塊黃石，認作圯上老人的化身，生時敬禮有加，設位供奉，臨死時候，留下遺囑，命將黃石伴葬墓中。長子名叫不疑，照例襲爵，次子名叫辟疆，年僅十四，呂太后酬功起見，授官侍中。

張良死不多時，舞陽侯樊噲也繼張良到陰間去事高皇帝去了。樊噲是呂太后的妹夫，又是高皇帝微時侶伴，自然更要優予恤典，加謚為「武」。其子樊伉襲封。呂太后姊妹情深，常召呂嬃入宮與宴。那時呂嬃的情人，因事已把醉櫻桃殺死，不久自己也吐血而亡。呂嬃影隻形單，又相與上一個士人，名叫徐衍的，躲在家中快樂，不願常進宮去。

呂太后惡她不識抬舉，以後便不甚召她了，那時外邊忽然起了一個謠言，說是審食其亦與呂嬃有染。日太后聞知此語，即將食其的衣服褫盡，恨他無情無義，也要治他人彘的刑法。

食其是眼見戚夫人身受其痛的，自然嚇得心膽俱碎，叩頭如搗蒜地道：「太后不可輕

信謠言，臣早罰過血咒，若有二心，應死鐵椎之下。臣既陪伴太后有年，斷乎不敢再作非禮之事。」

呂太后本是嚇嚇他的，假怒一場，自然了事。不過對於她的妹子呂嬃，從此不准她進宮去了。呂嬃情人徐衍，就是惠帝妃子翡翠之兄。他因為與翡翠不睦，情願放棄國舅的身分，惠帝屢召不至，只得罷休。

一天，惠帝聚集翡翠、胭脂、閎孺、嫦娥等人，陪同皇后設宴取樂，無端鬧出一樁風流案子，倒也要算奇文。

第二十五回　秘洞尋狐

傍水依山，築就幽岡雅塢；蒔花壘石，修成御苑名園；清風習習，無非種竹之亭；碧月溶溶，不愧凌雲之閣；紅樓望海，傑棟偉梁；白塔回溪，珠心玉角；芬芳撲鼻，重重芍藥之欄；馥郁迎人，曲曲荼蘼之架；梧桐之樹，密結成林；橘袖之香，遙飛入榭；游魚避釣，睡鶴聞琴；既有梁王之兔，復多佛氏之雞；不是百姓之園，實為皇家之圃。這是甚麼地方？乃是未央宮的一座花園。此園便是前秦阿房宮的仙圃。因為蕭何修造漢宮，即把這個地方改為未央宮花園，名曰新園。

園中景致，大略已如上述。但這園內，有一個古洞，相傳洞中住有狐仙，每於月白風清之夜，或是雲迷霧擁之宵，常有狐仙出來迷人，雌狐迷男，雄狐迷女。最近的一樣事情，就是有一個宮奴，一夜偶經此洞，竟被一隻雄狐把她攝進洞去，盤桓數日，方始放她出洞。可憐這個宮奴，已被雄狐蹂躪得釵横鬢亂，月缺花殘，忙去奏知惠帝。惠帝不信，便命閎孺查覆。

這天惠帝正與大家在飲酒之際，閎孺便在席上，向惠帝奏道：「陛下命臣查勘古洞狐仙一事，臣已細細查明，此洞確有孤仙。牠在始皇二世時代還要厲害，凡迷之人，無不立斃。始皇二世曾遣僧道書符焚籙，捉拿洞內狐仙，誰知反被狐仙驅逐。始皇二世沒有法子，只得向牠軟求，封號祭祀，方才稍覺安靜。及至先帝登基之後，間有狐仙出來迷人，但是一接而去，並不傷害人的性命，先帝所以聽之。日前被狐仙攝人洞去的那個宮奴，確有其事。以臣愚見，可以每逢朔望，派人就在洞口祀牠一次，以表誠敬。或者能夠平安，也未可知。」

惠帝聽畢，十分驚駭道：「真有這等事麼？」

皇后在旁一聞此言，早已嚇得發抖，撲的躲到惠帝懷內道：「陛下快快准奏，最好命朝臣就替狐仙起廟，朔望虔心祭祀。臣妾未入都時，曾在趙地親見一位狐仙，牠非但姦污婦女，且有吃人情事，所以臣妾一聞此事，心膽已碎。狐仙既是稱仙，牠有道術，不管深宮密院，不問帝室皇家，見有美貌婦女必來相犯，臣妾最怕此事，未知陛下有否良法？」

惠帝聽了，一面安慰皇后，一面命閎孺傳諭管園內監，虔心祀奉，不得褻瀆上仙。閎孺領旨去了回來，大家方始暢飲。席間所談，無非都是各述生平聞見，不離狐仙一事。

等得席散，大家回室。獨有胭脂不甚相信狐仙的事情，平時雖然曾聽父老說過，她以為耳聞猶虛，目睹方實。她的膽子素來不小，那時又在大醉當中，她便暗忖道：「狐仙真有如此靈驗麼？我卻要去瞻仰瞻仰，果能被我撞見，我方相信。」

她想至此地，於是仗了酒膽，一個人來至新園，只見斜月在天，涼風拂面。那時正是夏末秋初，晚上暑氣已退，滿身香汗已被涼風吹乾。因為酒氣醺醺，臉上尚覺火熱，心中並無一個怕字。

將近洞門，遙見一隻似兔非兔、似雞非雞的東西，忽從樹下如飛地跑過，不禁一嚇。她還當看見的東西就是狐仙，不知怎的，不期然而然地便會膽小起來。又被涼風一吹，酒已醒了大半，她心裡一清，便自言自語道：「我何必與狐仙賭膽，我此刻看見的是否狐仙，我雖不敢決定，似乎銳氣已經退了不少，快莫多事；聽皇后的口氣，生怕狐仙尋著，躲開都來不及，我怎的反來找牠呢？」

她邊這樣地在想，邊把腳步回轉。

剛剛走至洞門，又見一隻雉雞向她眼睛前頭飛過。此刻看得清楚，知道方才所見必是這些東西。膽子一大，她又轉了一個念頭道：「不人虎穴，焉得虎子！我既來此，偏要進洞去看它一看。」

她又回轉身子，真向洞門行來。及至走近，趁著月光，先朝洞內一望，裡面雖不明亮，也不黝黑，因見洞門不大，只好低著頭，曲著背地鑽將進去。忽覺腳下踏著一物，仔細一看，似乎是隻兔子，她便暗罵道：「你這畜生，又來嚇我了。我若冒失一點，一定又

當你這東西是狐仙了呢。」

她剛剛罵畢，正想用腳去踢牠一下，攆牠走開，不要在此擋路。說時遲，那時快，忽見那隻兔子似乎又不像兔子，頓時撲的一聲人立起來，轉眼之間，已經化為一位美貌少年，一把將她抱定道：「你這位皇妃，承你多情，自己送上門來，也是小仙與你有緣，快快跟我入洞，成其好事，使你求仁得仁，不虛此來便了。」

胭脂此時始知真有狐仙，心中雖是害怕，但已被它抱住，欲逃不能，索性不響，看它如何。她正在腹中暗忖，那位狐仙已經知道她的心事，便邊將她抱入洞內，邊與她說道：「你既要看我如何，我說給你看看。」

狐仙說完，已至洞底，裡邊並沒甚麼陳設的東西，僅有一張石榻，兩張石凳而已。狐仙將她放在榻上，不知如何一來，她的衣裳等等，自會全行卸下，以後她便昏昏沉沉的不知人事了。

這且丟下不提，再說惠帝同了皇后回進寢宮，皇后仍是膽小，只求惠帝把她緊緊抱牢。惠帝笑道：「這樣不好，汝既如此膽怯，胭脂皇妃膽子素大，朕將她召來陪你。」說著，又與皇后耳語道：「大被同眠之興，朕又有數日不樂了。」

皇后聽了，也不反對。惠帝即命宮人速召胭脂皇妃來此侍寢。誰知宮人去了半天，單身回來道：「奴婢四處尋遍，不見胭脂皇妃。」

惠帝微怒道：「胡言，胭脂皇妃晚上向不出宮，快快再去尋來！」

宮人去後，突見嫦娥匆匆地進來報說道：「陛下快快同奴婢到園內去看胭脂皇妃，方才有人來說，據管國內監前來通知，說道：『胭脂皇妃一個人裸臥洞門，喚之不醒，特來稟知。』奴婢不敢作主，特來請陛下同人園內去看。」

惠帝聽了，大吃一驚，也不多言，急同嫦娥來至園內，未近洞門，已見胭脂真的寸絲無存，躺在洞門之外，慌忙走近，向她前胸一按，尚有熱氣，一面替她穿上衣服，一面抬入宮中，急召太醫診治。

太醫按脈之後，始奏道：「皇妃左右二脈，現尚震動，似是邪兆。」

惠帝點頭稱是。太醫急用避邪丹灌下。頃刻之間，胭脂已經蘇醒轉來，忙問惠帝道：「奴婢何以在此？」

惠帝聽了，但將她臥在洞門之事，告知了她。胭脂聽完，方才現出含羞的態度，低聲道：「這樣說來，狐仙是真正有的了。」

惠帝命她不必害臊，不妨據實奏來。胭脂初不肯說，後來惠帝硬逼不過，只得一情一節的說了出來。惠帝聽了，倒還罷了，只把這位小皇后娘娘直嚇得哭了起來。惠帝弄得沒有主張，幸知閎孺極能幹。問他皇后害怕狐仙，可有甚麼救急之法。閎孺便與惠帝耳語數句，惠帝急命照辦。閎孺去了一會兒，忙進來道：「已命法師，用符籙請大仙遷移了。」

皇后聽了，方始放下愁懷，好好安睡。其實是閎孺哄騙皇后，急切也無法師，即有法師，也無如此法術。不過狐仙本有靈性，凡無邪念的人，未必都來纏擾，況且皇后還是國母，自然無礙。一連數日，果然平安。

惠帝方始真的安心，一面誇獎閎孺果有急智，一面自到洞門默祝一番。從此之後，狐仙並不出來擾亂，但是此時惠帝已成弱症，每夜須有房事方能安睡，好在一后二妃，還有閎孺夫婦二人幫同行樂，惠帝倒也安寧。

一夕，翡翠、閎孺兩個輪著守夜。惠帝與皇后已經睡熟。翡翠因為長夜無事，便與閎孺二人鬥賭紙牌消遣。鬥了一陣，悲翠忽聞閎孺身上似有一陣陣的芬芳氣味，便悄問道：「你的身上藏有甚麼香藥，或是花露？」

閎孺聽了，微笑答道：「我從來不愛熏香。」說著，即以兩袖湊近翡翠的鼻邊道：「你再聞聞，方知我真的沒有甚麼香料藏身。」

翡翠聽了，果去仔細一聞，雖然不能指名閎孺袖內藏有何香，可是愈聞愈覺心蕩起來，不覺粉臉生春，眉梢露出蕩意。

閎孺本是偷香好手，於是以目傳情，用手示意。郎既有心，妾亦有意，他們兩個便悄悄地來至翡翠私室，神女會了襄王。一連數夕，很是莫逆。

翡翠卻私下對閣孺道：「少帝太覺貪花，奴父曾任醫官，奴亦略知醫術，少帝已成精枯血乾之症，必至不起，奴不甘作此冷宮孤孀，實想與郎白頭偕老，為婢為妾，亦所甘心。」

閎孺道：「我也不忍與你分離，第一樣是要望少帝萬歲千秋，你說他已成不救之症，可有甚麼藥醫呢？」

翡翠搖首道：「精血是人心之本，此物一無，就是神仙來治，也沒有法想的了。」說著，便長嘆一聲道：「咳！少帝待我等不薄，皇后年輕，也無嬌矜習氣，我等長在宮中伺候，豈不甚願，但是……」

誰知翡翠但是二字剛剛出口，可憐她的一雙媚眼之中，早已簌落落地掛下珠淚來了。閎孺更是傷心。二人欷歔一會兒，翡翠又說到本題道：「少帝之事，已屬無望，我等的事情，郎須答應我一個實在，讓我放心。」

閎孺聽了，沉吟半晌，漸現愁容道：「荊人嫦娥氣量最是狹小，我與你同居之事，恐難辦到。」

悲翠道：「她是郎的正式妻子，我當然只好讓她三分；就是不能同居，我做郎的外室，亦無不可。此地的曹太妃，便是先帝的外室，先帝是先有曹太妃，而後方有呂太后娘娘的。你看現在不是也同居宮中麼？」

閎孺聽到這裡，便戲翡翠道：「人彘之刑，你不怕麼？」

翡翠道：「我怎麼不害怕？戚夫人說也可憐，我也是當時的一位幫凶呢。」

閎孺道：「你倒下得了狠手麼？」

翡翠道：「我那時尚是宮娥，太后聖旨，敢不遵從麼？」

閎孺道：「你肯跟我，還有何說，不過少帝真個不幸之後，你是宮妃，如何能夠嫁我呢？太后何等厲害，須要想得周到才好。」

翡翠聽了道：「你不必管我，我自有法子。」

他們二人談了半天。惠帝正在四處的尋找他們，他們見過惠帝，惠帝問他二人何往，閎孺應聲道：「陛下龍體總不十分康健，翡翠皇妃正想瞞人割股，卻被臣無意中撞見。臣勸皇妃，這個割股之事，無非表示忠心而已，其實於受者沒甚益處，皇妃依臣的說話，方始作罷。足見陛下待人仁厚，方有這般忠心的妃子。」

惠帝聽了，似乎很憐愛地看了翡翠幾眼，道：「這又何必，朕這幾天精神尚旺，汝等切勿大驚小怪！若被太后知道，又要怪我不知保重。日前已經有人在奏太后，說道朕的身邊后妃太多，很於病人不利，太后已將此話向朕說知。朕當下答稱一后二妃伺候湯藥猶嫌不夠，怎的好說太多，太后聽了，方才叮囑朕要自知謹慎。」

惠帝說到此地，便恨得跺腳道：「朕總是一位天子，一共只有你們兩個妃嬪，人尚不容，朕活在世上，也無益處！」說著，便傷感起來。

翡翠、閎孺趕忙再三勸解，惠帝方始丟開此事不提。

這天晚上，輪著陪夜的乃是胭脂、嫦娥二人，翡翠、閎孺名雖分頭自去安睡，其實正好鴛帳鏖兵。他們二人正在春意洋洋的當口，忽見皇后親自前來呼喚翡翠。

因為惠帝忽然想起要看藥書，立命翡翠前去幫同檢查。翡翠聽了，一面請皇后坐下，一面走下床來，生防皇后來揭帳子，便要看見閎孺，慌忙放下帳子；又把帳子外面所懸的那頂覆幕也放了下來，方始去穿外衣，穿好之後，即隨皇后來至惠帝那裡，惠帝說出書名，翡翠自去檢查，檢查許久，卻檢不出惠帝所說的那服湯頭。

惠帝道：「朕也一時記不清楚，汝可攜回自己私室去查。查得之後，送來與朕觀看便了。」

翡翠攜書回房，趕忙奔至床前，揭開兩重帳幕，向閎孺道：「方才好險呀！萬一皇后來揭帳子，那就不得了了。」

閎孺道：「你看門外可有閒人，如沒閒人，快快讓我回房。」

翡翠道：「此刻沒人，你要走快走。」

閎孺剛想下床，忽又聽得他的妻子嫦娥和胭脂兩個人，邊說話，邊要走進來了。翡翠急悄悄地道：「你還是躲在鋪蓋裡面，且等他們來過之後再走。」

閎孺剛剛躲進，胭脂、嫦娥二人已經進來，向翡翠說道：「主上命你快查，我們在此

守候。」

翡翠笑道：「你們二位在此多坐一刻，這個湯頭，主上說得不甚清楚，未必查得出來呢！」二人坐下，候她再查。

翡翠又查了一陣，依然查不出來。胭脂忽然打了一個呵欠，又伸上一個懶腰道：「連日少睡，讓我暫在翡翠姊姊床上躺下一霎。」說著，便將那頂覆幕一揭，又把帳子揭開，和衣躺在床上。

那時翡翠一見胭脂忽然鑽到床上，這一嚇，只把她嚇得靈魂出竅，雙眼一陣烏黑，哪兒還會看得出一個字來。

閎孺也在鋪蓋之內，嚇得不敢喘氣，只望翡翠趕緊出去，好將她們二人帶出。誰知翡翠早已嚇昏，非但不把她們二人設法騙出，反而呆呆坐著，連藥書也不會檢查了。

嫦娥此時絕想不到她的丈夫會在翡翠的床上，自然毫不疑心，就是翡翠嚇得發呆，她也以為翡翠急切查不出來，怕被惠帝責怪，便勸翡翠儘管慢慢兒查，越急是越查不著的。哪知嫦娥正在與翡翠講話的時候，正是胭脂在床上與閎孺入彀的時候。

原來胭脂躺下之後，忽見被內墳起，偏去用手一揭，驀然見被內有一個人，卻是閎孺，始知翡翠已與閎孺有了曖昧事情。倘若鬧了出來，三方皆有不利。胭脂與翡翠本來比較嫦娥來得親暱幾分，自然要幫翡翠，反去示意閎孺，叫他勿嚇，免被嫦娥聽見。閎孺會意，當然不敢動彈絲毫。

誰知胭脂平時也在看中閎孺，因為一時沒有機會，只得暫時忍耐。此刻二人鑽在一床，乃是天賜良緣，若不有挾而求，就要上違天意，下失人心，還當了得，於是微有表示，閎孺自然是卻之不恭的了。

過了一會，嫦娥隔著帳子問胭脂道：「一上床便睡熟了麼？快快起來，大家坐著，大家引起大家的精神，不然，我也要睡進來了。」

嫦娥說完這句，只把床中的兩人，桌上的一位，同嚇得暗暗叫苦。

桌上的那位翡翠，她見胭脂睡進床去，許久並無聲息，知道吉多凶少，不是未曾看出，便是幫忙代瞞。正在要想藉句說話，先命嫦娥回報惠帝的時候，驀然聽得嫦娥說道，也要睡進床去，自然加二嚇煞。幸虧胭脂那時不能再顧公事已否完畢，慌忙一面答道：「我不睡，我不睡。」一面就鑽出帳子，也不再候翡翠查著與否，一把拖了嫦娥走出房來。及至出了房門，翡翠心中方始一塊石頭落地。

豈知接連又是一樁嚇人之事。你道何事？乃是翡翠的臥房走到惠帝的寢宮，必須經過嫦娥的臥房。嫦娥既是經過自己的臥房，便有要緊沒要緊的，隨便叫叫閎孺。你想那時閎孺自然不在房內，因為沒人答應，必致鬧破，此時的胭脂豈有不大吃一驚之理的呢？當下胭脂一聽見嫦娥在叫閎孺名字，忙又拖了嫦娥，只向惠帝那裡亂奔。

好得翡翠此時也已追了出來，三人同進惠帝房內。惠帝便問翡翠有否查著。翡翠答道：「委實查不出來，陛下或者真的記錯，也未可定。」

惠帝聽了，方才不叫再查，胭脂、嫦娥仍在惠帝房內伺候。翡翠又忙趕回自己房裡。明知此時閎孺斷斷不會再在她的床上，但是賊人心虛，總是再看一看來得放心。這是普通人們的心理，並非翡翠一個人是這樣的。

第二十六回　太后稱制

翡翠與胭脂二人本是呂太后宮中的宮娥，平日既在一起，自然較他人為密切。及至一同選做惠帝妃子，各思固寵，反而疏淡起來。又因各人私下看中閎孺，大家表面避嫌，更弄得有些尷尬，現在胭脂既替翡翠隱瞞藏人之事，翡翠對於胭脂當然萬分感激。後來打成一氣，一男兩女私下瞞人取樂，且不細說。

惟有惠帝，生不逢辰，碰見如此的一位太后，心中愁悶，便借酒色消遣。後因已成弱症，對於酒字，自然減退；對於色字，欲澆虛火，真有片刻不能離開之勢。加之皇后不算外，一男三女，宛如四柄利斧。可憐一株脆弱之樹，如何禁受得起！於是惠帝勉強延至七年仲秋，竟在未央宮中撒手西歸。

一班文武官員統至寢宮哭靈，大家見太后坐在惠帝屍旁，雖似帶哭帶語，面上卻沒淚痕，當下個個腹中都在稱奇不止。又想太后只此親生之子，年甫二十有四，在位僅及七年，理該哭得死去活來，方合人情，如今這般冷淡，不知內中有何隱情。大家既猜不透，

只得幫辦喪儀，各盡臣職而已。

獨有侍中張辟彊，乃是張留侯次子，年輕有識，他已窺破太后的隱衷，等得殮後，隨班退出，徑至丞相府中，謁見陳平。陳平因他是故人之子，格外優待，寒暄數語，便欲留餐。辟彊不辭，乃在席間語陳平道：「太后只生一帝，臨喪哭而不哀，君等曾揣知原因否？」

陳平素負智士之名，對於這事卻未留意，此刻因被辟彊一問，似乎有些局促起來，便轉問辟彊道：「君既見問，當然已知其意了，請即明示！」

辟彊道：「主上駕崩，未有子嗣。太后恐君等另有他謀，所以不遑哭泣，斷非對於親子如此無情，其理至顯。君等手握機樞，既被見疑，須防有禍。不若請太后立拜呂臺、呂產為將，統領南北兩軍，並將諸呂一體授官，使得居中用事。那時太后心安，君等方得脫險。」

陳平聽畢，連連點首稱善，並握了辟彊的小手道：「子房有子矣！」

一時餐畢，陳平急急入宮，面奏太后道：「朝中宿將老臣紛紛凋謝，主上又崩，國事未定，民心未安，臣甚憂慮，太后當有善後的良法，臣當唯命是從。」

呂太后聽了，欷歔說道：「君為漢室棟樑，君應有所陳述。」

陳平道：「呂臺、呂產，智勇雙全，惟有即日任為將軍，分掌南北禁兵；呂臺、呂產皆是太后從子，此二人必能為漢室的保障，伏乞太后准行！」

呂太后聽畢，心裡暗喜道：「陳平才智，真是令人可愛！」便含笑答道：「君為丞相，既以為是，我當准奏。」陳平退出照辦。

呂太后從此專心痛哭兒子，每一舉哀，聲淚俱下，較諸惠帝臨終的時候判若兩人了。

過了二十餘日，惠帝靈柩出葬長安城東北隅，與高皇帝陵墓僅距五里，號為安陵。群臣恭上廟號，叫做孝惠皇帝。惠帝后張氏究屬年幼，未能生育，呂太后想出一個妙法，暗取後宮不知誰何之子，一個小孩，納入張后房中，詭稱是張后所生，立為太子。又恐此子之母異日多事，一刀殺死，斷絕後患。惠帝葬事一畢，偽太子立為皇帝，號稱少帝。

少帝年幼，呂太后仍是臨朝稱制。《史記》因為少帝來歷不明，略去不書。但漢統幸未中斷，權以呂太后紀年。一是呂太后為漢太后，道在從夫；二是呂太后稱制，為漢代以前所未聞；大書特書，寓有垂戒後人的意思。存漢誅呂，確是史臣謹嚴之筆。

呂太后既是仍掌大權，便欲封諸呂為王。當時惱了一位忠直大臣，竟與呂太后力爭。此人大聲呼道：「高皇帝臨終以前，召集群臣，宰殺白馬，歃血為盟，謂以後非劉氏不得封王，違者天下共擊之；今口血來乾，奈何背盟毀約起來？」

呂太后瞋目視之，乃是右丞相王陵。一時欲想駁詰，急切說不出理由。若是聽之，後來如何有權辦事？只急得滿頭大汗，青筋暴綻，幾乎眼淚也要迸出來了。

她此時的不哭，因為尊嚴起見，也是強思示威的意思，左丞相陳平，與太尉周勃，一見太后沒有下場，於是同聲迎合道：「王丞相之言，未免有些誤會高皇帝的本意了。高皇帝說，非劉氏不得封王，後又緊接一句是，非有功不得封侯，這明明是指無功而濫竽王位的而言。高皇帝平定天下，曾封子弟為王；今呂太后稱制，分封呂氏子弟為王，夫唱婦隨，有何不可。」

呂太后聽了，甚是暗讚陳、周二人，臉上便露出高興的顏色來了。

王陵一見陳、周二人忽然附和，忘記地下的先帝，頓時怒氣填胸，仍舊據理力爭。無奈寡不敵眾，自然失敗。退朝出來，王陵卻向周勃、陳平兩個發話道：「先帝歃血為盟，言猶在耳，君等都是顧命大臣，如何不持公理，只知阿順，貪圖祿位？實為不取。試問將來有何面目見先帝於地下乎？」

陳平、周勃二人微笑答道：「今日面摺廷爭，僕等原不如君；他日安劉氏，定社稷，恐怕君不如僕等呢！」

王陵哪兒肯信，悻悻而去。次日，即由呂太后頒出制敕，授王陵為少帝太傅，奪他相位，由陳平升補。所遺陳平左丞相之缺，就以情人審食其補授。王陵自知已為太后所惡，連忙辭職。呂太后也不挽留，任他自去。

呂太后又查得御史大夫趙堯，嘗為趙王如意定策，力保周昌相趙，便誣他溺職，坐罪褫官。另召上黨郡守任敖入朝，補授御史大夫。任敖曾為沛吏，呂太后從前入獄被笞的時候，略事照應太后，太后此舉，乃報他昔日之恩。過了數日，呂太后又追贈生父呂公為宣王，升長兄呂侯、呂澤為悼武王。她恐人心不服，特封先朝舊臣，郎中令馮元擇等人為列侯；再取他人之子五人，硬作惠帝諸子，一個名彊，封為淮陽王；一個名不疑，封為恆山王；一個名山，封為襄城侯；一個名朝，封為軹侯；一個名武，封為壺關侯。

誰知呂太后大權在握，正想大大地加恩愛女魯元公主的時候，偏偏魯元公主沒有福氣，連忙病死。日太后哀痛之餘，即封魯元公主的兒子張偃為魯王，諡魯元公主為魯元太后。又思諸呂若由自己徑封，究屬無謂，最好須由朝臣代請，乃密使大謁者張釋，即從前代為作書覆冒頓之人，命他示意陳平，由陳平代諸呂請封。

陳平聽了，哪敢不從，即日上書，請割齊國的濟南郡為呂國，做了呂臺的王封。呂太后准奏，既已開例，即封呂臺為呂王。不料呂臺也沒有福命，一得王封，居然與世長辭。呂太后又命其子名嘉的襲封。復封呂澤幼子呂種為沛侯。呂太后的寡姊之子，仍姓呂姓。呂平為扶柳侯，呂祿為胡陵侯，呂他為俞侯，呂更始為贅其侯，呂忿為呂城侯。眾人封畢，封無可封，又封呂嬃為臨光侯，呂嬃情人徐衍為新侯。

呂太后猶恐劉、呂兩姓不睦，終不平安，若使劉、呂聯起姻來，便好一勞永逸。那時齊王肥已歿，予諡悼惠，命他長子襄嗣封，次子章，三子興居，均召入都中，派為宿衛。

即將呂祿之女，配與劉章，加封劉章為朱虛侯；劉興居為東牟侯。又因趙王劉友，梁王劉恢，年均長成，復把呂氏女子配與二王為妻。二王哪敢違旨，自然娶了過去。

呂太后這幾年如此的苦心安排，以為可長治久安了。誰知她所立的少帝，忽然變起心來。少帝起先年幼無知，當然只好由她播弄。及至漸長，略懂人事，就有一班歹人，將呂太后掉包以及殺他生母的事情，統統告知了他。

這位少帝卻沒有惠帝來得仁厚懦弱，他一聽了那些說話之後、自思朕已貴為天子，尋根究蒂，生母如此慘亡，哪好聽她？於是對於張后漸漸地不恭順起來。張后偶有訓責，他便應聲道：「太后殺死朕的生母，待朕年長，必要報仇。你既非朕的親母，免開尊口，一個不對，朕可攆你出宮。」

張后聽了，豈有不氣之理，便將少帝的言語告訴呂太后。呂太后尚未聽完，已氣得咬了牙齒發恨道：「小小年紀，竟有如此主張。等他長大，我的一條老命還想活麼？」想了一會，即將少帝拘入永巷，決計另行擇人嗣立。當下發出一道敕書，她說：「少帝忽得怪疾，不能治事，應由朝臣妥議，改立賢君。」

這些事情，本是丞相責任。審食其固然以呂太后之命是從。就是那位陳平，一意逢迎，率領屬僚，就闕朗奏道：「皇太后為天下計，廢闇立明，奠定宗廟社稷，臣等敢不奉詔。」

呂太后道：「汝等公議！只要能安天下，我也服從眾意。」

陳平退下，即在朝房互相討論。但是未知聖意所在，臣下何敢妄出主意。陳平乃運動內侍，探聽呂太后究竟屬意何人，就好奏聞，後來果被他探出。呂太后所屬意的，卻是恆山王義，此人即是從前的襄城侯山，為恆山王不疑之弟。

不疑大逝，山因嗣封，改名為義。呂太后既然看中他了，他自然就有暫作皇帝的命運。於是群臣力保，太后依奏，那些無謂手續均已做到，又改名為弘，即了帝位。永巷之中的少帝暗暗處死，便稱弘為少帝。弘年亦幼，仍是太后費心代勞。

不久，淮陽王彊亦死，壺關侯武繼承兄爵，倒也相安。惟有呂王嘉，甚為驕恣，連呂太后也不在他的心上。他既在老虎頭上搔癢，呂太后如何放得他過，因欲把他廢置，另立呂產為呂王。呂產本為呂嘉之叔，即呂臺胞弟，以弟繼兄，已成那時的慣例了，豈知呂太后仍欲臣下奏請，因此耽擱下來。

可巧來了一個齊人田子春，實知宮中之事，巧為安排，一來為呂氏效勞，二來為劉氏報德，雙方並進，也是一位智士。

先是高皇帝從堂兄劉澤，受封營陵侯，留居都中。田子春嘗到長安，旅資適罄，因挽人引進劉澤門下，一見甚洽。那時劉澤屢望封王，便命田子春代為劃策。當下由劉澤付田子春黃金五百斤，託他設法鑽營。

不意田子春拿了那筆金子，回他齊國去了。初時劉澤當他家中有事，尚在盼他事了即來。後來等了兩年之久，仍無消息，不得已專人赴齊尋找子春。其時子春已用那筆金子營運致富，見了來人，趕忙謝過，即命來人返報劉澤，約期入都相會。來人回報，子春挈子攜金，來至都中，但是不去拜謁劉澤，獨自出金運動，將他兒子送居大謁者張釋門下。

張釋本是閹官，因得呂太后之寵，極有權力，他正想羅織人才，一見田子，喜其俊逸，留居門下。田子已受其父秘計，館事張釋，漸得歡心。

一日因子求張釋駕臨其家小酌，以便蓬蓽生輝，張釋慨然應允。及到田家，子春出迎，寒暄之後，相見恨晚。子春設席款待，備極殷勤。酒過三巡，子春盛譽張釋有才，且得太后信任。張釋微笑道：「太后待我良厚，惜我無甚作為，報答太后耳。」

子春道：「太后視朝以來，天下稱頌，雖是太后天才，也是諸呂之助。太后本欲多封諸呂王位，因恐臣下不服，是以遲疑。今聞太后欲廢呂王嘉，臣下未知聖意，未敢擅請。足下久侍宮帷，定知太后心意。」

張釋道：「太后之意，無非欲以呂產為呂王耳。」

子春道：「足下既知此事，何不示意朝臣，請封上去。呂產果得封為呂王，足下亦有功呢。」

張釋聽了大喜，稱謝辭去。不到數日，呂太后升殿，諮詢群臣，何人可以改立。那時群臣已得張釋通知，忙將呂產保薦上去。太后甚喜，即封呂產為呂王。退朝之後，知道此事是張釋示意臣下，即以黃金千斤，賞賜張釋。

張釋不忘田子春提醒之功，分金一半，送與子春。子春謝過，又乘間語張釋道：「呂產現已得了呂王，我聞群臣意中，尚未心服，必須設法調停，方是萬全之策。」

張釋失驚道：「這又奈何？」

子春道：「營陵侯劉澤，為諸劉長，現雖兼管大將軍之職，尚未封王，究屬不免怨望。足下可以入告太后，何妨裂十餘縣地，加封劉澤為王。如此，劉、呂兩姓方得平穩，足下也不白替呂產費心了。」

張釋聽了，忙又以此話告知呂太后，呂太后本不願意，嗣聞封劉即是安呂，劉澤又是呂媭的嬌婿，方始勉允其請，乃封劉澤為琅琊王，遣令就國。田子春一見目的已達，才去謁見劉澤。劉澤早已有人報知，此次得封王位，全是子春之功，相見之下，異常感激，便邀子春同行，俾可酬勞。子春且不談話，急請劉澤連夜起程。

劉澤不知子春用意，因其確有奇才，自然遵命。後來就國之後，方知呂太后果有悔意，並且派人追趕他們，嗣因他們已出了函谷關了，望塵莫及，只得回報太后。

太后既因追趕不回，一時未便大張曉諭地收回成命，只得作罷。劉澤事後始知子春果有先見，乃將一切國事統統付他主持。這且不提。

單說呂太后為人，本最多疑，每以小人之心去度他人，俗語說得好，「心疑生暗鬼」，於是往往弄出無中生有的麻煩出來。

原來那天呂太后因為懊悔封了劉澤為王，正在悶悶不樂之際，忽見趙王友的妻室前來告密，說道她夫趙王友，鬼鬼祟祟，深恨諸呂，將有謀反情事。她原是呂家女子，呂太后哪有不信之理，當然氣得倒豎雙眉，火迸腦頂，立派將士往拿趙王。

其實趙王何嘗謀反，都是呂女有意誣告。那麼呂女既為趙王王妃，何故定要害她丈夫呢？此事說來，甚堪發噱。趙王本有姬妾，個個都是才貌雙全之人。趙王因為這位呂王妃，乃是呂太后作伐，明是派她來監督自己的，平日忍氣求安，已被呂女欺凌得不像人樣；有時受氣不過，偶爾口出怨言，也是有的。

一日，醉後與他朋友談起，他說諸呂有何大功，如何貿然封王。若待太后百年以後，我當剿滅諸呂。那位朋友勸他不可亂言，恐防招禍。等得趙王悔悟，早被呂女聽見。呂女正在拈酸吃醋，無可發洩的當口，自然要把雞毛當了令箭起來，暗去告知太后。太后及把趙王拿到，也不令其剖白，禁錮監中，派兵監守，不給飲食。

趙王餓得奄奄一息，因而作歌鳴冤道：

諸呂用事兮劉氏微，迫協王侯兮強授我妃；我妃既妒兮誣我以惡，讒女亂國兮上曾不寤。我無忠臣兮何故棄國，自決中野兮蒼天與直。吁嗟不可悔兮寧早自賊，為王餓死兮誰者憐之！呂氏絕理兮托天報仇。

誰知趙王唱歌之後，仍舊無人給食，於是一位國王活活的餓死，所遺骸骨，只用民禮葬於長安郊外了事。

呂太后遂徙梁王恢為趙王，改封呂王產為梁王。又將後宮之子名太的，封為濟川王。呂產時常有病，不去就國，留京為少帝太傅。太亦年稚，也不令他東往，仍住宮內。趙王恢的妻子，就是呂王產的令嬡，閫內雌威，還要較趙王友之妻來得厲害。

趙王恢也與友同樣懦弱，種種受制，怨苦難伸。他有一位愛姬，名喚娜芝，知書識字，敬重產女。無奈產女惡她太美，自己貌不及她。一日，瞞了丈夫，竟將娜芝害死。恢既痛愛姬慘亡，徙國亦非所願，環境圍逼，索性仰藥自盡，去尋愛姬去了。

呂太后知道其事，不怪產女不賢，反恨恢不該殉姬，上負祖宗，下失人道。因此不准立嗣，讓他絕後。另遣使臣赴代，授意代王，命他徙趙。代王恆，情願避重就輕，力避徙趙，使臣返報呂太后，太后便立呂釋之之子呂祿為趙王，留官都中，遙領王銜。那時呂釋之剛剛逝世，特地追封為趙昭王。同時聞得燕王建也已病歿，遺有一子，卻是庶出。呂太

后潛遣刺客赴燕，刺殺建子，改封呂臺之子呂通為燕王。

至是，高皇帝八男，僅存二人；一是代王恆，一是淮南王長，加入齊、吳、楚及琅琊等國，總算零零落落，尚有六七國之數。一朝天子一朝臣，那句說話，倒也不差。

第二十七回　諸呂罪狀

呂太后稱制以來，劉家天下，早已變成呂氏江山。人民雖尚苟安，天災卻是極重，各處水旱頻仍，瘟疫大起，大家還認為不是特殊之事。最明顯的是，忽爾山崩，忽爾地陷，忽爾天雨血點，忽爾晝有鬼聲，忽爾太陽變成綠色，忽爾月亮盡作紅光，呂太后也有些覺著。

一天，驀見日食如鉤，向天噴語道：「莫非為我不成！我年已暮，卻不怕見怪異。既然蒙先帝給我這個天下，我也樂得快活快活。」

她發表這個意見之後，依然為所欲為。當時助紂為虐的，內有臨光侯呂嬃，左丞相審食其，大謁者張釋，外有呂產、呂祿等人，朋比為奸，內外一氣。就是陳平、周勃，不過虛有其表而已，實在並無權柄。至於劉氏子孫，性命尚且難保，哪敢還來多嘴？

惟有一位少年龍種，隱具大志，想把劉家天下負為己任。此人是誰？乃是朱虛侯劉章。

他自從充當宿衛以來，不亢不卑，謹慎從事。所以呂太后尚不注意於他。他的妻子雖是呂祿女兒，也被他聯絡得恩愛無倫，卻與前番的兩位趙王之妻迥不相侔。呂太后偶有提起劉章的時候，他的妻子竭力疏通，保他毫無歹意。這也是劉章的手段圓滑所致，毋庸細述。

一夕，呂太后遍宴宗親，列席者不下百數十人，大半皆是呂姓王侯，驕矜傲慢之氣，令人不可逼視。劉章瞧在眼中，已是怒髮衝冠，但又不露聲色，照常和顏悅色地對付諸呂。那時太后看見劉章在側，便命他暫充酒吏，使他監酒。劉章慨然應命道：「臣本武將，奉令監酒，須照軍法從事。」

太后素來藐視劉章，總道是句戲言，便笑答他道：「我就准你！」說著，又笑對大眾說道：「劉章既要軍法從事，爾等須要小心！」

太后這句話，無非樂得忘形的意思。諸呂聽了，更是毫不在意。

及至入席，飲過數巡，大家已有酒意。劉章要使太后歡心，唱了幾曲巴里詞，演了一回萊子戲，引得太后笑逐顏開，大為稱讚。劉章復申請道：「臣再為太后進一耕田歌。」

太后笑道：「汝父或知耕田之事，汝生時已為王子，怎知田務？」

劉章笑答道：「臣倒略知一二。」

太后道：「汝且說些給我聽。」

劉章即信口作歌道：「深耕溉種，立苗欲疏；非其種者，鋤而去之。」

太后聽了，已知他在正喻夾寫，一時不便發作，只得默然。劉章卻佯作不知，只向大眾拚命敬酒，灌得大家都已沉醉。

內中卻有一個呂氏子弟，偏偏不勝酒力，潛自逃席。劉章見了，跟著下階，拔劍在手，追到那人背後，大喝一聲道：「汝敢擅自逃席，明明藐視軍法！我這個監酒使者，原也不足輕重；太后口傳的煌煌聖諭，朝中大臣，天下人民，無不遵服。逃席事小，違令事大，這法不行，何以服眾！」

說完，手起刀落，已將那人的腦袋剁了下來，持了首級，轉身趨至太后跟前道：「適間有一人違令逃席，臣已遵照太后聖諭，照章將他正法了。」

劉章此語一出，竟把大眾嚇得膽戰心驚。

呂太后也覺變色。但是既已允他軍法從事，朝廷之上，哪好戲言，只得把眼睛狠命的盯著劉章看了幾眼，傳令散席。

太后入內之後，劉章妻子跟蹤而至，謂太后道：「今日之事，太后有無感觸？」

太后怒目視之道：「汝夫如此行為，我將重治其罪。」

章妻道：「太后差矣！我說太后應該從重獎之，怎麼反將有功者要辦起罪來呢？」

太后不解道：「汝夫殺人，反而有功不成？」

章妻道：「太后現在是一位女流之輩，各國不敢叛亂者，乃是太后能夠執法耳。國法若是不行，朝廷便不能安。我夫平日對我說，他因感激太后能治天下，他心中亦只願衛護太后一個人。他今天能夠執法，正是替太后張威。太后不以心腹功臣視之，從此以後，誰肯再為太后出死力呢？我是太后之人，深知我夫忠於太后，故敢前來替他聲明的。」

太后聽了，回嗔作喜道：「照你說來，你夫雖是劉姓，居然肯實心實意助我，我未免錯怪他了！」

說罷，即以黃金五十斤獎賞劉章。

諸呂知道，從此不敢妒嫉劉章，並且以太后的心腹視劉章了。連周勃、陳平二人，也暗暗地敬重劉章，知他真是劉氏子孫中的擎天之柱，益形親愛。

惟獨呂嬃，她因與太后姊妹關係，得封臨光侯，那時婦女封侯的只有她一人，那日親見劉章擅殺呂氏子弟，因想報復，時在太后面前進讒，幸有章妻刻刻留心，太后不為所動。

呂嬃既然不能陷害劉章，只好拿陳平出氣，又向太后誣告陳平，說他日飲醇酒，夜戲婦人。丞相如此，國事必至不堪設想。太后因知呂嬃仍舊不忘宿嫌，不甚信她的言語，但又因呂嬃說得如此鄭重，也囑近侍隨時暗察陳平的行為。陳平本在聯絡近侍的，近侍即將此事密告陳平。

陳平聽了，索性更加沉湎酒色，好使太后不疑他暗助劉氏。太后得報，果然非但不責陳平酒色誤公，且喜他心地光明，並未與呂氏作對。

一天，陳平入宮白事，適值呂嬃在旁。太后等得陳平正事奏畢，乃指呂嬃謂陳平道：「女子說話，本不可聽。君盡照常辦事，莫畏我女弟呂嬃在旁多嘴！我卻信君，不信她呢！」

陳平頓首謝恩，放心而退，可憐當時只難為了一位太后的胞妹，當場出醜，沒有面子，恨不得有一個地洞鑽了下去。她又不好奈何太后，只得雙淚瑩瑩，掩面哭泣而已。太后還要冷笑數聲，更加使她坐立不安，只得藉故避去，從此以後，呂嬃非但不敢再語陳平，連要害劉章的心理也一齊打消了。

說到陳平生平雖是第一貪色，不過那時的沉迷酒色，卻非他的本意。他的眼光原較他人遠些。他知道這個天下乃是高皇帝苦苦打下來的，諸呂用事，無非仗著呂后一人的威權。歸根結蒂，將來仍要歸諸劉氏。他若極意附呂，日後必致吃虧。他所以一面恭維太后，暫保目前的祿位，一面也在七思八想，意在安劉。

他與中大夫陸賈私下聯絡，因知陸賈是一個為守兼備的人物，將來有事。或須借重於他。不過思想安劉的意思，不敢露出罷了。

誰知陸賈因與陳平的地位不同，眼看諸呂用事，委實氣憤不過，爭則無力。不爭

呢，於心不安，於是托病辭職，去到好時地方，退隱避禍。老妻已死，有子五人，無甚家產，只有從前出使越南時候，得有贐儀千金，乃作五股分開，分與各子，令自營生。自己有車一乘，馬四匹，侍役十人，寶劍一柄，隨意閒遊，以娛暮景。有時來到長安，便住陳平家中。

這天又到都中，直入陳平內堂，卻見陳平一人獨坐，滿面憂容地低了頭，似有所思，他便直問道：「丞相何故憂慮，難道不怕憂壞身子的麼？」

陳平一聽有人與他講話，方始抬頭一看，見是陸賈，明知他是自由出進慣的，家人不便阻止，自然不好去責家人，當下一面讓坐，一面問他何日到此。陸賈答道：「今日方到，即來拜謁丞相，丞相所思，我已知道。」

陳平且笑且問道：「君一到長安，即蒙光顧，自是可感，惟說知我心事，我則不信。」

陸賈也笑道：「丞相位至首相，食邑三萬戶，好算富貴已極，尚有何憂？我想除了主少國危，諸呂用事之外，似無可憂的了。我所以貿然一猜，未知是與不是？」

陳平道：「我的心事，君既猜中，請問有何妙策，可以教我？」

陸賈道：「此事固屬可憂，以愚見說來，並非無法。古人說，『天下安，注意相。天下危，注意將。』將相和睦，眾心歸附，朝中有變，不至分權。既不分權，何事不成！如今國家大事，只在兩人身上。」

陳平問他：「兩人為誰？」

陸賈道：「一是足下，一是絳侯。我與絳侯相狎，說了恐他不信；足下何不交歡絳侯，聯絡感情，包你有益非淺。」

陳平聽了，似有難色。陸賈又與陳平耳語半晌，陳平方始首肯，願去交歡絳侯。

原來陳平與周勃，雖然同朝為官，意見卻不融洽。從前高帝在滎陽時候，周勃曾劾陳平受金盜嫂，雖已事隔多年，陳平心中未免尚存芥蒂。及聞陸賈獻策，乃特設盛筵，邀請周勃到他相府，周勃來後，入席暢飲，這天不談國事，單是聯絡感情。

等得酒半，陳平問起周勃的家事。周勃笑答道：「人口眾多，出入不敷，奈何奈何！」陳平即命家人呈上白銀萬兩，為周勃壽。周勃力辭不受。陳平暗命家人送至周勃府上。

那時周勃尚在相府，周妻接受之後，重賞來使。乃至周勃回來，周妻笑謂周勃道：「君雖為將有年，家中頗為拮据；陳丞相饋金前來，我已收下，我們兒女從此吃著不盡矣。」

周勃失驚道：「此銀如何可受？當日我曾劾他受金，他必記起前仇，有意陷我不廉，快快退還。」

周妻道：「彼食邑三萬戶，分俸相贈，算得甚麼？人家善意，君何多疑乎？」

周勃聽了，方始一笑置之。

次日還席，陳平到來，周勃謝過贈金之事。席間所談，漸入國事。周勃也在深恨諸呂，今見陳平提到他們，豈有不贊同之理，於是大家預為安排，遇機即發。陳平回府，告知陸賈道：「周將軍已允我共事矣，現有勞君之處，救國大事，幸勿見卻！」

陸賈聽了，笑答道：「丞相欲使我任蘇秦、張儀之責乎？」

陳平點首道：「正是此事，君擅辯才，捨君無人矣。」

陸賈道：「丞相有心救國，陸某敢不效奔走之勞。」

陳平乃贈陸賈奴僕百人，車馬五十乘，錢五百萬緡，請他交遊公卿，預相結納，俾作驅呂臂助。陸賈應命即去，先擇平時莫逆諸子，將來意說明，然後逐漸推廣。一班朝臣無不被他說動，暗暗預備背呂。

於是呂氏勢力日漸削小。惟有親呂諸人尚在夢中，仍在那兒力任呂氏的鷹犬。呂產、呂祿等人自然依舊怙惡不悛，照常用事。

這年三月上已，呂太后依照俗例，親臨渭水，祓除不祥。事畢回宮，行過軌道，突見一物奔近，形似蒼狗，咬她足履，頓時痛徹心腑，不禁大聲呼喊。衛士聞聲，上前搶護，見無他異，始問太后：「何故驚慌？」

呂太后緊皺雙眉，嗚咽道：「爾等不見一隻蒼狗咬我麼？尚問何事。」

衛士等回說：「實無所見，莫非太后眼花麼？」

呂太后聞言，始左右四顧，其物已杳，只得忍痛回宮。解襪審視，足踝已經青腫，急召太史入內，令卜吉凶。太史卜得爻象，乃是趙王如意作祟，據實奏明。呂太后聞知，疑信參半，急令醫治，誰知敷丹服藥，均無效驗。

沒奈何遣人至趙王如意墳墓，代為禱免，仍舊無效，纏綿床褥，晝夜呼號。直至新秋，自知不起，始任呂祿為上將，管領北軍，呂產管領南軍，並召二人入囑道：「爾等封王，朝臣多半不平，我若一死，必有變動。爾二人須擁兵入宮自衛，切勿輕出，免蹈不測。就是我出葬時候，也不必親送，在在須防。爾等無我，殊可憂也！」

二人聽罷，飲泣受命。又過幾日，呂太后於是嗚呼哀哉。遺詔授呂產為相國，審食其為太傅，立呂祿女為皇后。

呂產在宮內護喪，呂祿在宮門巡視，內外佈置，甚是周密。等到太后靈柩出葬長陵，呂產、呂祿二人遵奉遺命，並不送葬，只帶著南北兩軍，嚴守宮廷。陳平、周勃雖想發難，一時未敢動手。因循多日，毫無良策。

獨有朱虛侯劉章，私下盤問其妻，其妻並不相瞞，劉章始知呂產、呂祿蟠居宮禁，早已有備。一想如此過去，更是可慮，不如密使赴齊，告知我兄劉襄，請其率兵洗掃宮禁，自為內應，事成奉他為帝。

使者去後，劉襄得了弟信，即與母舅駟鈞，郎中令祝午，中尉魏勃，部署人馬，正擬出發。事為齊相召平所聞，即派重兵，嚴守王宮，名為入衛，其實監督齊王劉襄。劉襄既被牽制，不便行動，急與魏勃等人密商。魏勃因與召平尚有私交，便假裝與劉襄不睦形狀，親去語召平道：「我王擅自發兵，跡近造反，丞相派兵監守，此舉最當。惟王與我有嫌，願投麾下，以保殘命。」

召平聞言大喜，即以兵符付與魏勃，命其指揮兵士，自己卻在相府納福。沒有數時，魏勃行使兵符的權力，撤去圍監王府之兵，反把召平的相府圍得水洩不通。

召平至是，方知有變，忙欲抵制，已是不及，只得關閉府門，聊為禦敵。不料魏勃早已首先衝入，召平一見事已無可挽回，長嘆一聲，拔劍自刎。魏勃見召平已死，府中女眷一概赦罪，令自逃生，回報劉襄。劉襄遂任魏勃為將軍，準備出兵。又思左右鄰國，為琅琊、濟川及魯三國；濟川王劉太，是後宮之子；魯王張偃，是魯元公主之子，當然偏於呂氏；惟有琅琊王劉澤可以聯合。即遣祝午往見劉澤，約同起事，自己預備一個秘計，以便對付。

祝午見了劉澤，請他速至齊廷會議，將來帝位，齊王願讓與他。劉澤果然照辦，到了臨淄。劉襄陽為與之議事，陰則阻其自由；再遣祝午復赴琅琊，矯傳劉澤之命，盡發全國人馬，西攻濟南。

濟南本屬齊轄，後為呂太后割與呂王，劉襄所以如此計劃，也是先去呂氏羽翼的意思。一面辦好檄文，號召四方，極陳諸呂罪狀。其文是：

高帝平定天下，王諸子弟。悼惠王薨，惠帝使留侯張良，立臣為齊王。惠帝崩，高后用事，聽諸呂，擅廢帝更立，又殺三趙王，滅梁、趙、燕以王諸呂，分齊國為四。忠臣進諫，上惑亂不聽；今高后崩，皇帝春秋富，未能治天下，固待大臣諸侯。今諸呂又擅自尊官，聚兵嚴威，劫列侯忠臣，矯制以令天下，宗廟以危。寡人率兵入誅不當為王者。

那時呂產、呂祿二人，已見檄文，也知害怕，急令潁陰侯灌嬰，領兵數萬，徑出擊齊。灌嬰行至滎陽，頓兵不進，觀望風色。齊王劉襄亦兵止西界，尚未進發。

琅琊王劉澤，羈絆臨淄，自知受紿，也出一計，向劉襄進說道：「悼惠王為高帝長子，王又係悼惠王長子，即是高帝家孫，入嗣大統，方為合法。且聞朝中大臣，已在提起嗣主之議，澤本忝居親長，應去主持，大王留我無益，不如讓我入關，必保大王登基。」

劉襄果被說動，便准劉澤西行。劉澤離了臨淄，哪敢至郡，只在中途逗留而已。當時各路情景，已成大家互相觀望的僵局，幸而二呂沒有兵略，徒知擁兵保護一身，若有調度，二呂未必即至失敗呢。

二呂既是專心顧外，都中自然疏於防備，於是都中就有變動。這回的變動，為首之人，自然是陳平、周勃二人了。他們怎樣發動，且聽不佞慢慢道來。

陳平自從採納陸賈計策之後，交歡周勃，只因兵力不足，只得靜以觀變。嗣聞齊王劉襄在齊發難，二呂派遣灌嬰應敵，陳平乃會同周勃，一面授意灌嬰，叫他按兵不動；一面誘拘酈商父子，逼迫他們父子力勸呂祿，速出就國，藉止各路諸侯兵禍。

酈商無法，只得命子酈寄去勸呂祿道：「高帝與呂后共定天下，劉氏計立九王，呂氏亦立三王，皆由大臣議定，佈告諸侯，諸侯各無異言。今太后已崩，帝年尚少，閣下既佩趙王之印，不聞前去守國，因此起了各路諸侯的疑心。現在惟有請閣下繳還將印，並請梁王亦繳出相印，大家出去就國，彼此相安，豈不甚善！否則眾怒難犯，實為閣下不取！」

呂祿本無見識，酈寄又是他們私黨，自然信以為真，只待開一呂氏家族會議之後，一準繳出印信。

酈寄受了使命，已經入了陳、周之黨，所以日日相勸呂祿，趕速實行。呂祿對於如此大事，只是麻木不仁，淡然置之，反而約同酈寄陪他出獵。

一日獵回，途經呂嬃之門，呂嬃那時已聞呂祿將要繳還印信，使人攔住呂祿，怒目謂之道：「小子無知，身為上將，竟思繳印潛逃。如此，呂氏無噍類矣！」

呂祿聽了，連連答道：「何至如此！何至如此！」

呂嬃不待呂祿再說，即把家中所有的奇珍異寶統統取出，置諸堂下。呂祿不知呂嬃之意，甚覺驚訝。

第二十八回　斬草除根

呂嬃既將奇珍異寶置諸堂下，乃呼其情人徐衍至前道：「爾靜聽著！」說著，又指呂祿語徐衍道：「我等性命，已為此子斷送。戔戔珍物，爾可攜去逃生，勿謂我誤爾也。」

徐衍聽了，不肯取物，只是掩面哭泣。一若與呂嬃之人，即有死別生離之事發現。呂嬃也不去睬他，復把金銀財帛分給家人道：「汝等或留或去，我可不問；不過汝等隨我多年，這點東西，也算留個紀念。」

呂祿至此，無顏再看呂嬃處理家事，只得低頭趨出。其時酈寄已在門外候久，一見呂祿出來，忙問在內何事。呂祿搖頭道：「君幾誤我，且待回去再談。」

酈寄同了呂祿來到他的家內，又問究為何事。呂祿始將呂嬃與語，以及分散珍寶之事，統統告知酈寄。

酈寄聽畢，微笑道：「我不誤君，婦人之言真誤君呢！君若出而就國，南面稱王，豈不富貴？若是抗不繳印，試問君等二人，能敵萬國諸侯麼？我因與君知己，故來請君聽我

捨短取長之策，否則與我何干？」說完，似乎露出就要告別的樣子。

呂祿一見酈寄要走，慌忙一把拖住酈寄的衣袖道：「君勿捨我而去，且待熟商！」

酈寄道：「有何再商，此乃君的切己之事，他人無關也。」

呂祿聽了，於是又大費躊躇起來。

這且暫時丟下，再說曹參之子曹窋，那時正代任敖為御史大夫之職，這天，他與相國呂產同在朝房，適郎中令賈壽由齊國出使回來，中途聞知灌嬰逗留滎陽，已與齊王劉襄聯合，即勸呂產速行入宮，為自衛計。呂產聽罷賈壽之言，馬上神色大變，不問朝事，匆匆入宮而去。曹窋眼見此事，連忙報知陳平、周勃。

陳平、周勃知道事已危急，不能不冒險行事了，當下急召襄平侯紀通，及典客劉揭，一同到來。紀通即故列侯紀成之子，方掌兵符。陳平叫他隨同周勃，持節入北軍，詐稱詔命，使周勃統兵。尚恐呂祿不服，又遣酈寄帶了劉揭，往勸呂祿，速讓將印。

周勃等到了北軍營門，先令紀通持節傳詔，再遣酈寄、劉揭入紿呂祿道：「主上有詔，命大尉周勃掌管北軍，無非要想閣下速出就國，完全好意，否則閣下禍在眉睫了。」

呂祿因見酈寄同來，並不疑慮，即將印信交與劉揭之後，自己揚長出營。

周勃得了印信，即下令召集北軍道：「為呂氏者右袒，為劉氏者左袒！」

周勃說完這話，只把眼睛注視大眾。誰知大眾個個袒露左臂，情願助劉。周勃大喜，急率北軍，進攻南軍。呂產亦率南軍，就在宮門之內，抵敵北軍。兩軍正在交鬥，尚未分出勝負的當口，忽見劉章帶了一支生力軍，攔腰衝殺進來。劉章自然幫助北軍，南軍氣餒，紛紛潰散。呂產一見大勢已去，趕忙自投生路。等得周勃命人去捉呂產，呂產早已不知去向。

正在四處搜捕的時候，偏是幾個小卒已把呂產從廁所之內拖了出來。周勃還想上前數他之罪，因見呂產滿身蛆蟲，穢汙難聞，略一遲疑，突見劉章手起一刀，呂產的那顆頭顱早已「撲」地滾在地上，咬緊牙關，不肯言語了。

劉章會同周勃，復又殺入長樂宮中。長樂宮乃是呂更始把守，仗一打，個個束手就縛。此時呂祿、呂嬃以及凡是呂姓子弟家人，皆已拿到。周勃先將呂祿綁出斬首。誰知呂嬃早崇一死，見了周勃、劉章，破口謾罵，語甚穢褻。劉章聽了，眉毛一豎，拔劍在手，正欲去殺呂嬃，周勃慌忙搖手阻止，劉章急問周勃道：「太尉豈想留此婦的性命麼？」

周勃道：「非也，此人既是拚死，她以為無非一刀了事。但是她的罪惡滔天，老夫要令她慢慢兒的死，並且丟丟呂氏婦女之醜。」

劉章聽了，一任周勃自去辦理，他又至別處搜殺餘黨去了。周勃乃高坐公案，命左右把呂嬃全身衣服剝個乾淨，即用治妓女的刑罰，將她裸笞至死。

陳平適因事來與周勃商酌，看見呂嬃伏地受笞，忽然想起老尼之言，倒也暗暗稱奇。

那時正是辦理大事的時候，哪有閒暇工夫去與周勃談那老尼預言的事情，匆匆與周勃說完幾句，他便回府治事。

等得陳平走後，呂嬃尚未笞死。因為笞呂嬃的刑杖，乃是一種毛竹板子，也是蕭何立的刑律。他說妓女人盡可夫，當然無恥已極，裸而受笞，也是應該。那種刑法，只能加於妓女之身，時人號稱為桃花板，尋常人民不能適用此刑。

周勃因恨呂嬃謾罵，假公濟私，也是有的。至於呂嬃受刑之時，她的心中如何感想，當時她未表示，不佞不敢妄擬。不佞所知道的，不過是伏在地上，流紅有血，挨痛無聲而已。當時笞至八千餘板，呂嬃方始絕氣。

一位堂堂臨光侯爵，如此被辱，周勃也未免惡作劇了。但是那時人人深惡呂氏弄權，這樣小小的凌虐，有人還嫌周勃用刑太輕呢。

呂嬃既死，周勃始命把呂氏子弟，無分男女，不論老幼一概斬決。約計人頭，總在一千以上。呂氏如此收場，也是他們自作自受，不必多敘。

燕王呂通當時已出就國，周勃亦矯帝命，派使前往令他自盡。魯王張偃，因其無甚大罪，廢為庶人。後來文帝即位，追念張耳前功，復封張偃為南宮侯。惟有左丞相審食其，既是呂嬃私黨，而且還有汙亂宮闈之禍，理應治罪，明正典刑。誰知竟由朱建、陸賈代為說情，不但逃出法網，反而官還原職。

這也是當時朱、陸二人大有賢名，眾人既重其人，自然要賣他們的面子。不過審食其殺無可赦，朱陸二人反去保他，公私未明，試問賢在何處呢？朱陸二人，當時還不止單保審食其一人，就是濟川王劉太，也是他們二人之力，得徙封為梁王。

陳平、周勃又命劉章親自赴齊，請劉襄罷兵；另使人通知灌嬰，即日班師。劉澤聞知呂禍已平，他始放膽登程，及至入都，朝中正在公議善後之事。劉澤既是劉氏之長，大家自然請他參預其事。

當時陳平先開口說道：「現在之帝，實非惠帝遺胤，自應另立賢主。」

周勃道：「齊王劉襄，深明大義，此次首先發難，可以奉他為帝。」

劉澤在旁發言道：「劉襄的母舅駟鈞，少時虎而冠者；及任齊吏，種種不法，罄竹難書。若立劉襄，是去一呂氏，又來一呂氏了，似乎非妥。」

大家聽了，便不堅持。

不過劉襄幾乎已經到手的一個天子，竟被劉澤片語送脫。

劉澤因報羈禁之仇，未免太覺刻毒一點。劉襄既是無分，當下又有人提到代王劉恆。大家聽了，一因代王之母薄氏，在宮未嘗專政；二因高帝諸子僅餘二王，代王較長，立之為帝，情法兩盡，於是眾無異議。陳平、周勃便遣使至代，迎他入京。

代王劉恆一見朝使，問知來意，知是一件大大喜事。他也不敢驟然動身，乃開會議，

取決行止。

郎中令張武等諫阻道：「朝中大臣並非騃子，何至來迎外藩為帝，似乎不可親信。」

中尉宋昌等又來勸代王入都，道：「大王為高帝親子，薄太后從前在宮又有賢名，此乃名正言順之事。天予不受，似不相宜！」

劉恆聽了眾臣之言，各有各的理由，一時不能決斷，便去請示薄太后。

薄太后聽了兒子入都，要做皇帝，自然高興，忽又想起前情，不禁流淚，甚至哭得很是傷心。劉恆驚道：「臣兒若能即了帝位，這是一天大之喜，就是不去，亦無害處。母后何故傷感起來，臣兒甚覺心痛。」

薄太后聽了，搖搖首道：「為娘並非為你做帝之事，只因驀然聽見吾兒說要入都，為娘一則想起戚夫人人彘之慘；二則又想起先帝相待的恩情，因此傷心，吾兒不必發愁。」

劉恆等他母后說完，揣度其意，似乎贊成為帝的意思居多，便又問道：「母后之意，究竟願臣兒入都與否，請即明示，俾定行止！」

薄太后哭道：「皇帝世間只有一個，哪有不愛之理，不過有無害處，為娘是個女流之輩，未知國事，我看還是你自己斟酌罷。」

劉恆聽了，決計入都，於是擇吉起行。及抵高陵，距離長安已近，劉恆尚不放心，先遣宋昌前行，以觀動靜。

及至宋昌馳抵渭橋，早見朝中大臣都在那裡守候，慌忙下車，與諸大臣行禮道：「代王隨後即至，特來通報。」

諸大臣齊聲答道：「我等已恭候聖駕多時了。」

宋昌一見眾人齊心，料沒意外，復又回至高陵，報告代王。代王聽了，命駕前進。到了渭橋，眾人伏地稱臣，代王下車答禮。周勃搶進一步，進白代王，請摒左右，有話密奏。

宋昌在旁大聲說道：「太尉有話，盡可直陳，所言是公，公言便是；所言是私，王者無私。」

周勃聽了，羞得無地自容，只得倉猝跪地獻出玉璽。

代王謙辭道：「且至都中，再議未晚。」及入眾臣代為預備的邸第，時為高后八年閏九月中。

周勃乃與左丞相陳平率領群僚，上書勸進。表文是：

丞相臣平、大尉臣勃、大將軍臣武、御史大夫臣蒼、宗正臣郢、朱虛侯臣章、東牟侯臣興居、典客臣揭，再拜言大王足下：子弘等皆非孝惠皇帝子，不當奉宗廟。臣謹請陰安侯頃王后琅琊王，暨列侯吏二千石會議大王為高皇帝子，宜為嗣，願大王即天子位。

代王覽表之後，復申謝道：「奉承高帝宗廟，自是正事。寡人德薄才疏，未敢當此。願請楚王到來，再行妥議，選立賢主。」

群臣等復又面請道：「大王謙抑，更使臣等欽仰，惟請大王以社稷為重。即高皇帝有靈，亦在地下含笑矣。」

代王逡巡起座，西向三讓，南向再讓，依然固辭。群臣伏地不起，仍請代王即皇帝位。說著，即不由分說，由周勃呈上璽符等物，定求代王接受。

代王至是，不得已姑應允道：「既由宗室諸王侯暨將相，決意推立寡人，寡人不敢違背眾意，勉承大統便了。」

眾臣聽了，舞蹈稱賀，即尊代王為天子，是為文帝。

東牟侯興居奏道：「此次誅滅呂氏，臣愧無功，今願奉命清宮。」

文帝允奏，命與太僕汝陰侯夏侯嬰同往。

二人來至未央宮，入語少帝道：「足下非劉氏子孫，不應為帝，可即讓位。」一面說著，一面揮去左右執戟侍臣。左右侍臣有遵命散去者，有仍護少帝不肯即行者。當下由大謁者張釋巴結新帝，勸令侍臣皆散，即由夏侯嬰呼入便輿，迫令少帝出宮。

少帝弘戰慄問道：「汝等載我何往？」

夏侯嬰等齊聲答道：「天無二日，民無二王，足下出宮，再候新帝恩詔。」說完，即將少帝送至少府署中。興居又逼使惠帝后張氏移徙北宮。

那時惠帝寵妃胭脂、翡翠兩位早已乘亂逃走。有人說，跟了閎孺夫婦走了；有人說，或已自盡。史書未詳，只好付諸闕如。興居既已清宮，便備法駕，至代邸恭迎文帝入宮。

文帝甫進端門，尚見十人持戟，阻住御駕。文帝宣召周勃進來。周勃諭散各人，文帝才得入內。當日即拜宋昌為衛將軍，鎮撫南北兩軍；授張武為郎中令，巡行各殿。

翌日，文帝視朝，頒出詔曰：

制詔丞相太尉御史大夫，間者諸呂用事擅權。謀為大逆，欲危劉氏宗廟，賴將相列侯、宗室大臣誅之，皆伏其辜。朕初接位，其赦天下，賜爵一級，女子百戶牛酒，酺五日。

這道恩詔一出，萬民歡頌。惟有那位少帝弘，不知何故，暴死少府署中。陪他同死的，尚有常山王朝，淮陽王武，梁王太三人。三王當日雖受王封，只因年幼，留居宮中，一帝三王同時暴卒。想是陳平等人恐怕他們後生枝節，斬草除根為妙。

文帝雖知其事，樂得不問。又過數日，下詔改元；十月朔，謁見高廟。禮畢還朝，受群臣賀，並下詔封賞功臣。詔云：

前呂產自置為相國，呂祿為上將軍，擅遣將軍灌嬰，將兵擊齊，欲代劉氏；嬰留滎陽，與諸侯合謀以誅呂氏。呂產欲為不善，丞相平與太尉勃等謀奪產等軍。朱虛侯章，首先捕斬產；太尉勃，身率襄平侯通，持節承詔入北軍；典客揭奪呂祿印。其益封太尉勃邑萬户，賜金千斤；丞相平、將軍嬰邑各三千户，金二千斤；朱虛侯章、襄平侯通，邑各二千户，金千斤；封典客揭為陽信侯，賜金千斤，用酬勳勞，其毋辭！

封賞即畢，遂尊薄氏為皇太后，派車騎將軍薄昭，帶領鑾駕，往代恭迎。追謚故趙王友為幽王。趙王恢為共王，燕王建為靈王。共、靈二王無後，僅幽王有子二人，長子名遂，由文帝特許襲封，命為趙王；移封琅琊王劉澤為燕王。所有從前齊、楚故地，為諸呂割去的，至是盡皆給還。

沒有幾時，薄太后已到，文帝親率群臣出郊恭迎。薄太后安坐鳳輦之中，笑容可掬地點頭答禮。一時進至長樂宮中，將身坐定，自有一班宮娥彩女前來叩見。薄太后見了，大半都是熟人，雖然相隔多年，去燕得歸故巢，門庭似昔，情景依然；所少者僅呂太后、戚夫人等數人已歸黃土，老姊妹不能重見耳。

當下就有一個曾經伺候過薄太后，名叫元元的宮娥，笑向薄太后說道：「奴婢自太后赴代後，蒙呂太后娘娘將奴婢撥至此宮伺候，那時高皇帝尚未升天。」

元元說至此處，薄太后早已淚流滿面，嗚咽道：「我出都時候，先帝春秋正當，誰知竟與我永訣了！呂太后待我本好，我當然感激她的。只有戚夫人人彘一事，未免稍覺辣手一點。我今朝尚能再入此宮，倒是赴代的便宜了。」

薄太后說完，方命元元有話說來。

元元又奏道：「那時呂太后娘娘恐怕有人行刺，男子衛士進出深宮究屬不便，乃命奴婢學習刀劍。奴婢學了年餘，尚蒙呂太后娘娘不棄，真是特別厚恩，於是命奴婢不准離開左右。因此呂太后娘娘所作所為的秘事，奴婢皆是親見。」

薄太后聽了，慌忙搖手道：「已過之事，毋庸提它。況且日太后娘娘相待你我均有厚恩，別人背後或者略有微詞，我們曾經侍奉她老人家過的，斷斷不可多嘴多舌，你還有甚麼說話麼？」

元元一聽薄太后不喜背後說人之短，趕忙變了口風道：「娘娘教訓，奴婢遵命！奴婢因有薄藝，不敢自秘，特來請示娘娘，奴婢應否照舊辦理，還是另派工作。」

薄太后笑道：「其實呂太后也多疑了，深宮密院，何來刺客，我的膽子雖然不大，卻毋庸隨身守衛，你只與大眾供職就是。」

薄太后講完此話，恐怕元元暗中怪她自大，便又微笑語元元道：「你既有此武藝，將來自有益處。我雖然用不著它，但要看看你的刀劍。你從前在我身邊，不是風吹吹都要倒

地的麼？」

元元聽了，便高高興興地舞了一回刀劍，又打了幾路花拳，停下之後，面不改色，聲不喘氣。兩鬢青絲，光滑似鏡，一身宮服，四面平風；如果不是親眼見她舞過，還在疑心她在吹牛呢！

薄太后看畢，問元元此劍何名。元元答稱叫做柳葉刀。薄太后便賞元元黃金一斤，以獎其藝。元元謝賞之後，自知薄太后為人正直而寬，莊嚴而謹，從此見好學好，一變而為佳人。

後來因有戰役，一位將官名叫趙公的，極有功勞，封為蘇陵侯。薄太后因見元元做人不錯，又有本事，便與文帝商酌，竟把元元配與趙公，做了侯妃。元元感激薄太后之恩，與她丈夫做了漢室忠臣。這都是薄太后御下有方的好處。

此乃後事，提前敘過，便不再述。

第二十九回　骨肉相逢

薄太后因為重回故宮，自己地位不比從前，一舉一動足為宮嬪模範，所以首先訓諭那個宮娥元元，不准妄述已故呂太后之短。元元固然變為好人，後來結果因而也好。就是合宮上上下下人等，均也一齊歸正，比較從前呂太后在日，前者是刀山劍地，此日是德海仁山了。

薄太后又知文帝正妻已歿，身邊妃嬪雖多，只有一位竇氏，最為賢淑。說起竇氏的來歷，卻也很長，因她也是一位賢后，先要將她的從前事情敘明，再說近事。

竇氏原是趙地觀津人氏，早喪父母，只有兄弟兩個：兄名建，字長君；弟名廣國，字少君。當時兄弟都小，竇氏亦未成人，三個孩子知道甚事。那時又值兵亂，更是年荒，她們同胞三個，幾乎不能自存。

又過幾年，適值漢宮選收秀女，就有一個鄰婦代為竇氏報名應選，雖然得入宮中，可是兄弟的消息，當然一無所知的了。竇氏無可如何，只得死心塌地守在宮中，做一個預備

頭白的宮奴。後來呂后發放宮人，分賜諸王，每王十人，竇氏自然也在其內。她因籍隸觀津，自願往趙，好與家鄉接近，便可打聽兄弟下落。當下私自拜託主管內監，陳述己意。主管太監看得事屬細微，隨口答應。不意事後失記，竟把竇氏姓名派入代國。及至竇氏知道，再去要求主管太監設法，主管太監答稱，事已弄錯，斷難更改。

竇氏無奈，只得暗暗飲泣，她想道：「我這個人的苦命，也要算得達於極點的了，同一分發，連想稍近家鄉的國度都不能夠。」於是兩行珠淚，一片愁心地跟著其餘的九人到了代國。入宮之後，仍作宮奴，每日照例服役，除了不敢偷懶之外，無非花晨月夕，暗暗自傷薄命而已。

那時文帝尚是代王，一夕酒醉初醒，便命竇氏舀水洗臉，竇氏自然恭恭敬敬地照例把一個金盆捧著，跪在地上，聽候代王洗臉。不料代王偶欲吐痰，一時大意，一口老痰竟吐在竇氏的前襟之上。代王不好意思，忙用手去替她拂拭，可巧剛剛觸在她的胸頭肉上。代王固是無心，竇氏卻滿面緋紅，羞得無地自容起來。但是主僕地位，哪敢多說。代王那時也覺無趣，趕忙洗畢他去。

又過數月，時當三伏，代王正妃午後沐浴，竇氏擺好浴盆，舀好熱水，自至簾外侍立。誰知代王正妃脫衣之後，正想入浴，忽然肚皮奇痛不已，一面忙至床上假寐，一面語竇氏道：「我未曾洗，水仍乾淨，你就在這盆內洗了罷！」

代王正妃為甚麼忽有此舉呢？因為竇氏為人伶俐婉淑，為她心愛，當時自己既不洗澡，那水倒去，似乎可惜，因而就命竇氏趁便洗了。其實這些小事，原極平常。豈知事有湊巧，代王那時方從宮外飲酒回來，自己臥房自然隨便出入，絕不防到他的妃子正令竇氏在她房內洗澡。

當時代王匆匆入內，一見竇氏獨在盆內洗澡，宛似一樹帶雨梨花，一見事出意外，雖是嘴上連說怎麼怎麼，嚇得慌忙退出，可是竇氏的芳容已為所見，不禁心中暗忖道：「寡人莫非真與這個宮人有些天緣麼？不然，何至洗面手觸其乳，入房目睹其身的呢？」

代王想罷，當晚即將此事笑對王妃說知。王妃本極憐愛竇氏，一聞代王有意此人，連忙湊趣，玉成其事，於是一個鋪床疊被的宮奴，一躍而為並枕同衾的妃子。這不是竇氏的幸福麼？

竇氏既列嬪嫱，極蒙代王寵愛，珠胎暗結，早已受孕，第一胎生下一個女兒，取名為嫖。後來又生兩子：長名啟，次名武，一女兩男，都長得美貌無雙。代王正妃當時已有四子，竇氏為人素安本分，命她子女不得與四兒並駕齊驅。自己敬事王妃，始終也不懈怠，因此王太后及代王嘉她知禮，分外憐愛。

不料王妃就在這年一病身亡，後宮妃嬪雖有多人，自然要推竇氏居首。及至代王入都為帝，薄太后思及亡媳，便命文帝冊立竇氏為后。文帝既愛竇氏，又奉母命，豈有反對之

理？竇氏既主中宮，臣下索性拍足馬屁，大家奏請道：「陛下前後四子均已夭逝，現在皇后冊立，太子亦應豫立。」

文帝聽了，再三謙道：「朕的繼位原屬公推，他日應該另選賢王，以丞大統。烏得擅立太子，使朕有私己之嫌？」

群臣復奏道：「三代以來，立嗣必子。今皇子啟，位次居長，敦厚慈祥，允宜豫立，上丞宗廟，下副人心。陛下雖以謙讓為懷，避嫌事小，誤國事大，伏望准奏！」

文帝聽了，只得依議。竇氏皇后一聞兒子立作太子，私下忖道：「我從前若使主管太監不忘所託，派至趙地，最好之事，無非列作王妃罷了。誰知鬼使神差，把我送至代地，如今一躍而為國母，兒子又為太子，這真正要感激那位主管太監了！」

竇氏皇后想至此地，一張櫻桃小口笑得幾乎合不攏來了，有意賞賜那個主管太監。不料那個太監自知並非己功，不敢冒領錯惠，早已急病歸天去了，反而害得竇后無處報恩，悵惘了好多天呢。

過了幾時，竇后的長女又蒙封為館陶公主；次子武，亦封為淮陽王；甚至竇后的父母，也由薄太后推類錫恩，並沐追封。原來薄太后的父母，也與竇后雙親一樣，未享遐齡，即已逝世。父葬會稽，母葬櫟陽。自從文帝即位，追尊薄父為靈文侯，就會稽郡置園邑三百家，奉守祠塚；薄母為靈文夫人，亦就櫟陽北添置園邑，如靈文侯園儀。薄太后為人最是公道，自己父母既叨封典，不肯厚己薄人，乃詔令有司，追封竇父為安成侯，母為安成夫人。就在清河郡觀津縣中，置園邑二百家，所有奉守祠塚的禮儀，如靈文園大概相同。還有車騎將軍薄昭，係薄太后的胞弟，時已封為軹侯。

事更湊巧，薄昭偏知竇后之兄長君的下落，又由薄太后厚賜田宅，即命長君移居長安，好使他與竇后朝夕相見，以敘多年不見的手足之情。等得長君到來，兄妹聚首，當然悲喜交集。惟不知少君生死存亡，尚覺美中不足。竇后天性又重，弄得每日私下涕泗滂沱。

一天，偶被文帝瞧見，問她何事悲傷，竇后不敢相瞞，便也直告。

文帝聽了，忙安慰道：「皇后放心，四海之內莫非王土，朕就令各郡縣詳查，令弟果在人世，斷無尋不著之理。」

竇后謝過文帝，靜候消息。誰知一等半年，仍是音信杳然。

一夕，竇后方在房內與文帝私宴，忽見一個宮人遞進一封書信，接來一看，封面寫的是漢皇后竇姊親展字樣。竇后見了大喜，忙把這信呈與文帝道：「此函莫非我那兄弟寫來給我的麼？」

文帝趕忙拆開一看，果是少君寫與其姊的，函中大意謂，幼時與姊苦度光陰，凍餒交迫；後來姊氏入宮，便絕消息。及與長兄分離，天涯浪跡，萬般困苦。函尾尚恐竇后防

他假冒，又附述幼時採桑墜地，幾乎死去，幸由竇后抱赴鄰家，置他於火坑之旁，安眠半日，方始蘇醒等語，以為佐證。

文帝看畢，笑問竇后道：「採桑墜地之事，果有的麼？」

竇后此時早知是她的親弟到了，自然喜逐顏開地答明文帝。文帝即將少君召入。竇后見了少君，因為相隔已有十年，面貌無從記憶，瞻前顧後，反而不敢相認。還是文帝問她道：「令弟身上，有無特別記號？」

竇后忙答道：「我弟臂上，有紅痣七粒，宛似北斗形狀。」

文帝即命少君露臂相示，果有七粒鮮明紅痣。竇后至是，方才與少君抱頭大哭。哭了一會，始令少君叩見文帝。文帝命與長君同居，一面自去報知母后。

薄太后聽了，也代竇后歡喜，又賜少君許多田宅。長君、少君，兄弟相見，正在各訴契闊的時候，事為周勃、灌嬰聞知，二人便互相商議。

灌嬰道：「多前呂氏擅權，無非仗著太后之勢，今二竇同居，難免不蹈覆轍，果有不幸之事，我等豈非是前門送狼，後門進虎麼？」

周勃聽了道：「這末只有預為防範，慎選師友。曲為陶鎔，方才免去後患。」

二人議定，次日，周勃面奏文帝道：「國舅竇氏兄弟，現在安居都中，請即選擇正士，與二竇交遊，俾進學業。」

文帝甚以為然，擇賢與處，二竇果然退讓有禮，不敢倚勢凌人。文帝也能懲前毖後，但使二人豐衣足食，不加封爵。

文帝既是勵精圖治，發政施仁，於是賑窮民，善耆老，遣都吏巡行天下，甄別郡縣優劣。又令各國不得進獻珍寶，以杜荒嬉。不久海內大定，遠近翕然。復又加賞前時隨駕諸臣，封宋昌為壯武侯，張武等六人為九卿。另封淮南王舅趙兼為周陽侯，齊王舅駟鈞為靖郭侯，故常山丞相蔡兼為樊侯。又查得高帝時佐命功臣，如列位郡守，共得百數十人，各增封邑。

過了幾時，文帝欲明國事。一日視朝，時陳平已將右丞相之位讓與周勃，自己退居左丞相，文帝即顧右丞相周勃道：「天下凡一年內，決獄幾何？」

周勃答稱未知。

文帝又問：「每歲錢糧幾何？」

周勃仍答未知。周勃嘴上雖是連答未知未知，心內早已自知慚愧，弄得汗流浹背，濕透重衣。

文帝見周勃一時不能對答，原諒他是位武將，便不再問，復顧陳平道：「君是文臣，應該知道。」

陳平也未留心，乃用其急智答道：「這兩件事情，各有專責，陛下不必問臣。」

文帝又問：「何人專責？」

陳平道：「決囚幾許，可問廷尉；錢糧若干，可問治粟內史。」

文帝作色道：「如此說來，君究竟所管甚事？」

陳平慌忙免冠，伏地請罪道：「陛下不知臣駑鈍，使臣待罪宰相，臣實有負陛下，但宰相一職，乃是總理其事，上佐天子，燮理陰陽，調和鼎鼐。下撫萬民，明庶物，外鎮四夷，內督卿大夫各盡其職，關係均極重大。譬如建造房屋，宰相無非繪圖監督工匠。至於每日用泥瓦若干，用木料幾許，另有司帳負責。若須事必躬親，一人的精力有限，日行的例事極多，至掛一漏萬，因小失大，遺誤實匪淺鮮呢！」

文帝本是仁厚，聽完陳平之言，反而點首稱是。其實陳平不過一張利嘴，能辯而已。即照他所說，難道監工人員，連一個總數都不知道麼？譬如問他，每年所辦之案，盜賊若干，人命若干，婚姻若干，錢債若干，或是收入錢糧若干，用於何地若干，用於何事若干，自然一一不能細答。若是總數，只須答以決囚幾萬幾千件，錢糧共入若干萬緡，共出若干萬千萬縷，出入相抵，應盈應虧若干足矣。陳平竟不知道數目，空言塞責。

文帝又是王子出身，不事荒淫，能知仁孝，已經稱為賢君，能夠問到決囚、錢糧等事，更算留心政治，若要他去駁斥陳平，這是斷無這種經驗。從前的皇帝易做，宰相猶不繁難。他們君臣二人，無非一對糊塗蟲罷了，陳平的糊塗，尚能辯說幾句；還有那位周勃，糊塗得更是令人發噱。那時周勃，仍是滿頭大汗的呆立一旁。他見陳平應對如流，連主上也點頭讚許，一時相形見絀，越加大難為情。

等得散朝，周勃便一把將陳平拖住，埋怨他道：「君既與我交好，何不預先教我。今日使我當場出醜，未免難堪！」

陳平當下聽了，笑不可抑地答道：「君年長於我，又是首相，時時應防主上垂詢。倘若主上問君長安究有盜賊幾許，試問君又如何對答呢？此等言語，只有隨機應變，哪能預教。」

周勃一聽言之有理，忙又拱手謝道：「這是我錯怪君了！」

周勃回府，即將此事告知其妻，似露求退之意。其妻答道：「君才本來不及陳平，現在年紀已大，正可休養。若再貪戀虛榮，恐怕禍不遠了。」

周勃聽了一嚇，復又失笑道：「我才不及陳平，今且不及女子，惟有退休，尚足自保。」次日，即上表求退，文帝略加挽留，也即准奏。專任陳平為相，更與陳平商及南越事宜。

南越王趙佗，前由漢帝冊封，歸漢稱臣。至呂后四年，有司請禁南越關市鐵器，趙佗因此大怒，背漢自立。且疑長沙王吳回進讒，遂發兵攻長沙，蹂躪數縣，飽掠而去。嗣又誘致閩越、西甌，俱為屬國，居然也與漢天子抗衡，乘黃屋，建左纛，藐視天朝。及至文

帝即位，四夷賓服，獨有趙佗倔強猶昔。文帝便想派兵征討。

陳平道：「勞師動眾，勝負未知；臣保一人，可以出使。」

文帝問他何人，陳平道：「陸賈前番出使，不辱君命，遣他再往，事必有成。」

文帝遂授陸賈為大中大夫，齎著御書，往諭趙佗。陸賈奉命起程，不日到了南越。趙佗本極傲慢，只因陸賈為他所欽佩的，方准入見。陸賈與趙佗行禮之後，呈上御書。趙佗展書觀看，只見書中長篇大頁，寫著不少，細細一看，乃是：

朕高皇帝側室子也，奉北藩於代，道路遼遠，壅蔽樸愚，未嘗致書。高皇帝棄群臣，孝惠皇帝即世，高后自臨事，不幸有疾，日進不衰；諸呂為變，賴功臣之力，誅之已畢。朕以王侯吏不釋之故，不得不立。乃者聞王遺將軍隆慮侯書，求親昆弟，請罷長沙兩將軍。朕以王書罷將軍博陽侯，親昆弟在真定者，已遣使存問，修治先人塚。前日聞王發兵於邊，為寇災不止。

當時長沙王苦之，南郡尤甚，雖王之國，庸獨利乎？必多殺士卒，傷良將吏，寡人之妻，孤人之子，獨人父母，得一亡十，朕不忍為也！朕欲定地犬牙相入者以問吏。吏曰：高皇帝所以介長沙土也，朕不能擅變焉；今得王之地，不足以為大；得王之財，不足以為富；嶺以南，王自治之。雖然，王之號為帝。兩帝並立，無一乘之使以通其道，是爭也；爭而不讓，王者不為也！願與王分棄前惡，終今以來，通使如故，故使賈馳諭，告王朕意。

趙佗看罷那書，大為感動，便笑嘻嘻地語陸賈道：「漢天子真是一位長者，願奉明教，永為藩服！」

陸賈道：「此書是天子御筆親書，大王既願臣服天朝，請即去了帝號，一面親書回信，以示信徵。」

趙佗聽了，果然立去帝號，又親書一信道：

蠻夷大長老夫臣佗，昧死再拜，上書皇帝陛下：

老夫故越吏也；高皇帝幸賜臣佗璽安，以為南越王，孝惠帝即位，義不忍絕，所以賜老夫者厚甚。高后用事，別異蠻夷，出令曰：毋與蠻夷越金鐵甲器馬牛羊。即予，予牡毋予牝！老夫處僻，馬牛羊齒已長，自以祭祀不修，有死罪，使內史藩，中尉高，御史平凡，三輩，上書謝罪皆不返。又風聞老夫父母墳墓已壞削，兄弟宗族與誅論，吏相與議曰：「今內不得振於漢，外無以自高異。」故更號為帝，自帝其國，非敢有害於天下！高皇后聞之大怒，削去南越之籍，使使不通。老夫竊疑長沙王讒臣，故敢發兵以伐其邊。且

南方卑濕，蠻夷中西有西甌，其眾半羸，南面稱王；東有閩越，其眾數千人，亦稱王；西北有長沙，其半蠻夷，亦稱王。老夫故敢妄竊帝號，聊以自娛。老夫處越四十九年，於今抱孫焉。然夙興夜寐，寢不安席，食不甘味，目不視靡曼之色，耳不聽鐘鼓之音者，以不得事漢也。今陛下幸哀憐，復故號，通使漢如故，老夫死骨不腐，改號不敢為帝矣！謹昧死再拜以聞！

趙佗寫好此信，又附上許多貢物，交給陸賈，歸獻文帝，並贈陸賈白銀萬兩。

陸賈回報文帝，文帝自然大喜，也賞賜陸賈黃金五百斤。陸賈兩番出使，居然成了富翁。又過數日，無疾而終。未幾，便是文帝二年，蠻夷雖未入貢，而朝中卻死一位大臣，於是上上下下無不悲悼。

第三十回　引鬼入門

當時朝中忽然死了一位重要大臣，上上下下莫不悲悼。就是薄太后與文帝，也為嘆惜不已。你道此人是誰？乃是曾替高帝六出奇計的那位丞相陳平。

那麼他究屬是什麼毛病死的呢？諸君勿急，且聽不佞細細地敘來。

陳平自從文帝允准周勃辭職，專任他一個人為丞相之後，自然較為操心。他本是一位酒色過度的人物，斫傷已久。一夕，又遇一件奇事，便臥床不起了。

他有一個極得寵的姬人，名字叫做洪瑤芝，卻與竇皇后為同鄉。在陳平沒有得病的時候，也常常被竇皇后召進宮去與宴，有時因為夜深，就宿在宮中，也是常事。

陳平得病的那一天，宮中又來召她。她因陳平這天小有不適，辭不赴召。宮中既知陳平政躬不豫，卻也賜了不少的藥料。瑤芝眼事陳平服藥之後，一見病人已經睡熟，便使幾個貼身丫環留心伺候，自己獨至後園，思去割股。

那時已是夜半，寒風烈烈，夜色沉沉，瑤芝愛夫心切，倒也不怕。到了後園，點好香

燭，朝天祈禱之後，正擬割股的當口，耳中忽聞有女子喚她的聲音。她仔細一聽，聲音就在牆外，她暗忖道：「此刻半夜三更，還有何人喚我？」

她轉念未已，又聽得一種嬌滴滴的聲音，喊著她的名字道：「瑤芝夫人，請上牆頭，奴有要緊話相告。」

她聽了更覺奇異，但也不由得不至牆頭去看那個女子。及至爬上牆去一看，只見一位美貌的中年婦人，布服荊釵，一派村鄉打扮。見她倚在牆頭，忙向她道：「我是竇皇后田間來的親戚，頃間聽得皇后提起此間丞相，小有貴恙，我素知醫，所以奉了皇后之命，深夜來此。尊府前門守衛較嚴，我忽然想起皇后說過，夫人每夜必至後園來燒天香，因此冒叫一聲，不料夫人果然在此。夫人的一片誠心，定能感動神祇，保佑丞相康健。」

瑤芝一聽此人是皇后娘娘所遣，而且能夠說出她每夜至後園燒香一事，此話只有皇后一人知道，並未向第二個面前提過，可見真是宮中差來，不可負了娘娘的一片好心。

她想至此地，忙答那個婦人道：「前門既是不便，讓我放下短梯，接你上來便了。」說完，放下短梯，把那個婦人接進牆來。

那個婦人走近點著天香的几前，見有一柄利刀放在几上，又對瑤芝說道：「夫人莫非想要割股麼？」

瑤芝點點頭道：「是的，丞相是我們一家之主，我的此舉明知近於迷信，但是望他病好，姑且為之。」
那個婦人慌忙搖手道：「不必！不必！丞相只要一見我面，自然勿藥矣。」
瑤芝聽見此婦有如此的異術，不禁大喜道：「你這位孀子，果能把我們丞相醫癒，我願以萬金相報。」
那婦聽了，忽然面現慘色道：「我來報他，夫人何必報我！」
瑤芝聽了，也不留意，便同那個婦人來至自己臥房。甫搴珠簾，正想回頭招呼那婦的當口，不知怎麼，那婦突然已失所在，同時又聽得陳平睡在床上，大呼有鬼。
瑤芝此時又嚇又急，也顧不得那婦是人是鬼，慌忙兩腳三步地奔至床前，急問陳平道：「相爺是否夢魘了麼？」
陳平也急答道：「你且莫問！快快先召太史，命卜吉凶，有無祈禱之法，然後再說。」
瑤芝聽了，一面飛召太史前來，一面又問陳平是否看見甚麼？
陳平復搖著頭道：「我對你說過，且俟太史卜過之後再說，你偏要此刻問我，我不是不肯對你說，一因此刻說了，於事無益；二因你必害怕，反而沒人伺候我了。」
瑤芝一聽陳平說到害怕二字，始知方才那婦真正是個鬼魂，想是大門上有門神阻攔，它方用言語紿我，騙進牆來。丞相慮我害怕，不忍說與我聽，豈知這件事情還是我引鬼入門的呢？瑤芝想至此地，自然非常害怕。又因陳平有病，不敢明說，只得接二連三地去催

請大史，看那太史卜後，有無辦法。

過了一會，太史已經進來，參見丞相之後，陳平請其坐下道：「君為我一卜，此病吉凶若何？」

太史卜過，爻象是陰人見迫，是月大凶。陳平又問太史，有無祈禱之法。太史道：「從前呂太后見蒼狗而病不起，丞相吉人天相，或無大礙。」

陳平知無挽救，揮手令出，始淒然語瑤芝道：「汝可將夫人以及各位夫人召來，我有遺囑吩咐。」

瑤芝一聽遺囑二字，早已哭得像個淚人兒一般，嗚咽得哪裡還會說話。當下由陳平自命丫鬟，去將各位夫人召至榻前道：「我幼時甚寒，家無膏火之費，幸我嫂氏暗中助我讀書，方始有成。當時我因嫂氏相待良厚，對之稍加親暱，也是有之，不料外面大起謠言，汙了嫂氏名譽，後來我兄便將嫂氏休退。臨別的當口，我曾對嫂氏說過，異日若能發跡，必不負其恩情。誰知我自從跟著先帝，南征北討，並無暇晷可以返鄉看視嫂氏。及至先帝得了天下，大家來至這個長安，我便遣人回鄉迎接眷屬，始知嫂氏早已逝世，臨歿有言，似甚怨我。」

陳平說至此處，因指瑤芝語大眾道：「方才她從外面進來，搴簾之際，我突見她的背後跟著一人。」

陳平邊說，邊又以雙目輪視房內一周道：「你們不必害怕，跟在瑤姬身後的，正是我那嫂氏的冤魂。」

大家一聽此語，個個嚇得魂不附體，都把眼睛也向四面亂看，疑心那個冤鬼站在各人的身後，豈不嚇死。

其實那時那個冤魂確在房內，不過那位夫人及如夫人們陽氣尚重，那鬼有意不給她們看見罷了。至於瑤芝能看見那鬼，也非她的陽氣不足，只因那鬼為門神所阻，不能直進相府，因此掉了一個鬼花槍，瞎三話四地騙信瑤芝，要她帶它進來，門神就不去阻攔它了。

那時大眾各將房內邊看，邊又問陳平道：「這末我們趕快祈禱祈禱，請它不可討命，它念前情，因此應允，也未可知。」

陳平搖首道：「獲罪於天，無所禱也！」邊說邊就神色大變，口吐鮮血不已，雖然連連服藥，並無效果。清楚的時候，尚能處理後事。昏迷的時候，滿口鬼話連篇，把人嚇得要死。那班粉白黛綠的夫人與如夫人們若使不是在陪病人，早已逃得如鳥獸散了。

沒有數日，陳平一命嗚呼，這段事實，正史固無，卻載在《漢朝野史》，不佞將它敘入此書，也是儆戒後人，不可貪色亂倫，具有深意，並非杜撰附會，閱者自能知道。

當時陳平將氣絕的時候，尚單對他的愛姬瑤芝一人說道：「我雖見了嫂氏冤魂而死，

我生平喜尚陰謀，亦為道家所忌，後世子孫未必久安。」

這句說話，也被他料著。後來傳至曾孫陳何，果因擅奪人妻，坐法棄市，竟致絕封。陳平能知身後之事，而不肯改其邪行，真是可笑。不過當時的文帝，自然要厚給贈儀，賜謚曰「獻」；又命他的長子陳買襲封，仍又起用絳侯周勃，命他為相。周勃本想家居，以娛暮境，既是文帝念舊用他，他也受命不辭。

就在那月，日蝕極是厲害，文帝因知天象示警，慌忙下詔求賢。當下有一位潁陰侯騎士賈山，上了一道治亂之策，非常懇切，時人稱為至言，其文甚長，略過不提。

文帝下詔之後，又過數月，見內外平安。四夷賓服，國家清閒無事，不免出外遊行。一天帶著侍臣，前往上林苑飽看景致，但見草深林茂，魚躍鳶飛，胸襟為之一爽。行經虎圈的時候，偶見有一大群禽獸，馴養在內，不勝指數。便召過上林尉問他道：「此中禽獸總數，究有若干？」

上林尉聽了，瞠目結舌，竟不能答。反是監守虎圈的嗇夫，從容代對，一一詳陳其數。文帝聽畢稱許道：「好一個吏目！像這般才算盡職。」說完，即顧令從官張釋之，拜嗇夫為上林令。釋之字季，堵陽人氏，前為騎郎，十年不得調遷，後來方才升為謁者。釋之欲進陳治道，文帝叫他不必論古，只論近代。釋之乃就最近的秦漢得失，詳論一番，語多稱旨，文帝遂任為謁者僕射。每次出遊，必令釋之隨行。

那時釋之奉了升任嗇夫之諭，半晌不答，文帝不解道：「爾以為不然麼？」

釋之始說道：「陛下試思絳侯周勃，以及東陽侯張相如二人，人品如何？」

文帝道：「都是忠厚長者。」

釋之接說道：「陛下既然知道二人都是長者，奈何欲重任嗇夫呢？嗇夫是張利口，卻與忠厚長者每欲發言不能出口，大是兩樣。從前秦始皇喜任刀筆吏，竟致競尚口辯，因此不得聞過，失敗之原因一也；今陛下一見嗇夫能言，便欲升遷，臣恐天下從此喋喋不休了。」

文帝想了一會道：「汝言是也！」遂不升遷嗇夫，反授釋之為宮車令。釋之從此益加奮勉。

一日，梁王因事入朝，與太子啟同車進宮，行過司馬門的當口，並未下車，可巧被釋之撞見，趕忙阻住梁王、太子二人，不准入內，立刻援了漢律，據實劾奏。

他的奏文是：

本朝禁令，以司馬門為最重。凡天下上事，四方貢獻，皆由司馬門接收。門前除天子外，無論誰何，均應下車，如或違犯。罰銀四兩，以示薄懲。今太子與梁王，身為群臣表率，竟敢違犯禁令，實大不敬！不敢不奏。

文帝見了，視為尋常小事，擱置不理。事為薄太后所聞，召入文帝，責他縱容兒子，溺愛不明。文帝一見太后動怒，慌忙免冠叩首，自認教子不嚴，求太后恕罪。

薄太后始遣使傳詔，赦免太子、梁王之罪，准令入見。文帝並不怪釋之多事，且嘉他能夠守法不阿，即拜為中大夫，不久，又升為中郎將。

又有一天，文帝挈著寵妃慎夫人出遊霸陵，釋之照例護蹕。霸陵在長安東南七十里，卻是負山面水，形勢獨佳。文帝自營生壙，因山為墳，故號霸陵。文帝與慎夫人眺覽一番，復登高東望，手指新豐道上，顧慎夫人道：「此去就是邯鄲要道。」

慎夫人本是邯鄲人氏，一聽此言，不禁觸動鄉思，淒然色沮。文帝見她玉容黯淡，自悔失言，忙命左右取過一瑟，使慎夫人彈著消遣。原來邯鄲就是趙都，趙女以善瑟出名。慎夫人更是一位絕頂聰明的人物，當然不比凡響。

慎夫人彈了一陣，文帝竟聽得悲從中來，便顧從臣道：「人生庚過百年，若不仙去，必定逃不出一個死字。朕死以後，若用北山石為槨，再加紵絮雜漆，還有何人能夠搖動？」

從臣聽了，個個都是唯唯。獨有釋之朗聲辯道：「皇陵中間，若是藏有珍寶，萬歲千秋以後，雖用北山為槨，南山為戶，兩山合成一陵，不免有隙可尋，若無珍寶，即無石槨，恐亦無礙。」

文帝又認為說得有理，點頭嘉許。是日回宮，又命釋之兼為廷尉。

釋之上任之後，甚是稱職。他還恐怕吏役舞弊，每日私至御監察看。

有一天晚上，他查至女監，忽然聽得有三五個宮人，因為犯偷竊御用物件之罪監禁三月，卻在監中聚談。釋之索性悄悄地立在女監窗外，聽她們所談的究是甚麼言語。當下聽得一個年輕的宮人說道：「人謂張廷尉判獄賢明，我說不然，即如我的罪名就是冤枉。」

又聽得有一個較老的宮人說道：「怪我貪小，偷了太后的珠環一副，現在辦得罪重刑輕，因是太后的天恩，也是張廷尉的寬厚，我所以並不怨人；你的事情，我也知道有些冤枉，好在監禁三月，為日無多，何必口出怨言呢？」

又聽得年輕宮人答道：「做人只在品行，如此一來，我便是一個賊了，出獄之後，何顏見人！」

釋之聽了，記著號數，又走至一處，仍舊立下偷聽。裡面也是幾個宮人，卻在議論前任印中郎將袁盎。釋之自忖道：「袁盎為人正直無私，他是保薦我的人，我倒要仔細聽聽他的輿論如何。」

當下只聽得一個本京口音的道：「袁盎辦事固佳，遇事肯諫，也與現在張廷尉一般。我知道他有一天，看見萬歲爺使宦官趙談參乘，袁盎就直諫道：『臣聞天子同車，不是公

侯將相，便是才人學子；今漢室雖乏才，陛下奈何令一刀鋸餘人，同車共載，似乎不甚雅觀！』萬歲爺聽了，果命趙談立即下車。

「又有一次，萬歲爺在霸陵縱馬西馳，欲下峻坡，袁盎那時正跟隨後面，慌忙上前，攬住馬韁，嚇得滿頭大汗。萬歲爺笑對他說道：『爾何膽小如此！』當時袁盎答的是：『臣聞千金之子不垂堂，百金之子不騎衡，聖主不乘危，不徼倖，陛下倘使有失，如何對得起高廟太后呢？』萬歲爺聽了，以後果不再騎快馬了。

「還有一次，萬歲爺偶因一個小宦官失手破碗，萬歲爺怒以腳踢小宦，又為袁盎撞見，萬歲爺怕他多說多話，返身入宮。誰知袁盎拚命地追著高呼道：『臣有奏本，陛下稍停。』萬歲爺只好止步。袁盎諫道：『天子之尊，無與其右，小宦有過，付與廷尉足矣。今陛下以足踢之，未免失體統矣！』萬歲爺竟被他說得臉紅起來。」

又聽得有一個代地口音的答道：「你所說的，還不稀奇呢。你知道萬歲爺最寵的夫人是誰？」

又聽得本京口音的答道：「自然是慎夫人了，還有誰人！」

又聽得代地口音的說道：「對呀！慎夫人真被萬歲爺幾乎寵上天去。恐怕從前高皇帝的寵愛戚夫人未必如此。有一天，萬歲爺攜了竇皇后與慎夫人同遊上林，上林郎署長預備酒席，款待萬歲爺與后妃諸人。那時袁盎緊隨左右。萬歲爺當時坐了上面，竇皇后坐於右面。空出左邊一位，慎夫人正欲去坐，不料站在萬歲爺身邊的那位袁盎，突然用手一揮，不准慎夫人去坐。並且想要引慎夫人退至席下，侍坐一旁。

「慎夫人平日在宮，仗著萬歲爺寵愛，又因竇皇后待人寬厚，慎夫人與竇皇后並坐並行慣了的。那位袁盎，竟要當場分出嫡庶起來，慎夫人如何肯受此辱？自然站著不動，且把兩道柳眉豎了起來，要和袁盎爭論。萬歲爺見了，恐怕慎夫人萬一被袁盎引經據典，駁斥幾句，當場出彩，如何是好。心中雖是怪著袁盎多管閒事，但又無理可折，不禁勃然出座，就此回宮。竇皇后自然隨著萬歲爺上車，慎夫人也沒有工夫去與袁盎爭執了。

「袁盎等得萬歲爺入宮之後，還要進諫道：『臣聞尊卑有序，上下方能和睦；今陛下既已立后，后為六宮之主，不論妃姬嬪嬙，哪能與后並尊！慎夫人雖甚賢淑，得蒙陛下寵愛，寵愛私也，尊卑公也。慎夫人總是妾御，怎能與后同坐？就是陛下想要加恩慎夫人，也只能優賜珍寶，至於秩序，斷難紊亂；因此釀成驕恣，名是愛她，實是害她；前鑒非遙，寧不聞當時人彘麼！』萬歲爺聽了人彘二字，也為悚然，始將胸中之怒消得乾乾淨淨。

「萬歲爺入宮，尋來尋去，不見慎夫人的影蹤，後來方知慎夫人一個人躲在自己床上哭泣。萬歲爺乃將袁盎之言細細地告知慎夫人，慎夫人居然明白轉來，即賜袁盎黃金百斤。從此以後，私室之中仍無忌諱。可是一遇公宴，慎夫人卻守禮節，不敢與皇后敵

體了。」

代地口音的官人說至此地，又對本京口音的官人說道：「有明主，便有直臣；有賢君，方有淑妃。你說袁盎的膽子，也可算為大得包天了。」

釋之聽至此地，便也回去。次日，細細一查年輕宮人的案子，果是有些冤枉，非但將她赦出，並且自己上了一道本章，申請疏忽之罪。文帝批了「免議」二字。釋之謂家人道：「我的忠直，不及袁公多多矣！」

當時的君臣，很有朝氣，似與高帝、呂后的時代大不相同。

請續看《新大漢二十八皇朝》（二）大漢雄威

新大漢二十八皇朝（一）楚漢風雲

作者：徐哲身
發行人：陳曉林
出版所：風雲時代出版股份有限公司
地址：10576台北市民生東路五段178號7樓之3
電話：(02) 2756-0949
傳真：(02) 2765-3799
執行主編：朱墨菲
美術設計：吳宗潔
業務總監：張瑋鳳

新版一刷：2024年10月
ISBN：978-626-7510-04-9

風雲書網：http://www.eastbooks.com.tw
官方部落格：http://eastbooks.pixnet.net/blog
Facebook：http://www.facebook.com/h7560949
E-mail：h7560949@ms15.hinet.net
劃撥帳號：12043291
戶名：風雲時代出版股份有限公司

風雲發行所：33373桃園市龜山區公西村2鄰復興街304巷96號
電話：(03) 318-1378
傳真：(03) 318-1378
法律顧問：永然法律事務所 李永然律師
北辰著作權事務所 蕭雄淋律師

行政院新聞局局版台業字第3595號 營利事業統一編號22759935

定價：380元

國家圖書館出版品預行編目資料

新大漢二十八皇朝 / 徐哲身著. -- 初版. -- 臺北市：風雲時代出版股份有限公司, 2024.08　冊；　公分

ISBN 978-626-7510-04-9 (第1冊：平裝). --

857.452　　113010005